청년은 탐정도 불안하다

청년은 탐정도 불안하다

초판 1쇄 인쇄일 2019년 8월 16일
초판 1쇄 발행일 2019년 8월 23일

지은이 김재희
기 획 한국추리작가협회
펴낸이 양옥매
디자인 임흥순
교 정 조준경

펴낸곳 도서출판 책과나무
출판등록 제2012-000376
주소 서울특별시 마포구 방울내로 79 이노빌딩 302호
대표전화 02.372.1537 팩스 02.372.1538
이메일 booknamu2007@naver.com
홈페이지 www.booknamu.com
ISBN 979-11-5776-766-3 [03800]

이 도서의 국립중앙도서관 출판예정도서목록(CIP)은
서지정보유통지원시스템 홈페이지(http://seoji.nl.go.kr)와
국가자료종합목록시스템(http://www.nl.go.kr/kolisnet)에서
이용하실 수 있습니다. (CIP제어번호: CIP2019031373)

한국추리문학선 8 ㅣ 김재희 장편소설

청년은
탐정도
불안하다

책과나무

/ 차례 /

미스터리 독립 서점에서

감건호와 왓슨추리연맹 대격돌

4월의 올림픽공원, 활짝 핀 꽃들이 여기서기 가득하다. 감건호는 단정하게 감색 슈트를 차려입고 50대 중년 여인들과 산책한다. 카메라맨과 박현진 피디, 코디네이터 등 스태프 2, 3인이 주변을 맴돌며 촬영한다.

　감건호는 밝은 표정과 목소리로 여인들에게 말했다.

　"자, 영산홍 핫핑크의 철쭉을 보십시오. 꽃말은 뭘까요?"

　여인들이 고개를 갸웃했다.

　"바로 첫사랑입니다. 누가 연상되는지 제가 프로파일링해 드릴까요?"

　감건호의 넉살에 여인들은 깔깔댔다.

　"호숫가의 이 나무는 꽃아그배나무입니다. 꽃사과나무와 헷갈리지만 자세히 보니 가지에 털이 나 있죠? 따라오십시오. 이 나무는 명자나무, 동백꽃보다 아기자기해서 자세하게 들여다봐야 보이죠. 이것은 조팝나무 꽃이고 귀룽나무 꽃과 흡사하나 귀룽나무가 더 크죠. 내일이면 이름을 까먹을지 모르니 외쳐보세요. 어서요! 세이 조팝나무~."

　감건호는 흐르는 땀에도 열정적으로 무리들을 이끌며 봄꽃을 설명했다. 마침 맞은 편에 30대 여인이 유모차를 끌면서 지나갔다.

"아기들은 모든 걸 바다처럼 받아들입니다. 그만큼 열려있죠. 그러나 사춘기 자녀를 두신 분들은 어떠십니까? 자녀들이 힘들게 하죠? 선별하는 능력이 생긴 거죠. 그러니 성격 형성이 이루어지는 단계려니 하세요."

여인들이 고개를 끄덕이며 그의 주변으로 섰다. 박현진 피디가 다가왔다. 박현진 피디(이후 박 피디)는 긴 머리를 질끈 묶고 반팔 블루종을 걸쳤다.

"선생님, 이제 송파구 주민들과 마무리 멘트로 종료합니다."

감건호는 밝게 웃으며 여인들과 사진을 찍고 멘트를 쳤다.

"오늘 감건호의 꽃 프로파일링은 여기서 마치겠습니다."

개별적 사진 촬영 후에 일을 마쳤다.

"이봐, 박 피디. 이런 거 말고 진짜 잡아오면 안 돼요?"

감건호는 재킷을 어깨에 걸치고 땀을 코디네이터가 닦도록 이마를 내밀었다.

"섭외 들어온 게 송파 지역 방송이어서요. 다음번에는 제대로 잡아올게요."

"그거 새 파일럿 프로그램 〈감건호의 미제 추적〉 어떻게 됐어요?"

감건호는 최근에 〈미스터리 오브 미스터리〉 프로그램을

조기 종료하고 새 프로그램을 프로덕션에 제안했으나 박피디는 답이 없었다.

"본부장님과 회의 중이에요."

감건호는 후, 한숨을 내쉬며 코디네이터가 내미는 아이스커피의 빨대를 물었다.

'한물이 갔다지만 아예 가다 못해 꽉 쉬었구만, 아!'

그는 팩트 거울로 얼굴을 봤다. 얼굴도 무너지기 일보 직전이었다.

'보톡스를 맞으러 가야 하나? 한때는 프로파일러계의 넘버원 꽃미남, 얼굴 지존으로 아줌마 팬 인기가 장난이 아니었는데.'

이제는 슬슬 얼굴뿐 아니라 감도 떨어지고, 뭣보다 시청자들이 뭘 좋아하는지, 젊은이들의 SNS 이슈가 되려면 어떻게 하는지 느낌이 없었다. 총체적 불감증에 뒷방 늙은이가 됐다. 지금도 프로파일러가 인기 직종에 대학생들의 선망의 대상이고 경찰의 꽃이지만, 이 업은 참 빨리도 지는구나 싶었다. 감건호는 요즘 들어 퇴물 쓰레기가 뭔지 물씬 느꼈다.

"오늘 마지막 스케줄은 뭐죠?"

"최근에 출간하신 책 〈미제 프로파일링 노트〉 사인회

요. 미스터리 연합 서점인데 이대 정문 골목길에 있어요."

"아 맞다. 오늘이지. 어서 이동합시다."

감건호는 스태프들 승합차에 탔다. 눈을 감고 정신을 가다듬어 사인회에 참가한 독자들에게 좋은 인상을 주고 싶었다. '방송 안 되면 인세로 먹고 살지 뭐.'하는 마음도 들었다. 차량이 막혀서 1시간 30분이 좀 넘어 신촌에 도착했다.

미스터리 연합 서점은 옷가게 골목 사이에 숨어 있었다. 차량을 주변 주차장에 대고 길을 찾았다. 처음에는 감건호도 스태프도 조금 헤맸다. 워낙에 뒷골목이 미로 같았다. 서점 이름에는 이 상황이 맞지만 그는 짜증이 났다. 박 피디가 구글 맵을 열어서 서점을 찾았다.

쇼윈도에 엘러리 퀸이나 아가사 크리스티의 추리 소설을 전시한, 1800년대 영국풍의 고풍스러운 인테리어였다. 이름이며 분위기며 그럴싸했다. 감건호는 환하게 웃으며 서점으로 들어갔다.

"안녕하세요. 감건호입니다."

"어서 오세요."

20대 후반의 잘생긴 청년이 다가왔다. 중간 정도 되는 키에 몸은 날씬했다. 스웨터에 청바지를 입은 청년이 명함을 내밀었다.

"미스터리 연합 서점 대표 서지훈입니다. 그냥 지훈이라고 불러주세요. 감건호 선생님."

"어떻게 그렇게 해요? 오히려 날 감건호 프로라 부르세요. 서 대표, 반갑습니다."

감건호는 허그를 가볍게 했다.

"아직 신청한 사람들이 오지 않았나요? 왜 비어 있어요?"

"요즘은 시간 딱 맞춰 오세요. 먼저 와도 다른 데 둘러보다 정시에 오세요."

"그럼 난 박 피디와 근처 커피숍에 있을 테니 7시 정각에 봅시다."

"네, 선생님."

감건호는 근처에 있다가 정확하게 7시에 서점으로 이동했다. 촬영 감독을 제외한 스태프 몇은 퇴근했고, 박 피디가 동행했다. 서점 안은 10여 명이 앉아 있었고, 맨 앞에 PPT를 할 수 있게 스크린이 내려와 있었다. 자그마한 책상 위에 감건호가 집필한 〈미제 프로파일링 노트〉 책이 10여 권 놓였다. 감건호는 속으로 부아가 치밀었다. 이렇게 소규모의 인원이 신청하고 올 줄은 꿈에도 몰랐다. 하지만 특유의 웃음으로 가식적인 표정으로 속내를 감췄다.

"안녕하십니까. 감건호 프로파일러입니다. 자아, 그런데 말입죠."

감건호가 넉살스레 TV에서 보여주던 멘트를 선뵈자 좌중이 웃었다. 대학생 정도의 청년들이 앉아 있었다. 많아봐야 서른을 넘지 않았다. 감건호는 내심 청년들이 SNS에 책 홍보를 해주기를 바라면서 강연했다. 책에 나와 있는 미제 사건 취재기 위주로 꾸렸다.

서지훈은 중간에 커피와 차 등을 내왔다. 감건호는 1시간 30분여의 열정적인 강연을 끝냈다.

"자, 그럼 질문을 받겠습니다."

맨 뒤에 앉아 있던 키가 크고 어깨가 넓은 남자가 손을 번쩍 들었다. 앞머리는 길러 가르마를 타서 속칭 아이돌이 하는 따옴표 헤어스타일을 했다. 눈빛은 반짝반짝거리고 얼굴은 약간 길었다. 나른하게 보이지만 언뜻 보면 훈남이었다. 감건호는 그가 강연 내내 시큰둥한 표정을 지었다는 걸 기억했다. 무슨 말을 하나 보자 싶었다.

"네. 맨 뒤에 분 질문하세요."

"책 속에 나오는 미제 사건 중에 자살로 판단한 케이스, 청주 공원 숲에서 목을 매단 사건 말입니다. 저는 다른 시각으로 봅니다."

감건호는 이것 봐라 하는 얼굴로 들었다.

"그래요? 말씀해보시죠."

"저는 대학 병원 해부학교실에서 대학원생으로 있고, 이름은 김주승입니다. 법의가 되려고 준비 중인데 여러 현장 사진을 구해보고 사건 프로파일링 과정을 6년 넘게 했습니다. 숲에서 남자가 목을 매단 걸 다른 관점에서 보 았는데요."

"그래요? 타살로 파악한 겁니까? 삭흔(목을 조른 끈 자국) 이 하나였고 완전 의사로 체중 전체가 부드러운 스카프에 실려서 나무에 매달려 죽었죠. 액흔(손바닥이나 손톱, 손가락 에 의해 경부에 형성된 손상)이나 교살 흔적이 없어요. 스카프 를 여러 번 단단히 감은 걸로 보아 자살입니다. 이 사건은 보험사와 소송에 걸려서 자살 타살 말이 많지만 저는 조심 스레 제 의견을 표명했죠. 그리고 방어 흔적이 전혀 없죠."

주승은 감건호를 똑바로 쳐다봤다.

"저는 사고사로 봅니다."

주승이 팽팽하게 대치했다. 감건호는 흥미롭다는 듯 웃 었다.

"왜 그렇게 생각하죠?"

"먼저 김 씨라고 합시다. 돌아간 김 씨의 명복을 빌며 고인의 명예를 훼손할 생각은 전혀 없습니다. 단서에 의해 사건을 추정하죠. 김 씨는 23세 남성이고 평소에 성적인 동영상에 탐닉했으며 한편으로 여자친구나 친구가 거의 없습니다. 저는 이 부분을 신문기사와 경찰에 계시는 아는 분을 통해 들었습니다. 그는 평소 죽음을 말하는 일이 없고 내성적이죠. 최근에 컴퓨터 디자인 학원에 등록해 공부를 이어가려 했죠."

감건호가 발끈했다.

"학생, 해부학도라니 일단 학생으로 부를게요. 희망이 있다고 자살을 안 하는 게 아니죠. 유서 없이 가는 사람 많아요."

김주승이 단호히 맞섰다.

"제 말을 끝까지 들어봐요. 선생님은 현장 사진을 구해 봤습니까?"

감건호는 고개를 저었다. 예전 경찰 동료를 통하면 어렵사리 구할 수 있겠지만 이 케이스는 신문기사를 보고 프로파일링했다.

"김 씨는 벌거벗고 목을 매달았고 눈과 입을 청테이프로 막았습니다. 그 테이프에서 본인의 지문이 검출됐고요."

"그래서요?"

"저는 쾌락을 즐기려다 사고당한 건 아닌지 가능성을 제기합니다."

"이봐요, 학생. 자기색정사(성적 쾌감을 즐기려 목을 조르다 당하는 사고사)는 굉장히 프라이빗한 장소에서 일어나죠. 그 사건은 공원에서 일어났어요. 색정사가 어느 정도 사적으로 진행되냐면 모텔에서 완강기로 질식되는 걸 즐기다가 아예 안방에서 하려고 완강기를 살 정도요. 자살 의사가 확고한 사람도 눈코입을 테이프로 스스로 막고 죽어요."

"현장 사진 안 보신 게 확실하네요. 김 씨는 공원 숲속의 변전실에서 발견됐죠. 한 마디로 아무도 들여다볼 수 없는 공간이죠. 인터넷 카페 등에서 만난 누군가 도와줬을 가능성도 있죠. 그러다 사고가 나서 그 사람은 도망쳤겠죠. 경찰이 조사 중인 걸로 압니다."

감건호는 아뿔싸 싶었다. 실수를 했다. 현장을 안 살펴 초보적인 실수를 했다.

"사람들의 인적이 드문 곳에서 눈과 입의 감각을 차단하고 벌거벗고 죽었다는 것. 그리고 근처에 옷이 가방 안에 개켜 있어서 일 끝나고 옷 입고 돌아가려던 것. 게다가 발밑에 의자가 있어서 살려면 살 수 있었다는 것은 김 씨가 자기 성애 행위를 하다 사고당한 것이라 봅니다. 경부 압박으로 성적 흥분을 유도한 거죠. 프로파일러시니까 이런 종류의 죽음이 꽤 있다는 것을 아시죠? 김 씨는 의자에 발을 디뎠어도 사는데, 순식간에 목이 압박돼 저산소증에 정신을 잃고 사고사 한 겁니다. 이런 기초적 실수를 저지른 것은 현장 사진도 보지 않고 쉽게 글로 써서 그런 거죠. 그러니 이런 책은 사보지 않아도 됩니다."

감건호의 얼굴이 빨개졌다. 서지훈이 난처해 하다가 감건호를 웃으며 봤다. 주승은 확고하게 말했다.

"여기 사인회에 온 것은 그걸 알려드리려 함입니다. 강연 중에 혹시 정정하나 싶어 기다려 봤지만 전혀 그렇지 않기에 말씀드립니다."

감건호가 발끈했다.

"대체 어느 경찰이 현장 사진을 마구 밖으로 유출시켜요? 시말서 쓰고 싶어 환장했구만."

"자꾸 다른 데서 실력 없는 걸 핑곗거리 찾으시는데 이제 인정하시죠."

"뭐요? 피켓걸요? 그 얘기가 왜 나와?"

"핑곗거리요."

감건호는 가는귀도 먹었나 싶었다. 말을 잘못 듣고 실

수를 하다니.

"거 정보 빼돌린 경찰 누구입니까? 나도 못 보는 사진을."

"저희 교수님이 부검에 참여하고 나서 사진을 수업 시간에 보여주셨다고 정정합니다. 더 이상 캐묻지 마시죠. 저는 이 케이스 말고도 책 속에 틀린 게 많다는 걸 말하며 이만 일어나죠."

주승이 벌떡 일어나 서점을 나갔다. 주변의 청년들도 분위기를 살피다가 책을 사지 않고 그냥 나갔다. 썰렁해진 분위기에 40대 중년 여성 한 명이 남아 책을 구매해 사인을 받았다. 감건호는 애써 웃으면서 사인을 했다. 보이시한 짧은 커트 머리와 큰 키에 통통한 체격의 여성은 환하게 웃었다. 진주 귀걸이가 돋보이는 그녀는 명함을 내밀었다. 추리 소설가 오영주라고 적혔고 번호와 이메일 등이 있었다.

"작가세요?"

"네, 선생님 프로그램이나 책 모두 봤어요. 저한테는 도움되던데요. 선생님, 김주승 쟤 마음 쓰지 마세요. 이쪽 추리 씬에서 유명한 애예요. 별명은 김전일. 추리 마니아이고 게임 덕후이고 포털 추리 카페 운영진이죠. 또 이렇게 유명한 법과학자나 프로파일러 애먹이려 다녀요."

감건호가 정신을 차리고 서지훈이 내온 커피를 마셨다.

"오 작가님은 쟤 어떻게 아세요?"

"후후, 저와 나이 차가 나니까 그러시죠? 감 선생님도 방송계 나이 상관없이 아시듯 저도 그래요. 포털에 유명한 추리 관련 카페가 있어요. 여러 추리 마니아들이 모인 〈왓슨추리연맹〉이라는 카페인데 회원 수가 7,000명에 초중고생부터 성인까지 다양한 셜록 키드와 경찰관 지망생, 그리고 〈문제적 남자들〉 같은 프로그램 제작진도 가입해 있죠. 주로 추리 문제를 내고 맞추는 게 카페의 주 게시글이지만, 주승이 같은 경우는 '주승 탐정'이라는 아이디로 수백 개의 문건을 올려놨죠. 해부학 말고도 수사 방법이나 법과학 지식도 많이 올려놨어요. 저도 추리 소설 쓰는 데 도움 얻었고요. 주승이와 그 친구들이 운영진일걸요."

감건호는 재채기가 터지려 하자 억지로 코를 씰룩였다.

"죄송합니다. 감기 기운이 좀 있어요. 근데 왜 왓슨추리연맹이죠? 셜록도 있는데요?"

오영주가 웃었다.

"그 질문 오랜만에 듣네요. 그거야 셜록의 명성에 못 미치니 우리를 왓슨이라고 하는 거죠. 버금가는 탐정으로 하는 거지 감히 셜록이라고 하겠어요. 탐정의 원조격이고 세계에서 가장 유명한 탐정인데요. 주승이가 오늘은 선생님을 물 먹이려고 타깃 삼아 온 것 같아요. 괘념치 마세요."

서지훈이 서점을 정리하며 위로를 건넸다.

"저는 주승이가 그럴 줄 알았는데도 못 막았어요. 워낙 카페에서도 삐딱하게 나와 안티가 있는 녀석인데. 후후, 저도 왓슨추리연맹의 회원입니다."

감건호는 한숨 쉬고 감사 인사를 했다.

"나만 빼고 거기 회원인 겁니까? 하여간 고맙습니다. 혹시 작품 관련 물어보고 싶으면 연락 주세요."

감건호는 명함을 건넸다. 그들과 인사를 하고 박 피디와 헤어졌다. 그는 지하철을 타고 집으로 향했다. 요즘은 지하철에서도 알아보는 사람이 많지 않다. 공중파에서 종편으로 옮겨가고 프로그램도 폐지되거나 했다. 이렇게 도태되나 싶던 차에 실수를 후려치는 학생도 만났다. 한 마디로 면이 서지 않았다. 감건호는 한숨을 쉬며 잠을 청했다.

그들의 청춘은

헛간에서 빛을 발한다

주승은 부모님과 식사하고 뒷문으로 나와 뒷마당의 방으로 들어갔다. 이 방은 원래 헛간이었다. 주승이 성인이 되자 헛간을 벽돌로 쌓고 지붕을 올리고 안에 단열재를 깔아서 방으로 만들었다. 난방도 되게끔 보일러도 놓았고 친환경 소재로 도배하고 스크린을 달았다. 컴퓨터 세 대를 들여놔서 첨단 환경을 구축했다. 게다가 각종 보드게임과 전자 게임기, 추리 소설과 해부학 관련 서적류와 피규어까지 주승이 좋아하는 물건들로 가득 찬 방이었다. 구석에는 스메그 유니언잭 냉장고도 있었고, PUNK IPA 에일 병맥주나 탄산수와 간식거리가 들어있었다. 주승의 어머니가 채울 때도 있었지만, 주승이 왓슨추리연맹 친구들이 놀러 오기 전에 마트에서 사다 놓았다.

오늘도 스크린으로 〈오리엔트 특급살인〉 영화를 보면서 모임을 시작했다. 영화를 보기 전과 후에는 언제나 〈인디아나 존스〉 영화 배경음악을 틀었다. 다 같이 빰빠빰빠 빰빠바 빰빠빰빠 빰빰~빰빰빰 음악을 따라 하면서 영화를 즐겼다. 주승은 영화가 끝나자 OST에 맞춰 허밍을 하며 마피아 보드게임을 꺼냈다. 게임을 한참 진행했다.

"누가 마피아야? 결국."

"나."

주승은 심드렁하게 웃으며 손을 들었다.

"어쩜 우리는 추리 카페 회원들이 넷 중에 마피아 하나를 맞추지 못 하냐?"

"주승이가 워낙 포커페이스니까 그렇지."

홍선미가 말했다. 대학 병원 중환자실 간호사로 일하는 그녀는 여기서 보드게임을 하는 게 유일한 낙이다. 선미는 중간 키에 단정한 외모로 싹싹하고 호감이 가는 외향적 성격을 지녔다. 주승은 그녀가 병원 직원들에게 제법 인기가 있다고 들었다. 하지만 홍선미는 그런 데 관심 없이 오로지 왓슨추리연맹의 프로젝트와 추리 퀴즈를 내는 데 열성을 보였다. 그리고 미제 사건에 대해 자세한 지식을 알고 있었다.

왓슨추리연맹은 매니저가 주승, 부매니저가 주승의 고등학교 동창 임민수, 그리고 문제 출제와 관리는 홍선미가 맡았다. 주승의 해부학교실 동료이자 조교인 한진영은 각 게시판 통합 관리를 하고 있었다. 한진영은 하얀 얼굴에 이목구비가 뚜렷하고 귀여웠다. 진영은 뒤에서 조용히 있기를 즐겼고, 사람과의 교류에서 낯을 가렸다. 하지만 주승과는 대학교 동기 동창으로 왓슨추리연맹 카페의 개설자 중 한 명이다.

"주승아, 감건호 샘 왜 물 믹였어? 원래 존경하지 않았어? 너의 롤 모델이잖아."

진영이 물었다.

"요즘 초심을 잃고 완전히 쓰레기 프로파일러 됐잖아. 현장 감식 사진이나 자료는 보지도 않고, 방송은 과장하고 책이나 칼럼도 허접해. 덕후가 안티로 돌아설 때 무서운 법이지."

민수는 보드게임을 상자에 정리하면서 반박했다.

"주승, 그게 물 먹인 정도야? 서점에서 개난리 치면서 난동부린 거지. 내가 그 양반이었음 넌 죽었어."

민수는 정리를 끝내고 선미가 사온 닭꼬치를 야금야금 먹었다.

"캑캑, 캑캑. 우, 토할 거 같아."

"왜 그래? 민수야!"

진영이 걱정스러워 민수를 살피며 물을 건넸다.

"우씨, 꼬치가 목구멍 찔렀다. 어이없게 죽을 뻔했네. 너네랑 해부학교실 같이 들어갈 뻔했다. 지난번에 공항에서 국가대표팀한테 누군가 오물 던진 사건 있잖아. 축구 강국 이기고 입국했는데. 난 정말 이해가 안 됐거든? 근데 그거 유튜브 댓글 넷피셜(인터넷에서 만들어진 음모 이론)에서 누군가 그럴듯한 답 달았더라."

"뭔데?"

"상대방 축구팀한테 스포츠 도박 몰빵한 사람이 오물을 던졌대."

진영이 웃었다.

"헐, 대박. 사악한 의도인데, 이유는 합당하네. 개인적 손실이 클 테니까."

선미가 이었다.

"그게 바로 추리의 반전이지. 범죄의 속성이고. 의도는 불순해도 이유는 저마다 있어. 고로 무동기 범죄는 없다. 환자가 수년간 정신과 다니면서 가족들이 고생하다가 어느 순간 약을 끊고 폭력 사건이 벌어져. 처음 본 남한테 칼을 들지. 왜 묻지마 범죄야. 이유야 넘 많지."

민수가 고개를 끄덕이며 꼬치를 하나 더 물었다.

"히가시노 게이고 《악의》, 요시다 슈이치의 《분노》 같은 소설에 인간의 본성이 잘 나와 있지. 주승아, 너도 감건호한테 그런 의도로 까는 거면 안 돼. 질시나 악의 같은 사악한 의도."

주승이 정리했다.

"천만에. 추리는 선한 의도로 시작하지. 정의와 진실을 구현하는. 고로 난 그런 거 아냐."

민수가 동의하는 표정을 지었다. 민수는 자칭 사립 탐정이지만 들어오는 의뢰 건은 없고, 각종 추리나 미제 사건 카페에 프로파일링 글을 올렸다. 주승이 해부학과 관련해 올리면 그는 사건의 용의자를 예측하는 글을 올렸다. 회원 중에는 그를 진짜 프로파일러인 줄 아는 사람들이 있었다.

솔직하게 말하자면 민수는 직업으로 탐정을 걸어놨을 뿐, 아버지와 가락 농수산물 시장에서 일했다. 그는 인터넷 주문을 받고 채소 납품 가공 일을 도왔다. 대졸 후 대기업에 취직해도 명퇴하는 현실을 고려해 농수산물 시장에 상인들 2세가 심심찮게 들어왔다. 민수도 그 대열에 동참했다.

민수는 종종 민탱이라는 별명으로 불렸다. 주승이 보기에 그는 정말 특이했다. 고등학교 졸업 후, 외향적인 애들과 친구가 돼서 클럽에 다니고 축구를 즐기고 길거리에서 여성의 번호를 땄다. 민수의 둥그런 눈과 말갛고 작은 얼굴, 날씬한 체구가 그들의 맘을 열었는지 종종 그런 식으로 번호를 받고 사귀었다. 주승은 민수가 친구지만 참으로 괴이한 성향을 지녔구나 하고 놀랐다. 대학교 때 경찰서 쫓아다니며 강력 사건의 진실을 캐던 주승과 정반대였다.

민수는 가끔 주승에게 이렇게 말했다.

"주승아, 사실 난 클럽 싫었어. 누가 내 운동화 밟는 것도 싫고, 무엇보다 시끄러운 음악이 귀 따가워. 번호 따려고 기 쓰는 친구들도 부담되고. 친구들이 번호 따기에 나도 왜 못하나 싶어서 해봤는데 이건 아냐. 사귀어도 외모 보고 시작하면 그 사람이 제니퍼 로렌스고 샤를리즈 테론이어도 말이 안 통해. 그러면 거기서 거기거든. 결국 서로 연락하는 빈도수나 균형을 따져서 실연 폭탄 맞기 전에 찢어져. 근데 나는 둔해. 전화로 실연 폭탄 맞기 5분 전도 모른다니까."

주승은 민수 얘기를 잠자코 듣지만 속으로는 코웃음을 쳤다.

"정말 번호 따는 게 쉬워? 이런 세상에 누가 알려줘? 얼마나 무서운 사건이 많은데."

"아니, 번호 안 주지, 첨에는. 하지만 왜 사람을 겪어보지도 않고 거절하냐고 따져. 싸대기를 맞더라도 대시의 끝을 보는데. 이젠 아냐. 그게 넘 싫어. 그때의 나는 추했어. 용기 있는 자가 미인을 얻는 게 아냐. 소통이 안 되면서로 마음만 상해. 그럼 그녀는 나한테는 미인이 아니지."

"소통이 어떻게 안 되는데?"

"같이 영화를 봐도 생각이 달라. 데이트 코스로도 싸우지. 점차 연락하는 횟수들이 균형이 안 맞아. 그녀는 나한테 마음이 없지. 내가 까이기 전에 어떻게든 먼저 끝내려는 것도 공포 스릴러야. 많이 사귈수록 까이는 횟수만 겁나게 늘어나. 결론은 경험을 10%만 해봐도 충분해. 새로운 연인을 만나려 애써 노력해도 결과는 같지. 그래서 난 비혼주의, 비연애주의야. 거절당할까 두려운 나이라 방패를 먼저 치는 거겠지만."

민수는 주승과 대학 시절 그다지 많이 놀지는 않았다. 하지만 몇 개월에 한 번은 만나 이런 말을 했다. 주승은 민수가 할리우드 여배우 같은 여성과 진짜 사귀었는지도 의문이 들었다. 외모를 따지는 게 아니라 서양 여성과 동양 여성은 얼굴이나 골격이 정말 달랐다. 혹시 외국인을 사귀는데 언어가 안 통해서 저러는 걸까 궁금한 적도 있었다.

"난 클럽 가는 친구들에게 하루키 《1Q84》 얘기를 해줘도 무라카미 하루키를 나까무라 하루카로 검색하고서 그런 작가 없던데로 시작하거든. 그게 좀 짜증 나. 주승이

너로 갈아타게 되더라. 사실 난 그 소설 속 아오마메와 덴고의 사랑이 정말 와 닿거든."

하루키의 소설 속 주인공은 어릴 적 인연으로 어른이 되어서도 만나고 싶어 한다. 하지만 서로의 생각 속에 존재할 뿐 만나지지 않아서 애타한다. 주승은 소설에서 분위기와 배경만 남는데, 민수는 신기하게도 주인공들의 심리나 상태, 나왔던 음악이나 세세한 줄거리를 잘 기억했다.

이렇듯 특이한 민수에게 주승이 기억하는 여자가 있었다. 민수가 중학교 때 2년을 사귀었고, 대학 시절 2년을 사귄 J. 그녀는 다른 남자의 아내가 되었다. 민수는 늘 그녀를 그리워했다. J는 솔직히 화려한 얼굴은 아니지만 책을 좋아하고 사려 깊고 친절했다. 민수가 한때 클럽을 전전한 것은 그녀와의 실연 때문이라고 했다. 평생 사랑의 총량이 100이라면 그녀가 80 이상 가져가서 마음이 허하다나. 민수는 그녀에게 미안했고, 그녀의 잔상이 남았다. 그렇게 해서 민수는 비혼주의, 비연애주의를 처음 본 사람에게 묻지도 않는데 외친다.

민수가 그녀를 놓친 이유는 어쩌면 그녀가 덜 어른스런 남자를 좋아했던 걸 거다. 주승이 보기에 민수는 생각이 많았다. 한편 진영과 선미는 이런 민수를 특이하고 좋은 친구로 여겼다. 그의 연애 상담을 잘 들어줬다. 현재 주승에게 민수는 단짝 친구로 자리매김하고 비혼과 비연애로 똘똘 뭉쳐서 선미, 진영 등과 추리에 탐닉하며 취미를 즐긴다. 왓슨추리연맹은 그들이 만들었고 그렇게 지속됐다.

"주승아, 교수님이 부탁한 실험 자료 나한테 포워드 해줘야지."

진영이 물었다.

"응, 준비해놨어. 내일 오전 중에 메일로 보낼게."

진영은 해부학교실에 가면 거의 밖으로 안 나갔다. 집으로 들어가도 밖으로 안 나오는데 유일하게 방문하는 데가 여기 헛간 개조 별채였다. 진영은 얼굴도 하얗고 마른 편이라 주승은 평소 그녀가 뱀파이어의 후예가 아닐까 상상했다.

진영은 서가에 꽂힌 《그레이 인체해부학》 책을 상세하게 훑었다.

"아직도 안 산 거야? 그 책?"

"응, 간 보고 있어. 아마존 사이트에서."

주승이 거금을 들여서 산 《그레이 인체해부학》은 해부학의 바이블로 불리는 책으로 1858년 영국의 해부학자 그레이가 쓴 책이다. 아직까지 이 책보다 더 정교한 책은 없을 거라 여길 정도로 한 분야의 획을 그었다. 저자가 25세에 왕립학회에 들어간 천재였고, 삽화는 동료 해부학자 헨리 밴다이크 카터가 그렸다. 그레이는 천연두로 34세에 사망했지만 그의 책은 지금까지도 40판이 넘게 나왔고 수십 개의 언어로 번역돼 전 세계 의학도들이 읽는다.

"감건호 선생과 한판 대결을 벌이고 싶은데."

주승의 도전적인 말에 일동 조용해졌다. 모두 주승을 주시했다. 진영도 책을 덮었다.

"왜, 강원도 정선 고한읍 미제 사건 있잖아. 밀실에서 벌어진 사건 말이지. 그 사건을 두고 각자 프로파일링을 해서 누가 더 진실에 근접하는지 캐보는 거 어때? 감건호 선생은 프로그램을 만들고 우리는 왓슨추리연맹 포털 카페를 홍보해서 회원 수를 늘리고 파워를 과시할 수 있지."

"만약 우리가 진다면?"

민수가 다급하게 물었다.

"그럼 패배 인정. 다시는 덤비지 말고 악플 안 달지, 뭐."

"야! 그거 너였어? 포털에 감건호 기사 관련해서 유치하고 실력 없다 악플 단 거. 진짜 주승이 너 유치하다."

선미가 깔깔댔다.

"나쁜 아냐. 초등학생들이 더 자극적으로 올려."

"넌 나이가 몇이야. 해부학교실 조교씩이나 하면서."

"나만 그래? 할배, 아재들도 다 올리는데? 그나저나 니들 할 거야, 말거야? 좀 있으면 방학이야. 나랑 진영이는 한가하고. 선미 너는?"

"나야 여름휴가 내지. 민수는 어때? 아버지 허락받을 수 있어?"

"나 바빠. 사건 의뢰 들어왔어."

"진짜?"

"그렇긴 한데 명색이 카페 부매니저인 내가 빠질 수는 없지. 좋았어. 난 왓슨추리연맹 카페를 알리는 일이니까 해보고 싶어, 단 사악한 의도보다는 진실을 찾고 가족들을 돕기 위함이야."

주승은 몸을 벌떡 일으켜서 냉장고 문을 열고 맥주를 꺼냈다.

"에일 맥주는 역시 감미롭단 말이야."

오프너로 맥주를 따서 마시던 선미가 나직하게 말했다. 진영은 주승이 건네는 마른오징어와 먹태를 아주 갈기갈기 껍질마저 세세하게 갈라놓았다.

"쯧! 누가 해부학도 아니랄까 봐. 직업은 꼭 티를 낸다니까."

선미가 웃으며 주승이 만든 마요네즈 소스를 찍었다.

"역시 누군가를 씹을 때는 먹태가 최고야. 그래 감건호 샘 어떻게 하자구? 더 말해봐."

주승은 부기보드(메모 도구)를 들고서 플랜을 적어나갔다.

"첫 번째, 그가 그렇게 목을 매는 프로그램 제작을 위해 미제 사건 던지고 불러내기. 두 번째, 고한은 내가 대안학교 다닐 때 장장 1년 넘게 살던 곳이니까 나의 구역. 우리 네 명과 그가 그곳서 대결을 펼치는 거지. 세 번째, 이게 가장 중요한데 사건의 진실을 사건 관련 가족을 위해 캐내야 해. 우리가 가서 적극 도와 사건을 해결하자. 네 번째 감건호 선생과 여름휴가에 한판 즐겁게 노는 거지, 뭐. 왓슨추리연맹의 회원 수도 엄청 늘리고, 그리고 내 인스타그램 팔로도 늘릴 거야."

주승은 부기보드에 간략하게 플랜을 적고 나서 휴대폰으로 찍어 저장했다. 그들은 장난스러운 시작이었지만 미제 사건을 합심해 푼다는 계획이 퍽 맘에 들었다.

감건호는 프로덕션 사무실에 출근해 한숨을 내쉬었다. 〈감건호의 미제 추적〉 프로그램이 본부장의 사인을 받아서 제작하기로 했다. 그래서 관련 기사를 냈는데 그 밑으로 악플들이 죽 달렸다. 프로그램은 10회 방송이지만, 1회에서 시청률이 낮고 이슈가 없으면 3회 미만으로 제작하고 폐지한다. 감건호는 가뜩이나 심란한데 댓글들을 보니 완전하게 지쳤다. 프로그램 관련 카페로 들어갔다. 거기 글들은 더 안 좋았다.

- 퇴물 감건호, 넘 늙었다. 지식도 완전 개구라. 게다가 정권의 하수인.
- 감건호는 감 떨어진 지 오래. 프로그램도 헐. 제목 구려~
- 감건호가 누구? 난 오로지 〈그것이 알고싶다〉 본방 사수. 짝퉁은 안 봐잉~
- 낡은 기법으로 프로파일링하고, 팩트 위주가 아니라 과하게 오버하는 양상이다.

감건호는 한숨을 내쉬다 안경을 거칠게 빼고 머리카락을 몇 가닥 쥐어뜯었다. 요즘은 눈도 침침하고 눈물이 자주 나왔다. 노안에 자잘한 글씨는 잘 보이지 않았다. 평상시 끼고 다니는 렌즈는 눈을 더 건조하게 했다.

"선생님, 커피 한 잔 드세요."

박 피디가 캡슐 커피를 빼서 한잔 건넸다.

"먹어도 될까? 요즘 완전 불면증인데."

"아침인데요."

"이게 원인은 아냐. 커피 마셔버리지 뭐. 고마워요, 후우. 포털 카페 자네가 매니저 아녜요? 왜 이리 안티가 유입됐어? 비 오는 날 푸닥거리한다더니, 어디 비 왔어? 왜 나한테 발작이야?"

"최근 것도 아녜요. 원래 그런 댓글 어느 게시판에나 있어요."

"난 내 밑에 작가나 피디 면접 보러 오면 그 사람들이 단 댓글이나 익명 게시판 글 모조리 알아볼 거야. 그래서 악플 자주 다는 사람이면 아웃! 그나저나 이글들 지우지, 좀."

"함부로 지우면 난리 나요: 그런 것도 있고 비판적 대안도 있고. 참조할 것도 있죠."

감건호가 커피를 마시려다 고개 들었다. 박 피디는 시선을 다른 데로 돌렸다.

"무플보다는 낫죠. 신경 쓰이면 보지 마세요."

"좀 그러네. 아, 아냐. 건설적 대안에는 하트랑 댓글 좀 날리자. 아이디 보면 난 줄 알잖아. 얼마나 카페 죽돌이였는데. 요즘 팬 관리가 뜸했어. 예전엔 배우 누구 닮았다느니, 프로파일링 기술 칼이라느니 이런 찬양 글이 도배됐는데 말이지."

그동안 시청률이 죽을 써놔서 다른 데 신경을 못 썼더니 이것저것 엉망이었다.

이럴 때일수록 소통이 필요했다. 감건호는 그중에 온건한 악평에 '잘 보고 갑니다~ 앞으로 저 감건호 분발하겠습니다.~~ㅎㅎ~~'라고 답댓글을 올렸다. 그거 두 문장 올리는데 집게손가락이 떨리고 이모티콘 기호 찾는 데 한참이 걸렸다. 그래도 댓글 다니 좀 나았다. 악평을 긍정적 기운으로 승화했다. 혹시 답글이 올라오나 기다렸지만 안 올라왔다. 감건호는 회의를 시작했다.

"선생님, 작가들과 회의 이따가 11시에 있고요. 사건 몇 개 제가 자료 뽑아 왔어요."

"나도 아이템 뽑아왔는데 지난번 〈미스터리 오브 미스터리〉처럼 개폭망하는 건 아닌지 걱정이네."

"그렇게 기운 빠지시면 저희는 어쩌라구요. 모두 선생님 믿고 가는데요."

"미안해, 박 피디. 지난번 서점 일로 신경이 곤두섰어. 맹랑한 녀석, 걔가 악플 단거야. 아닐 수 없어."

"그게 말이죠."

박 피디는 조심스레 서류 한 장을 내밀었다.

"이거 보세요. 사실은 그 카페 운영진들이 도발을 하는데요."

"고발? 무슨 고발? 왓슨추리연맹이 날 왜 고발해?"

"고발이 아니라 도발이요. 2년 전에 고한에서 일어난 김미준 씨 실종 사건 있잖아요? 미제 사건인데 그 사건 각자 프로파일링해서 경찰들이 해결하는 데 도움 주자는 제안을 했어요. 우리 프로로 1회 만들면 자기들이 적극 출연도 한다는데 어떠세요? 작가들은 재밌다는 얘기도 했고요. 아무래도 불편하시겠죠?"

"뭐어? 진짜?"

감건호는 2년 전 미제 사건을 떠올렸다. 타 시사 프로에서 다뤄서 제법 인기를 끌었고, 감건호도 사건을 추정해서 칼럼을 써본 적 있었다.

"여기 그 제안 메일 보낸 사람이 서점에서 본 김주승이고 여기 인스타그램 한번 보세요."

감건호는 박 피디가 건네는 아이패드로 인스타그램을 봤다. 수천 명의 팔로워가 있었는데 팔로잉은 하나도 없는 특이한 계정이다.

"해부학도 말이지? 이건 뭐야? 손 해부한 거야? 이렇게 올려도 돼?"

박 피디가 놀라 들여다봤다.

"어? 피자인데요? 선생님, 시력 많이 나빠지셨나 봐요."

"그, 그러네. 하와이안인가? 파인애플? 뭔 순 먹는 사진하고 친구들하고 홈스 모자 쓰고 돋보기 들여다보는 사진이야. 이런 아마추어를 상대하면 내가 망신당해. 급 떨어지니까. 내가 이 급이야? 현직 프로파일러들하고 붙어도 쌩쌩한데."

"왓슨추리연맹에서 주기적으로 추리 이벤트를 하는데 후기 사진 올린 거예요."

"박 피디가 어떻게 그렇게 잘 알아?"

"예전에 〈미스터리 오브 미스터리〉 홍보하느라 카페에 가입했어요. 열성 회원 수가 제법 많다고요."

"그 친구들하고 한판 그림 만들면 뭐가 되나?"

"그게 말이죠. 선생님 혼자 하시는 것보다는 나을 수 있어요. 묻어가는 것도 방법이에요. 무엇보다 회원 수가 7,000명이 넘어요. 회원들에게 우리 프로 시작을 알린다고 생각해보세요."

"7,000명이 대수야? 트위터 팔로 수만 명이 넘는 나에게?"

"그 카페는 핫하고 추리 콘텐츠에 대한 충성도가 굉장히 높다고요. 한번 가보자고요."

"후우, 박 피디가 그렇게 말한다면야. 나야 뭐."

감건호는 속으로 젊은 친구들 얼굴 그림이 나쁘지 않다고 여겼다. 젊은 프로파일러라도 한 명 수배해서 같이 찍을까 했는데 청년들이 여럿 붙으니 괜찮았다.

출연료나 스케줄부터 따지는 연예인이나 셀럽이 아닌 것도 맘에 들었다.

한번 가볼까?

감건호는 고개를 끄덕이며 말을 꺼냈다.

"대신에 출연료 아주 박하게 책정해요. 왜냐면 제작비 쪼들리는데 아마추어부터 용역 경비 깎아야지."

"네, 제가 알아서 해볼게요."

며칠 후, 박민자는 간만에 별채를 방문해 노크했다. 주승은 일에 몰두하거나 공부에 집중하면 방문도 잠가놓았다. 주승은 게임을 하다 문을 열었다.

"들어오세요."

박민자가 문을 열고 들어섰다. 그녀의 손에 마트에서 판매하는 푸른색 재사용 봉투가 들려 있었다. 박민자는 목소리를 높였다.

"주승, 너! 어쩌려구?"

그녀가 봉투를 내려놓고 걱정스럽게 봤다.

"아들, 엄마는 못 속여. 너 고한읍 가서 어쩌려구?"

"엄마, 나 사찰한 거야?"

"사찰은 무슨. 냉장고에 음료수 넣고 엄마 노트북 잘 안돼서 니 방 컴퓨터로 인터넷 쇼핑하다가 메일 열려 있어본 거야. 박 피디인가 하고 주고받은 이메일 말이야. 엄마가 아무리 동네에서는 감이 뛰어나 별명이 박 형사라지만 너헌테는 안 써먹어. 우연이야. 근데 고한은 왜? 한스 대안학교 졸업한 지 몇 년 됐다고. 아직도 그 사건 안 잊히고 못 잊혀. 그게 엄마 마음이야."

주승은 기억을 떠올렸다. 중학교를 고한에 위치한 대안학교에서 다녔다. 그때 교내에 특이한 사건이 있었다. 주승은 용의자로까지 몰렸으나 결국 주승이 사건 실마리를 캐내서 결백해지고 서울로 전학을 왔다. 주승은 초등학교 졸업 후 부모님의 권유로 대안학교 중등과정에 입학했다. 스콧과 헬렌 니어링 부부의 조화로운 삶과 데이비드 소로의《월든》사상에 경도된 부모님은 자연 철학을 주승이 깨닫기를 바랐다. 하지만 막상 입학한 대안학교는 사상만 배울 뿐, 인간사는 다른 곳과 같았다.

후배들을 늘 기합 주는 선배들. 후배들이 나댄다는 이유로(사실은 기가 죽어지냈음에도) 마구 겁을 주고, 각 잡고 훈계했다. 함부로 주먹을 휘두르기도 했다. 생활지도 선생님과 전체 회의를 통해 그런 일을 지양하자고 누누이 말해도 잘 고쳐지지 않았다. 아무리 좋은 사상을 배워도 사춘기 남학생들이었다.

게다가 게임과 검색, 지식인 활동을 좋아하는 주승에게 그곳은 지옥이었다. 컴퓨터 이용 시간이 하루 2시간 이내로 제한됐다. 그것은 주승에게 법의학이나 과학수사 관련 논문을 깊게 찾아볼 수 없다는 걸 의미했다. 이미 법의가 되기로 진로를 정해났는데 학교에서 정한 규칙은 속박이었다. 게다가 주승은 학교가 자연 친화적인 이유로 본관 바깥에 친환경적 화장실을 설치하고, 학생들이 노동의 참맛을 알기 위해 변을 퍼내는 것도 못마땅했다.

모든 걸 완벽하게 갖춰야 인간은 정신 활동에 지장을 받지 않는다. 이게 주승의 논리였다. 불편한 점이 많은 자연환경 위주의 대안학교 규칙을 주승은 탈출하고 싶었다.

그러던 중에 3학년 남학생에게 사고가 일어났다. 친환경적 화장실에 술 취해 들어가 자다가 이산화탄소와 메탄가스 중독으로 입원했다. 남학생은 정신은 깨어났지만 기억을 하지 못했다. 하시만 남학생의 부모님은 사고의 원인을 캐고자 신고했다.

경찰은 단순사고로 파악했지만 주승은 사건을 추리했다. 먼저 그 선배와 사이가 안 좋은 2학년 학생이 술을 제공했다는 증거를 캐냈다. 그의 방에서 소주병을 찾기 전에 그가 주말에 본가에 다녀오며 소주를 밀반입했다는 걸 룸메이트에게서 알아냈다.

그렇게 조사하다가 주승이 도리어 용의자로 몰렸다. 하지만 주승은 굴하지 않고 조사를 이어갔다. 마침내 선배와 용의자가 술 마시는 것을 목격한 1학년 증인을 찾았다. 증인에게서 참고 진술을 받았다. 주승은 화장실 현장을 가서 문 바닥에 지렛대를 넣어서 안 열리게 한 정황을 파악했다. 문 바닥에 손을 대보니 움푹 파였다. 뒷마당에 버려진 지렛대도 찾았다. 용의자는 주승이 증거를 들이대자 자백했다. 주승은 선생님과 상의를 해서 경찰에 그를 인계했고, 용의자는 가정법원에 송치됐다.

주승은 학교에 전학 신청을 해서 나왔다. 서울로 전학 갈 때 즈음 감건호가 이 사건과 관련해 신문에 칼럼 쓴 걸 보았다. 그렇게 서울지방경찰청에 근무하는 감건호를 알게 됐다.

주승은 처음에 그를 존경했다. 그가 쓴 책을 모조리 사서 정독했고 포털이나 인터넷 서점 등에 리뷰를 상세하게 올렸다. 강연을 들으러 다녔다. 지방에서 강연하는 날도 자율학습 시간을 빼서 외출증을 끊고 쫓아다녔다. 하지만 그가 경찰직 은퇴 이후에 보여준 행보에는 실망했다.

일단 프로파일링의 질이 현저하게 떨어졌다. 현재의 범죄심리학을 응용하는 게 아니고 오래전 지식으로 시청자들의 입맛을 사로잡기 위해 자극적인 사건을 쫓아다녔다. 편집을 교묘하게 해서 프로그램이 사건의 방향을 무리하게 선도했다.

용의자는 무조건 범인으로 보이게 했고, 억울한 용의자가 감건호와 프로덕션에 소송을 걸었다. 그는 진실된 말과 팩트 위주의 방송이 아닌 시청자의 눈과 귀를 현혹하는 현학적인 말과 복잡한 심리학 용어, 실제적인 조사가 바탕이 되지 않은 추정으로 본질을 흐렸다. 퇴물이 되고 꼰대가 됐으며, 연예인 병에 걸려서 얼굴에 분을 덕지덕지 바르고 과장된 제스처와 표정을 보였다. 누가 봐도 협찬이 분명한 화려한 새 옷을 매회 갈아입었다. 주승이 보기에 그는 도태 과정에 있었고, 스스로도 정체성이 흔들렸다. 그걸 시청자가 모를 리 없었다.

주승은 그에게 새로운 자극 기폭제가 되고 싶었다. 이
걸로도 고칠 수 없다면 포기하고 싶었다. 그래서 도발한
것이다.

"엄마, 걱정하지 마세요. 그냥 휴가를 이용해 의미 있는
일을 친구들과 남기고 싶은 것뿐이니까."

"'그냥'이란 말, 엄마 정말 싫어해! 모든 게 인과관계가
있는데?"

"아니요, 괜찮아요."

"정말, 걱정 안 해도 돼?"

"저 중학생 아니에요. 군대도 다녀왔고 대학원생이에
요. 걱정하지 마세요."

"알았어. 그럼 이거 간식으로 먹어. 안 먹으려면 냉장고
넣어놓던가. 후우."

"네, 알겠어요."

주승은 박민자가 재사용 봉투서 뺀 쁘티첼 젤리와 조각
케이크 등을 냉장고에 넣었다. 박민자는 별채를 나갔다.
주승은 데스크탑의 게임 창을 닫았다. 왓슨추리연맹 카
페 게시글 등을 훑으면서 운영진들이 프로그램 촬영을 위
해 게시판 관리 일을 다른 회원에게 맡기고 일주일간 휴가
를 떠난다고 공지했다. 주승은 고한의 실종 사건 관련해

서 관련 자료를 취합했다. 각종 기사를 긁어모아서 하나의 서류 파일로 만들었다. 그리고 범죄심리학이나 과학수사 관련된 논문을 열어서 자료를 살펴봤다. 기본적인 자료 조사는 주승이 준비하고 각자 자료를 알아서 준비해 오기로 했다.

제 2 차 대결과

카데바 해부학 땡시험 초치기

주승은 의학전문대학원 건물로 들어섰다. 로비에는 설립자의 사진과 동상이 있다. 거액의 기부금을 낸 인사들 명단이 금속 명패로 벽면에 붙었다. 주승은 매점에서 카페인이 들어간 커피우유와 빵을 사서 엘리베이터로 4층으로 이동했다. 보통의 해부학교실은 대학 병원 지하에 영안실이 있고 그 옆에 해부학교실이 있다. 기증 시신인 카데바는 바로 해부학교실로 옮겨진다. 하지만 주승이 속한 의학전문대학원은 특이하게 4층에 해부학교실이 있어 카데바를 카트에 실어 4층으로 이송했다. 그 일을 조교인 주승과 진영이 도맡아 했다. 기증 시신을 옮기는 것은 무척 까다로운 일로 행여나 결례를 하면 안 되어 조심스레 옮긴다.

해부학교실에 도착하면 아이디카드를 대고 들어간다. 안쪽으로 실험 기자재와 각종 의학서적들, 그리고 컴퓨터가 있는 조교실 겸 실험실이 있다. 그 옆으로 해부학교실이 있다. 교수님들 사무실은 바깥에 복도 안쪽으로 따로 있었다. 해부학교실은 보통의 부검 장소와 다르지 않았다. 은색으로 된 스테인리스 싱크대가 벽면에 길게 붙었고 가운데에 부검대가 있다.

오늘은 주승과 진영의 감독 하에 땡시험이 있다. 이 시험이 끝나면 의전원 학생들은 모두 방학을 맞이하고 주승, 진영도 잠시 휴가를 갖는다.

땡시험은 8구의 카데바를 부검대 위에 두고 시신마다 각종 근육의 정확한 이름과 뼈의 이름을 시험 보는 것이다. 해부한 근육 위에 핀을 꽂고 실을 매달아서 각 근육의 이름과 기능을 적는다. 혹은 남녀의 뼈를 가져다 두고 어느게 남성의 뼈인지 맞추기도 한다. 문제별로 시간을 정해놓고 종소리를 땡 울려서 문제를 푼다. 일정 시간이 지나면 다시 땡 소리를 울려 옆 부검대로 이동해서 땡시험이다.

해부학과의 일반 시험으로 임상을 겸해 서면보다 어렵다. 학생들은 거의 30대를 넘었는데 가끔은 40에 육박하는 어르신도 계셨다. 주승과 진영은 조교이기에 이들보다 10살이 어려도 반말을 하라는 교수님 지시에 가끔 그렇게 했다. 주승은 쇠로 만들어진 은방울 종을 들고 휴대폰으로 타이머 앱을 열었다.

"이제 20분마다 카데바를 1번부터 8번까지 돌면서 시험지에 있는 문제를 풀어보는 것이다. 모두 준비됐죠?"

주승은 마냥 반말할 수도 없어 존댓말과 반말을 혼용했다. 진영이 휴대폰을 받아 타이머 버튼을 종소리와 동시에 눌렀다.

"시작. 1번 카데바는 어깨 근육 이름을 적는 것입니

다. 어깨올림근이라는 한글과 이에 해당하는 영문 levator scapulae 이런 식으로 모두 적으십시오. 그리고 근육이 작용하는 기능을 간단하게 써주세요."

1번 카데바는 어깨 근육이 해부된 위에 작은 번호표지 핀과 실을 매달았다. 번호마다 영문 한글 이름을 적고 기능을 적는 문제였다. 방부 처리가 된 시신에서는 시큼하고 독한 냄새가 났다. 모두들 하얀 가운에 마스크를 썼다. 마스크 위 눈빛은 진지했다. 주승이 20분이 지나자 종소리를 울렸고, 학생들은 2번으로 이동했다. 이번에는 가슴 근육과 뼈가 해부돼 있었다. 모두들 집중하여 문제를 풀었다. 진영이 주승에게 속삭였다.

"저분, 어르신. 커닝 지속적으로 하셔."

주승은 40이 넘은 학생에게 다가가 속삭였다.

"커닝 하시면 퇴장시키겠습니다. 홀로 다니십시오. 다른 분들과 거리를 1미터 이상 두세요."

남자가 주승의 말에 고개를 끄덕이고 학생들로부터 떨어졌다.

주승은 학생들을 지켜보며 3번 카데바의 심장 혈관의 각 부분을 나타내는 번호표지 핀들을 제 자리에 정확하게 배치했다. 주승은 심장의 상대정맥, 오른폐동맥, 오른심

실 등의 수십 개의 혈관을 그동안 부기보드에 수백 번을 그려가면서 왼쪽 오른쪽을 따져서 외웠다. 이런 식으로 인체 해부도의 수천 가지 이름과 기능을 외우는 데 몇 개월이고 고생했다.

수천 개를 동시에 외우는 건 진짜 스트레스 쌓이는 일이지만 미래 법의가 되기 위해 현재에 매진했다. 주승은 의학전문대학원을 다시 들어가 의사 자격증을 따서 국과수 법의가 되는 게 꿈이고, 진영은 해부학 박사 과정을 끝마치고 경찰청 검시조사관 시험을 보려 했다. 둘 다 쉽지는 않은 과정이지만, 그들은 동료애와 사명감으로 청춘을 시신들과 같이 보냈다.

마지막 시험 문제는 여성과 남성의 머리뼈를 구분하는 문제였다. 모두 다섯 개의 두개골이 있었다. 보통 여성은 두개골이 섬세하고 작고 뒤통수 뼈의 바깥 표면이 매끄럽고, 바깥 뒤통수 뼈 융기가 둥글다. 이마 뼈가 수직 방향으로 둥글고 눈확 위 가장자리가 얇고 날카롭다. 그리고 눈썹활이 튀어나오지 않고 아래턱뼈가 작고 가볍다.

남성의 머리뼈는 큰 편이고 근육이 붙은 곳이 튀어나오고 목덜미 선의 경계가 뚜렷하고 바깥 뒤통수 뼈 융기가 뚜렷하다. 여성보다 진체적으로 크고 두껍고 튀어나왔다.
진영이 작은 목소리로 물었다.

"주승아, 남자 여자 두개골은 학계에서도 구분이 쉽지
않다고 논란이 있잖아. 이번 교수님 문제 어떻게 된 거
야?"

남녀의 뼈 구분은 이론적으로 나와 있으나 쉽지는 않
다. 골반뼈가 가로와 세로 직경, 대각선 길이를 따져서 여
성이 남성보다 넓기 때문에 구분이 조금 쉽다. 하지만 두
개골은 어렵다. 주승은 교수님 출제 의도를 들은 적 있다.

"교수님도 학생들이 남녀 두개골을 구분할 수 있는지 의
문이지만 확인해보고 싶으신 거 같아. 그래서 무리해서
내셨어."

"그렇구나. 일반 의전원생들이 구분할 수 있는지 궁금
하신 거구나."

"응."

드디어 땡시험이 끝났고 학생들은 방학을 맞으며 인사
하고 뿔뿔이 흩어졌다. 주승은 싱크대 주변에 앉아서 빵
과 커피우유로 점심을 때우면서 마우스를 눌렀다. 진영은
창가에서 조용히 밖을 내다보며 도시락을 먹었다. 식사한
후에 같이 카데바를 정리할 예정이었다.

주승은 빵을 먹으면서 시신 정리 계획을 세웠다. 8구나 되어서 쉽지는 않겠으나 이제 대학원 조교로서의 1학기는 이렇게 끝났다. 시신을 잘 꿰매 영안실로 보내드려서 장례를 치를 준비를 하고 유족에게 연락하면 일은 끝난다. 그리고 일주일간의 휴가가 시작된다.

감건호와 프로그램을 같이 찍는 일주일. 감건호는 왓슨추리연맹의 도전을 받아들여 이들과 함께 고한 실종 사건의 프로파일링 대결을 하기로 했다. 왓슨추리연맹 운영진들의 숙식은 프로덕션에서 제공하고 출연료는 정해진 금액으로 준댔다. 주승은 운영진들의 허락을 얻어 요청을 받아들였다. 그리고 서로 휴가 날짜를 맞춰서 고한에 가기로 했다. 그게 바로 내일이었다.

베테랑 탐정 정탐정 고한의

미제 사건 의뢰를 수락하다

피프스 하모니의 〈Worth It〉이 흘리니오는 클럽 안. 정탐정이 아무렇지도 않은 듯 무연하게 에일 맥주를 들고 무대 중간으로 들어간다. 20대 청춘들이 모인 곳에서 홀로 40인 그는 아무렇지도 않은 척 천천히 몸을 흔들지만 어색하다. 정탐정은 대상자를 밀착 마크하면서 옆눈으로 흘겨본다.

대상자는 16세의 여고생, 어머니가 딸이 남자들과 무분별한 성관계를 갖고 외박을 일삼는다면서 의뢰한 사건이다. 사건 의뢰인인 어머니가 딸의 몸을 찍은 여러 멍 자국 사진을 보여줬을 때, 정탐정은 어쩌면 강간 흔적인지 의심했다.

정탐정이 여고생을 미행하니 그녀는 여러 남자와 클럽에 어울려 다녔다. 정탐정이 의뢰인에게 이를 보고하자 딸의 일탈을 멈추게 하려고 어머니는 남자들의 신원을 요구했다. 그래서 정탐정은 여고생을 따라서 강남 한복판의 클럽에 근 10년 만에 와봤다.

클럽 구석에서 지켜보던 정탐정의 휴대폰이 울렸다. 3번이 울렸다. 새로운 의뢰인의 전화에는 3번이 울린다. 가족들 전화는 1번, 직원이나 동료들 전화는 2번, 새 의뢰인 전화는 3번, 기존 의뢰인 전화는 4번이 울린다. 이렇게 아이폰 네 대를 가지고 있지만 정작 정탐정이 가장 중요하게 생각하는 순위는 거꾸로이다. 가족들의 전화와 소통이 가장 적은 편이다.

새 의뢰인 전화에 정탐정은 얼른 병맥주를 테이블에 내려놓고 클럽을 나갔다. 도저히 소리가 들리지 않았다. 밖으로 나가자 밤의 시원한 공기가 머리를 일깨웠다. 클럽의 음악은 무진장 귀청 떨어지게 했다.

"네, 정탐정입니다."

"저…… 실종된 딸을 찾고 싶습니다…….."

"단순 가출인가요? 그렇다면 저보다는 경찰에 연락하시는 게……."

이때 클럽 밖으로 대상자 여학생이 대학생 정도의 남자 팔짱을 끼고 나왔다. 정탐정이 얼른 전화를 끊고 미행을 하려는데, 전화기 저쪽의 애끓는 소리가 그의 발걸음을 멈췄다.

"고한에서 실종된 제 딸을 찾아주세요."

정탐정은 언뜻 이 일을 맡겠다고 마음먹었다. 짚이는 바가 있었다.

"따님 성함이 혹시, 김미준 씨입니까?"

"네."

1톤이 넘는 무게의 답이 들려왔다.

"저는 원래 한 사건 당 주급 250만 원을 받고 사건을 진행하지만 이 일은 무상으로 맡겠습니다. 믿고 정탐정을 찾아주셔서 감사합니다. 그럼 제가 30분 후에 다시 이 번호로 연락드리겠습니다."

"저어, 근데 본명을 알고 싶어요. 정확하게 이름은……어떻게 되세요?"

"개명했어요. 원래 정순호인데 탐정이 너무도 하고 싶어 그냥 정탐정입니다. 이래저래 그렇게 불러주세요. 직업도 되고 이름도 되는 그런 호칭입니다."

"네."

"그럼 잠시 전화 끊겠습니다."

정탐정은 즉시 전화를 끊고 번호를 저장한 후에 2번 휴대폰을 꺼냈다.

"공 팀장? 나 정탐정. 지금 바빠요? 뭐해요?"

휴대폰 저쪽에서 신음이 들렸다.

"운동 중입니다. 벤치 프레스 들어요. 학학."

"역시 자네의 피지컬을 보면 운동에 상당 시간을 투자하는 게 짚이지. 사건 하나 넘길게. 지금 당장 강남역 나올 수 있지? 대상자 신상과 정보 넘길게. 이 일 맡아서 해줘.

일당은 최상급으로 쳐줄게. 나는 다른 데 출장 다녀올 데가 생겨서. 여고생 이름은 우서영. 집은 강남, 활동 반경도 여기. 그리고 남자 3명 정도를 만나는데 신상을 알아내 어머니한테 넘겨야 해. 주로 가는 곳은 학교 끝나고 학원, 화장품이나 옷가게, 그리고 커피숍과 클럽. 젊은 여성 탐정 한 명 섭외해서 같이 다니면 좋고. 안 그러면 올리브영에서 자네가 2시간 넘게 버텨야 하는데 힘들겠지? 조만간 섭외해 놓도록! 오케이?"

정탐정은 전화를 끊고 다시 4번 전화를 들었다. 이제 이 의뢰인의 연락처는 3번에서 기존 의뢰인 리스트가 있는 4번으로 이동한다.

"저 정탐정입니다. 어머니, 자세히 듣고 싶습니다."

정탐정은 의뢰인과 긴 통화 후에 회심의 미소를 지었다.

경찰들도 해결 못 한 미제 사건. 이 사건을 해결하면 탐정으로서 대한민국 넘버원이 되는 건 물론, 불법으로 취급되는 탐정 이미지를 개선할 수 있다. 어쩌면 사립 탐정들의 꿈인 사립 탐정 법제화를 실현시킬 수 있을지 모른다.

경찰들은 사립 탐정을 불법 사찰을 일삼는 존재로 치부하지만 그렇다면 셜록 홈스, 포와로, 김전일은 다 무엇인가. 공권력이 미치지 않는 곳, 소외되고 험한 곳에는 우리 같이 발로 뛸 수 있는 실무자들이 필요하다. 간통죄도 없어진 마당에 바람피우는 남편들로 인해 괴로운 아내들은 누가 돕는가. 남자들의 무분별한 외도와 딱 잡아떼기, 일방적 이혼으로 빈 몸으로 쫓겨나야 하는가.

정탐정은 의뢰인들이 눈물바람으로 죽기 일보 직전에 아기를 업고 찾아온 것을 기억했다. 그들을 도와서 최악의 상황을 막고, 외도를 일삼는 남편과 깨끗하게 헤어지는 법을 일러주고 뒤에서 노심초사 도왔다. 정탐정도 얼마나 힘들었는지 모른다. 극도로 험한 일들을 한 달에 10건도 넘게 의뢰받아 직원들과 고생한다. 탐정에게 주는 대가는 의뢰인이 얻는 행복과 재산적 이득에 비하면 적다.

정탐정은 고한 사건을 잘 해결하면 터닝 포인트가 돼서 탐정 이미지를 개선할 기회라고 봤다. 그는 1번을 들어서 아내에게 가족 여행은 당분간 미루든가 혼자서 아이들 데리고 다녀오라고 했다. 아내의 불평이 들렸지만 정탐정은 이번 연말에 반드시 원하는 백을 사주겠다고 거듭 약속했다. 통화를 끊은 정탐정은 휴대폰에 키스했다. 아내가 집안을 잘 이끌기에 자신이 일에 매진한다.

정탐정은 근처 모텔에서 하룻밤 자면서 노트북으로 사건 조사를 취합하고 내일 일찍 내려가 김미준 양 어머니를 만나기로 했다. 정탐정은 바로 옆의 모텔을 올려다봤다. 20대 남녀가 팔짱을 끼고 들어가는 뒤로 정탐정도 약간의 거리를 두고 들어갔다. 모텔은 불륜사건 대상자를 염탐하는 곳이면서, 급하면 당장 들어가 자는 곳이다. 익숙하지만 이불의 소독약 냄새는 아직도 낯설다. 가족들 품이 마냥 그립지만 일과 정의를 위해 정탐정은 오늘도 모텔서 쪽잠을 잔다.

가락시장에 야채와 과일을 가득 실은 트럭들과 지게차가 오간다. 시장 안 구석에 관리금융동 건물이 있다. 그 건물 1층에 프레쉬 유통 회사의 채소 저장고와 작업 공간인 가공실 등이 있고, 5층에 사무실과 휴게실, 탕비실 등이 있다. 민수는 사무실에서 아버지에게 오늘도 한 소리를 들었다. 민수의 둥그런 눈이 빙글 돌면서 아버지의 잔소리를 거르려고 애썼다.

"임 과장, 난지형 마늘과 한지형 마늘을 구별해서 물건 받고, 손님들에게 확인해 보내야 된다고 몇 번을 말해요."

아버지는 임 과장이라고 하고 존댓말을 썼지만 그게 더 가슴 아팠다.

"난지형 마늘은 한지형 마늘에 비해 저장성은 낮지만,

수확시기가 빨라서 마늘통이 크고 딜 매워 장아찌로 믹기에 좋다고 말하라고 했잖아요. 난지형을 원하는데 멋대로 한지형을 보내드리면 손님들이 나중에 맛의 차이를 느끼고 반품한다니까. 오늘도 반품 한 박스 들어왔잖아요."

민수는 한지형 마늘에서 비슷한 발음의 이름을 지닌 한진영을 떠올렸다. 그리고 곧 있으면 주승이 차를 가지고 올 텐데 어떡하나 고민했다. 지금이 마늘, 파프리카, 토마토 등과 여름 한정으로 파는 과일 등의 수확물이 들어올 시기라서 한창 바쁘다. 휴가는 여름 지나 다음에 가라고 이미 소리를 들었다. 그런데 주승은 오늘 시장에 오후 1시까지 온다. 민수는 휴대폰으로 시간을 체크하다 또 지적당했다.

"임 과장, 집중해요. 오늘 주문 파악하고 취소 건수도 챙겨요. 주문자 한 번씩 전화 넣어서 물건 들어간다고 인사드리고 고객 관리 좀 해요. 관리법 알려드리고. 관리법을 알아야 고객들 컴플레인 안 들어와요. 참 가공실 일도 좀 돕고."

채소 장사로 20여 년 넘게 잔뼈가 굵은 아버지는 오늘도 얼굴 한번 찌푸리지 않고 조곤조곤하게 민수를 가르쳤지만 그는 힘겨웠다. 차라리 모르는 사람이 상사인 게 나았다. 아버지의 조급함과 채근은 채소의 유통기간이 짧기 때문에 형성된 거 같다. 그는 진지하게 아버지의 성향과 캐릭터를 프로파일링했다.

어려운 가정형편에서 채소 장사로 자수성가했고, 채소의 유통기간이 짧아서 빨리 물건을 팔아치우는 습관이 현재 아버지의 성격을 형성했다. 유통기간이 더 짧은 과일이 아니라 다행이라고 여겼다.

아버지가 유일하게 터치를 못 하는 부분은 민수가 최근에 뚫은 인터넷 쇼핑몰에서 농과를 파는 일이었다. 민수는 대학교 때 배운 포토샵 기술로 양파, 마늘, 호박, 고구마 등을 사진 찍어 소개 글과 함께 쇼핑몰에 올려 수익을 창출했다. 그리고 동영상 콘텐츠도 제작해서 마카오나 사이판, 베트남에 농과를 수출할 계획도 세웠다. 민수는 가공실에서 일하다가 휴대폰이 울리자 밖으로 받았다.

"민수, 나와. 대기 중이다."

"어, 어딘데?"

"여기 시장 정문 앞. 나와. 고한에서 일주일 묵을 준비는 해왔지?"

민수는 저장실에 있는 자신의 백팩과 신발을 떠올렸다. 몰래 숨겨뒀다. 이미 이틀 전부터.

"십씨 1도에서 생생하게 보관 중이다."

"그럼 나와. 진영이도 있어. 선미는 나중에 퇴근 후 버스 타고 올 예정."

"기다려줘. 이거 마무리 짓고. 20분 정도."

"오케이."

아버지는 잠깐 사무실을 비웠다. 민수는 대형 정육점에 납품하는 양파 슬라이스를 포장하던 일을 다른 직원에게 맡겼다. 양파의 매운 냄새가 옷에 밸까 봐 작업복을 입고 근무했다. 주승은 저장고 안에서 옷을 갈아입었다. 여행을 가느라 최신상 아디다스 이지부스터 350 화이트도 준비했고 맨체스터 유나이티드 티셔츠도 갖다 두었다. 아버지는 민수가 이런 고가의 운동화와 옷을 수집하느라 월급의 반을 쓰는 것도, 이 옷가지들을 보관하려고 방과 다용도실에 대형 신발장과 행거를 사둔 것도 못마땅해 하셨다. 하지만 민수로서는 건전한 취미이고 행여나 나중에 결혼하면 못하게 된다는 것을 잘 알기에 지금 한다. 몇 년 전에 나온 빈티지 제품을 인터넷에서 몇 만 원 싸게 구매할 때는 무척 행복했다.

민수는 옷을 싹 다 갈아입고 운동모자로 얼굴을 가리고 향수를 손목과 귓불에 뿌리고 몰래 탈출했다. 건물을 나와 정문까지 걸어서 이동하는데, 경매장 근처에서 아버지가 오는 게 보였다. 민수는 살그머니 전동차에 올라탔다. 슬슬 후진하다가 차를 돌려서 건물 뒤로 돌아 시장 입구를 향해 달렸다. 저만치 민수가 귀여워하는 고양이 포리가 보였다. 민수는 전동차 속도를 높였다.

밤에 경매장 부근에 양파나 당근을 쌓아놓은 보관실 주변으로 고양이들이 모여든다. 고양이들은 건어물 시장에서 떨어진 부스러기들을 먹고 양파 자루 위에 올라가 휴식을 취한다. 그 중에 갈색 털에 하얀 줄무늬가 있는 덩치 큰 고양이를 민수는 포리라고 불렀다. 포리가 민수를 보고 팔짝 뛰어 뒤로 물러났다. 민수는 전속력으로 전동차를 운전해서 입구에 세웠다. 주승의 아반떼 차량을 찾았다. 저기 하얀색 차가 보였다. 민수는 최대한 빠르게 달려가며 직원에게 문자를 쳤다.

형. 나 휴가 가요.

사장님께 잘 말씀드려줘요.

전동차는 정문 입구에 뒀으니 가져가세요.

부탁해요.

민수는 보조석 차문을 열었나. 뒷좌석의 진영이 손 인사를 했다.

"야, 야. 빨리 출발! 잡히면 고한이고 뭐고 다 못 가!"

민수가 잽싸게 탔다.

"내 몸 양파 냄새 나지? 넘 급해서 샤워도 못 했어."

진영이 답했다.

"전혀."

민수가 뒤로 손을 뻗어서 진영의 코에 손목을 갖다 댔다.

"향 좋다. 불가리?"

"아니, 에르메스. 이 냄새 때문에 양파 냄새 안 나나? 가끔 축구하러 나가면 친구들이 중국집 냄새난다고 난리야."

"감건호랑 대결하러 가는데 냄새가 무슨 상관. 자 출발한다. 벨트 매."

주승은 선글라스 낀 얼굴로 웃으며 출발시켰다. 차가 시장 앞 대로를 시원하게 달렸다.

추락하는 길에는

풍뎅이의 날개로 어림도 없다

감건호는 어제 한잠도 자지 못했다. 새벽에 잠깐 짐들었을 때는 겁나게 안 좋은 꿈만 꿨다.

일본의 오래된 가옥에서 헤매는 꿈이었다. 방 안으로 들어갔는데 천장에 젊은 여자의 긴 머리카락이 늘어뜨려 있고, 바닥에는 어린아이가 무서운 얼굴로 노려봤다. 꿈에서 두려움에 다다미방을 빙글빙글 돌았다. 악몽에서 벌떡 일어나니 온몸이 땀에 젖었다. 왼팔 팔꿈치 부분이 저릿하고 잘 펴지지 않았다. 어떤 놈이 부두교 저주라도 걸었나 기분이 더러웠다.

현재 그에게 왓슨추리연맹과 대결하는 구도도 부담됐고, 무엇보다 약 탓이 컸다. 풍뎅이약으로 불리는 다이어트 약을 먹은 지 한 달이 되었다. 풍뎅이 모양이어서 그렇게 불렸다. 이 약은 먹으면 각성 효과도 있고, 하루 한 끼 먹어도 배고픈지 몰랐다. 문제는 불면증으로 이어진다는 것. 어제 배가 무척 고프기에 오후에 약을 먹었더니 저녁은 굶었지만 잠을 자지 못했다.

감건호는 최근에 살쪄서 키 175㎝, 몸무게 70㎏으로 현실에서는 딱 좋은 몸매였다. 하지만 TV에서는 약간 둔하게 나왔다. 남자 아이돌이 180㎝ 키에 60㎏ 초반 몸무게가 되어야 호리호리해 보이고 춤 선이 예쁘다던데. 자신은 중년 나이지만 그래도 TV에 나오는 모습은 샤프한 이미지를 원했다. 무엇보다 턱이 늘어지고 둔해 보여 모니터링하면 별로였다. 밥을 걸러도 배가 슬슬 나오고, 바쁘다고 운동을 게을리했더니 팔다리는 가늘어지는 거미 체형이 되었다. 원래 운동을 좋아하는 편이 아니라 일일 일식 하다가 이제는 다이어트 약에도 손을 댄 것이다. 끊어야지 하면서도 턱선이 살아나고 눈이 움푹 들어가면서 예리한 이미지가 연출되자, 약에 또 손을 댔다.

요즘 들어 기억력도 떨어지고 집중도 잘 안 된다. 그는 매일 졸음을 쫓는다는 고카페인 껌에 사케라토 커피까지 카페인 범벅인 음료에 손을 댔다. 잠도 안 오고 컨디션 안 좋은 날들이 이어졌다. 이러다 울증이 오는 건가 싶을 정도로 일상이 흐트러졌다.

감건호 평소 지론은 사람은 세 가지로 나뉜다는 거였다. 죽도록 노력해도 절실히 바라는 사랑이나 목표치를 못 갖는 사람. 죽도록 노력해서 마침내 갖는 사람. 그리고 마지막으로 그냥 앉아 있어도 갖는 사람. 그는 자신은 죽도록 노력해서 결실을 따는 사람이라고 생각했다. 그런데 요즘은 죽도록 노력해도 못 따는 사람이다.

밤에 잠을 안 자고, 인생을 왜 이리 살았나 하는 회의가 들었다. 마흔이 넘도록 사랑하는 사람 하나 변변히 없다. 연애랄 것도 거의 드물었다. 신문에 인터뷰할 때 잘났다고 비혼주의, 비연애주의를 선언했지만 솔직하게 밸런타인데이, 화이트데이, 벚꽃 필 때, 휴가기간, 가을 낙엽 질 때, 크리스마스, 연말연시 때마다 개짜증이 왈칵 치밀었다. 누구는 데이트하고 결혼하고 심지어 불륜도 즐기는데, 뭐 한다고 이렇게 신부님처럼 살까 싶었다. 질 나쁜 범죄자들이 여러 번 결혼했다는 사실을 접하다 보면, 아니 저런 사람도 결혼하는데 하며 놀랐다.

감건호는 몸이 끌리는 사랑은 아주 위험하고 나쁘다고 생각했다. 반평생 동안 이러다 보니 주변에 아무도 남지 않았고, 독신으로 쓸쓸하게 생을 마감할지 모른다. 범죄와 자살, 고독사의 원인인 소통 부족과 소외감을 어떻게든 해소하고자 방송에서 난리를 떨지만, 정작 본인이 고독사할 판이었다. 아침마다 시알리스, 비아그라 판다는 스팸 메일을 지웠지만 자신의 성 건강에 의문도 들었다.

감건호는 운전 중인 박 피디의 옆모습을 슬쩍 보았다. 일종 면허를 소지한 박 피디는 여전히 씩씩하게 남자친구 없이 잘 산다. 그를 보좌하며 어떻게든 뜨는 프로그램을

만들려 애썼다. 그녀는 30대니 아직 안 외로울까 싶었으
나 그녀도 사람인지라 여러 이벤트 기간에 꽤 짜증이 나지
않았을까 짐작했다.

　사실 박 피디의 노트북 시작 화면을 우연찮게 봤는데,
그녀가 19금의 로맨스 소설 마니아인 것을 알고 꽤 놀랐
다. 성격이나 행동, 외모가 모두 드라이한 그녀가 사실은
근육남 대기업 팀장님과 천진난만한 여비서 혹은 여대생
의 사랑을 야하게 그린, 결말은 꼭 해피엔딩으로 끝나는
《그레이의 50가지 그림자》같은 소설의 열혈 독자인 줄은
꿈에도 몰랐다. 화면에는《실장님과 박 비서의 야릇한 연
애특급비사》《말단사원은 왜 대표님을 못 잊는가》《임금
님의 은밀한 궁중연애 썸 히스토리》등의 19금 딱지가 붙
은 썸네일 표지가 꽤 있었다. 글씨가 눈곱만 해도 감건호
는 대충 표지만 보고 초특급 눈치로 알아차렸다.

　감건호는 코웃음 치고 모른 척했지만 슬슬 이해가 됐
다. 그녀도 역시 사랑에 목탄 여인인 것이다. 그는 설마
박 피디가 자신을 마음에 두고 곁에 있나 생각해봤지만 그
럴 리 없었다. 심리학의 대가인 본인이 보기에 박 피디는
네버 에버, 절대로 자신을 개인적으로 좋아한 적은 없었
다. 행동 분석을 해보건대 단언컨대 단 한 번도.

사실 전임 피디들은 감긴호가 까다롭다며 떠났다. 시청률과 광고 실적, 이슈화와 언론 플레이에 목숨 거는 감건호를 속물 쓰레기라며 비난도 했다. 감건호는 나중에 뒷담화를 들었지만 신경 쓰지 않았다.

그러나 요즘, 감건호는 솔직하게 외로웠다. 주변에 마음을 터놓을 사람도 없고 친구도 비즈니스 없으면 안 만났다. 오로지 시청률 하나로 뭉친 직장 동료들만 남았다. 그들이 전우였지만, 계약 관계이니 떠나고자 하면 한순간에 영 이별한다.

인간관계 덧없구나 느끼면서 나를 진정 사랑하는 사람은 하나라도 있는가 싶었다. 홀로되신 아버지는 나를 진심으로 아낄까? 당신도 경로당 가서 할머니들과 어울리기에 바빴다. 결국 감건호는 그렇게 부르짖던 범죄 동기인 소외감을 몸소 체험했다. 바쁘게 살아 까먹고 있었지만, 처절한 외로움이 사무쳤다. 여름이라 땀나고 더워 죽겠는데 옆구리가 시렸다.

감건호는 주머니에서 카페인 껌을 꺼내 소리 내 씹었다. 조금은 스트레스가 풀렸고 졸음이 달아났다.

"후우."

한숨을 쉬었다.

그는 화려한 싱글인 정 아나운서, 자신에게 자문을 받는 돌싱 드라마 작가 등 주변의 괜찮은 여성들을 떠올려봤다. 스스로 이 여성들 정도면 자신의 격에 맞는다 싶어서 가끔 데이트를 상상했다. 하지만 괜하게 말 꺼냈다가 미투 운동 대상자 대열에 동참할까 봐 입도 뻥긋 못했다.

감건호는 그동안 자신의 이름을 내걸었으나 망한 프로그램을 되새겼다. 〈감건호의 현장 추적〉, 〈감건호의 사건 추적〉, 〈미스터리 오브 미스터리〉. 시쳇말로 개망, 폭망, 개폭망을 해버렸다. 지금 만드는 이 프로그램마저 그 수순을 따른다면 방송계에서 사장될지도 모른다.

요즘 그는 검색창에 감건호나 프로그램 제목을 넣고 매일 검색을 해봤지만, 블로그에 올려주는 이도 드물었다. 지지난 주에 출판사에 보낸 원고도 계약하자는 연락 없이 뜨뜻미지근한 반응이었다. 까였나 싶었다.

이렇게 가는구나 허망한 생각이 쎄하게 든 지난주 어느 날 밤, 아버지와 청소하는 문제로 대판 싸우고 양주장의 발렌타인 30년을 깠다. 아버지가 면세점서 사와 애지중지 뜯지도 않는 술이었지만 호기롭게 까서 몰래 밤마다 한 잔씩 마셨다. 양주잔으로 조금씩 마셨지만, 이제 반쯤 남았다. 감건호는 발렌타인을 몰래 가져왔다. 다이어트 약과 마시련 안 되지만, 아주 힘들 때 왓슨추리연맹인지 뭔지 하는 녀석들이 괴롭힐 때 한 잔씩 마시고 숙면하려 했다.

"선생님, 껌 말예요. 안 씹으시면 안 돼요?"

"응, 운전하는 데 방해돼?"

"비슷해요."

"이제 편하게 말하네. 박 피디도 나한테."

"불편하세요?"

"아니. 나야 고맙지, 뭐. 격의 없는 수평 관계에서 프로 그램 대박이 나거든. 미국 봐. 자본주의의 꽃, 계급이나 신분을 없애고 누구나 돈으로 올라가는 거야."

"요즘 고민 있으세요?"

"그래 보여?"

"네."

"프로그램 터진다면야 뭐 고민 일격에 해결인데. 그나 저나 왓슨추리연맹 녀석들 어디다 방 잡았어요?"

"메이힐스 리조트요. 우리 옆에 옆에 방이요."

"나 예민해서 웬만하면 일 빼고는 숙박할 때는 안 마주 치고 싶은데."

"별수 없어요. 하이원 호텔은 휴가 기간이라 꽉 찼어요."

"참 아이디어 있는데, 고한 야한구공탄시장 근처에 무

인텔로 폐여인숙 경영하는데 있거든, 거기로 보내요. 시장에서 실종자 어머니가 장사도 하신다니 취재하고 얼마나 좋아."

"그래도 거긴 좀."

"왜, 관광지이고 추리마을 관련 장소라던데. 그렇게 해요. 걔네들 쌩쌩한 나이라 거기서 잔다고 안 죽어요. 나같은 꼰대가 같이 안 묵으니 지들끼리 편하고 좋지. 리얼 추리마을 체험해보는 건데. 여인숙서 진정한 추리와 공포 체험 맛 들이면 나중에 또 올걸? 뭐하러 일본에 미궁인지 뭔지 돈 들여 공포 체험하러 가? 고한 추리마을 가지."

"그럼, 전 몰라요. 메이힐스도 방 빼면 바로 다른 사람한테 돌아갈 텐데요."

"난 그걸 원하는 거야. 젊은이들의 도전과 무에서 유를 창출하는 헝그리 정신. 그리고 방 뺀 값으로 녀석들 출연료에 얹어 준다고 해요. 그게 낫지. 그 돈으로 자기들끼리 좋은데 가는 게 남는 거야, 암."

감건호는 회심의 미소를 지었다. 속으로 녀석들이 방을 보고 기암절벽 마주치고 서울로 돌아가길 바랐다. 그리고 넉넉히 시간을 두고, 감건호 본인 위주로 촬영하면 프로그램이 훨씬 격조 있을 게다.

사람이나 동물이나 비슷한 습성이 있다. 애완견은 목줄을 들기라도 하면 산책하러 가는 줄 알고 낑낑댄다. 사람도 돈맛을 보면 뭐가 더 나오는 줄 알고 노력은 조금 하고 바라기만 들입다 바란다. 감건호는 그런 걸 보기 싫었다.

"미안했어요, 껌으로 시끄럽게 해서, 눈 좀 붙일게요. 쏘리."

감건호는 티슈에 껌을 뱉고 어떻게든 잠을 자보기로 했다.

한편, 동서울 고속버스터미널에서 버스에 오른 선미는 문자 한 통을 받았다.

숙소 변경.

메이힐스에서 구공탄시장 옆의 황실 여인숙으로 택시를 잡아 타고 올 것.

선미는 어이없어 혼잣말했다.

"뭐 여인숙? 프로덕션에서 경비 댄다고 하지 않았나? 이게 웬일?"

선미는 버스에서 잠시 눈을 붙였다.

고한읍, 주승이 모는 아반떼는 황실 여인숙 앞에 멈췄다.

하얀 바탕에 붉은 글씨 간판이 불이 나간 채 서 있었다.

"우와 내비 정확하다. 어떻게 시장에서도 구석 외진 곳에 있는 여인숙을 다 찾냐?"

민수가 놀라면서 보조석에서 내렸다. 진영은 뒷좌석에서 내려 트렁크를 열고 짐을 뺐다. 진영은 여인숙을 보고 깜짝 놀랐다.

"주승아, 여기 정말 운영하는데 맞아?"

"문 닫은 데 아냐?"

"들어가 보자."

민수가 놀라며 덧붙였다.

"우와 추리마을이라더니, 사이즈 여인숙부터 나오는데? 서넛은 죽어 나간 곳 아냐? 것도 살인사건으로."

주승은 설핏 미소를 띄웠다.

"감건호 선생이 작정했나 보지. 우리 물 먹이는 걸로. 근데 난 좋은데. 이런 장소 익숙해. 진영아, 알지? 우리 해부학 교수님 시험 통과하려면 여관 같은데 학생들 우르르 몰아넣고 무조건 대뇌반구 후각망울, 후각로, 시각교차, 시각 신경, 중간뇌 이런 식으로 외우고, 대뇌반구를 밑에서 위를 올려다보는 시각 신경, 깔때기, 다리뇌도 모두 영어로도 외우고 그리고 뇌를 옆에서 보는 부분도 다

외웠잖아."

진영이 말을 받았다.

"후후, 겻뿐이야? 머리뼈의 모든 부위, 그리고 신경절, 혈관 이름과 두피 안쪽으로도 수십 개의 막을 다 외우잖아."

민수가 놀랐다.

"너희들은 정말 천재 같아. 그게 다 외워져?"

"외워, 다. 시험만 끝나면 썰물같이 빠져나가는 이치도 놀라워. 나중에 들여다보면 생각나고."

"너희들이 부럽다가도 니들 공부하는 거 보면 도망친다. 같은 생물체라도 채소 쪽이 훨씬 단순하고 향도 좋고 다루기도 부담스럽지 않지."

황실 여인숙은 지은 지 30년은 되었음 직한 낡은 건물로 회색 벽돌로 마감돼 칙칙한 외관이었다. 입간판만 황실 여인숙이라고 되어 있었지 누가 봐도 영업을 안 하는 곳 같았다. 주승은 주차하고 여인숙으로 민수와 진영을 따라 들어갔다. 어두컴컴한 프런트에서 민수는 두리번거리며 '여보세요'를 외쳤고 진영은 조용히 있었다.

"우와, 아무도 없네. 진짜 폐가 체험하라는 건가 봐. 정말 우리 부른 이 감건호 맞아? 하루키 《1Q84》에 나오는 우시카와 같은 무시무시한 인물이 부른 거 아냐? 그렇지 않고서야 이럴려고."

민수의 말에 주승은 주변을 유심히 둘러봤다.

"쓰레기가 없고 정돈된 편이야. 바닥에 먼지도 없고 사람의 흔적은 있어. 여기 벨 있다."

주승은 프런트의 벨을 두 번 눌렀다. 아무도 나오지 않았다. 민수는 벨을 들어봤다. 그 밑에 포스트잇이 붙어 있었다.

'낮에 한 번 들러 청소하고 갑니다. 수건과 열쇠는 프런트 안쪽 수납함에 있어요.'

민수가 깔깔 웃었다.

"역시 고한은 클래스가 달라. 수건 좀 챙기자."

열쇠와 수건을 들고 그들은 계단으로 올라갔다. 여인숙은 엘리베이터가 없었다.

박 피디가 내일 아침에 시장의 곤드레밥 식당에서 8시에 만나자고 전화했다. 주승은 모든 연락을 박 피디와 주고받았다. 민수는 박 피디의 편하게 자라는 말을 엿듣고, 여기 와서 이 꼴을 봤음 했다. 하지만 주승은 내면의 이성적 판단과 철학적 근거로 움직이기에 여인숙을 문제 삼지 않았다.

밤늦게 고한 사북터미널에서 택시를 타고 헤맨 선미는 여인숙 방 꼬라지를 보고 주승에게 불같이 화를 냈다.

"야, 내가 병원에서 개고생하다 여기까지 왔는데 이건 좀 그렇다. 주승아 이게 뭐야? 원래 리조트 같은 데라면서? 뭐라더라 메이힐스 아니었어?"

"그렇게 됐어. 신경 쓰지 말고 회의나 하자고. 우리 방으로 한 시간 있다 와. 손해만 본 건 아냐. 남은 돈 출연료에 보태 준대."

민수는 해맑게 웃으며 주승의 말에 덧붙였다.

"좋았어. 그 돈으로 주말에 날 잡고 연차 빼서 필리핀 두마게티 놀러 가자. 나 대학교 때 교환학생 겸 선교 봉사 다녀온 덴데 씨키홀 섬이 경관이 끝내줘. 세부에서 배 타고 들어가면 돼. 아직 덜 알려져서 경비도 싸고 스킨스쿠버나 절벽 다이빙이 정말 절묘하다."

선미는 코웃음 쳤다.

"정말, 낙천주의자 민수는 못 말리겠다. 이 여인숙 경관에서 어찌 두마게티 씨키홀 경관을 다 생각해내냐?"

"한정된 돈으로 다른 기회를 사는 거지. 일단 여기서 뭉개고, 나중에 해외 가서 즐길 생각을 해봐, 홍선미."

"야, 임민수! 어구, 못살아."

뒤에 서 있던 진영이 선미를 달랬고 가방을 들어서 2층 방에 옮겼다. 선미는 푸세식 화장실이면 어쩌나 했지만 다행히 방마다 뜨거운 물이 나오는 샤워실과 화장실은 있었다.

"여기가 역사가 깊은 방이래. 60년대에 고한읍에 탄광이 개발되면서 전국에서 수많은 외지인이 묵으러 왔대. 인터넷 검색했어."

"뭐라고? 그럼 진영아. 50~60년도 더 된 곳이란 말이야?"

"증축, 개축했겠지."

"하여간, 상상도 못 했어. 여기서 우리가 뭘 어떻게 도와야 할지도 모르겠다."

"선미야, 사건을 자세하게 프로파일링하는 건 주승이, 민수가 하고. 우리는 그 일도 도우면서 프로그램 중간 코너에 들어갈 추리 퀴즈나 게임을 만드는 일을 전적으로 맡았어."

"진영아, 알았어. 그런 데는 너가 해박하니까. 난 도울게."

"추리 퀴즈는 네가 전문 아냐?"

"좀 피곤해."

선미는 병원에서 있었던 상사와의 갈등을 떠올렸다. 퀴즈를 낼 준비는 해왔지만 일할 마음이 들지 않았고 뭣보다 환경도 불편했다. 쉬려고 왔는데 고생만 하다 갈 것 같았다.

병원에서 선미는 위기였다. 새로 온 상사와 관계가 좋지 않았다. 선미는 생각하다 한숨을 쉬었다.

"진영아, 나가서 치맥이라도 하자. 시장 근처에 있을 거 아냐?"

"난 여기 들어오니까 적응돼서 괜히 나가기 싫은데."

선미는 진영의 성격을 잘 알았다. 낯선 환경에 가까스로 적응하면 다른 데 나가기 불편해했다.

"알았어. 그럼 난 배고프니까 편의점 가서 캔맥주라도 사오지, 뭐. 회의는 한 시간 후니까."

"미안해, 선미야. 혼자 나가면 좀 그럴지 모르니까 보드게임 같이 하자. 아니면 노트북 가져왔으면 배틀그라운드 같이 하든가. 다 같이 회의 직전에 음료수 사러 다녀오면 되잖아."

"아냐, 다녀올게. 찬 공기라도 쐬고 싶어서. 좀 덥네. 금방 올게."

선미는 홀로 여인숙을 나섰다. 서울보다는 확실히 서늘했다. 전혀 덥지 않았다. 오히려 여인숙의 에어컨 공기가 미지근했다. 선미는 시장 근처로 걸어갔다. 그 주변에 편의점이나 마트가 있을 것 같았다.

그녀는 최근에 퇴사 욕구가 강하게 들었다. 새 수간호사 선생님과 전혀 의사소통이 되지 않았다. 대학교를 졸업한 후, 병원 중환자실부터 배치됐을 때 잘할 수 있을까 싶었지만 견뎠다. 환자들을 잃고 난 후에 오는 트라우마도 몇 번 겪으면서 강해졌다. 선미의 사수인 수간호사가 따뜻하게 배려를 해줬기 때문이다. 신입 간호사들을 얼차려 시키는 태움 행위를 근절하자는 분이었다.

그런데 한 달 전에 병원의 인사 배치가 새로 됐고, 원래 사수는 정신병동으로 배치됐다. 선미는 새로운 상사를 맞았다. 상사는 안경을 끼고 깐깐해 보이는 얼굴이었다. 그녀는 중환자실 업무에 10년 이상의 경력을 지녔고 일하는 데는 나무랄 데가 없었다. 말이 많지 않았는데, 선미가 병동을 정리하다 환자를 돌보는 행동이 늦으면 싸늘한 눈치를 주었다.

오늘은 휴가를 앞두고 선미가 조금 들뜬 것은 사실이었다. 게다가 휴가철이라서 연속 나이트 근무를 해서 정신도 말짱하지 않았다. 퇴근해 친구들과 고한에서 만날 것을 기대했다. 오랜만의 카페 활동도 즐거울 것 같았다.

문제는 오후에 일어났다. 선미 담당의 할머니 환자분이 심정지가 와서 심폐소생술이 실시됐고, 선미는 당황하여 에피네프린 준비도 빠릿빠릿하게 하지 못했다. 수간호사는 할머니의 심장 박동이 제대로 돌아오자 선미를 따로 불러 주의를 줬다.

"홍선미 선생, 3분 안에 에피네프린 주사기를 준비하지 못하면 환자는 사망합니다. 그럼 우리 중환자실 전체의 책임이 되고, 우리는 그분을 잃습니다."

"죄, 죄송합니다."

"심정지가 오면 누구나 가장 가까이 있는 사람이 콜을 하고 심폐소생술을 하기 위한 만반의 조치를 해야 하는데, 홍선미 선생은 아직 부족하군요. 3년이 된 걸로 알고 있는데요. 원한다면 다른 병동으로 보내줄 수 있습니다."

선미는 두 손이 덜덜 떨렸다. 평소에도 상사의 고압적 지시에 힘겨워 대답도 못 했다. 이런 극단적 이야기까지 나올 줄은 몰랐다.

"생각해 보겠습니다."

"인사 고과에 반영하기 전에 잘 생각해 보세요."

선미는 놀라서 화장실에서 울음을 삼켰다. 한 끼도 먹지 못했다. 버스를 타고 내려오면서 새로운 상사와 그동안 있었던 일들을 복기했다. 어릴 적부터 엄한 아버지 밑에서 한 번도 싫은 소리 못했다. 윗사람에게 무조건 예스를 했고, 항명을 한 적 없었다. 성실하게 일 잘하는 싹싹한 간호사라는 평을 받았다. 하지만 불합리한 일에 반론을 못 내고 속앓이 했다. 혼자서 끙끙 앓고 좋은 사람 소리를 들으며 가면을 썼다. 엄한 새 상사에게 절대 복종했지만 불만이 많았다. 게다가 빠르다고는 하지만 여러 환자를 돌보느라 처치가 늦었다.

그런데 그 말을 못하고 혼자 싸안고 지냈다. 몸이 아팠다. 위경련을 일으켜 못 일어난 적도 있었고, 삼교대 하느라 불면증에 시달렸다. 정신이 맑지 못했다. 화장실도 못 가서 방광염도 걸렸다. 의무로 하던 대로 했지만 불안했고, 잘못해서 환자분을 돌아가시게 할까 봐 걱정했다.

'후우, 이러려고 간호사 된 게 아닌데. 남 눈치나 보려고. 정말로 힘든 분들 병상 생활 도우려는 마음에서 결심한 건데.'

고질적 문제는 선미가 담당하는 환자가 많고 그 환자들마다 응급 상황이 주기적으로 찾아온다는 거였다. 드라마에서 의사와 간호사들이 카페에서 커피를 한가하게 마시는 장면을 볼 때마다 부아가 치밀었다. 돌발 상황에서 대

처가 늦으면 오늘 같은 일이 생긴다. 선미는 그 사실을 잘 아는 사수도 아랫사람을 닦달할 수밖에 없다고 이해했다. 하지만 고질적인 문제는 해결 안 되고, 몸은 힘들고 정신도 피폐했다.

선미는 텅 빈 시장 벤치에 앉아 무연하게 앞을 봤다. 갑자기 뒷덜미에 차가운 느낌이 들었다. 서늘한 바람이 선미의 뺨을 훑었다. 코앞으로 갑자기 머리를 길게 푼 여자가 빨리 지나갔다. 팔에 소름이 돋았다. 슬쩍 그녀의 얼굴을 살폈다. 길게 풀어헤친 머리에 초점 없는 눈의 여자였다. 짧은 순간에 여자는 시장 골목 뒤로 사라졌고, 선미는 화들짝 놀랐다. 귀신같았다.

벤치에서 벌떡 일어나 시장을 나서는데 자그마한 점방이 보였다. 선미는 문을 드르륵 열고 들어갔다.

주인이 자리를 비웠으니 알아서 물건값을 놓고 가시오.

이렇게 손으로 쓴 종이가 카운터 위에 있었다. 선미는 캔맥주와 담배를 집어 들고 인터넷으로 값을 검색해 돈을 두고 나왔다. 문으로 재빠르게 나오다 팔이 경첩에 스쳐서 아팠다. 마구 뛰어 여인숙으로 향했지만 헷갈려서 이

리저리 헤맸다. 당황해서 골목 언저리에서 주저주저하다
가 뒤돌아섰다. 누군가 등을 확 때렸다.

"야, 홍선미."

"엄마얏!"

선미는 주저앉았다. 손에 든 비닐봉지가 쏟아지면서 캔
맥주나 말보로 레드가 떨어졌다.

"나야. 임민수. 뭐야, 금연 아냐?"

"스트레스 쌓여서. 회사 일 때문에."

민수가 여인숙으로 간다고 해서 선미는 조용히 그와 같
이 걸었다.

"태움 같은 거야?"

"아니, 요즘 그런 건 없어. 난 연차 있는데. 다른 거. 상
사 관련해서야. 소통이 안 돼."

"레드 독한데?"

"한 대만 피려고. 야, 그나저나 나 귀신 본 거 같아. 저
기 시장 안에서."

민수가 눈을 동그랗게 뜨더니 선미에게 다급한 얼굴로
다가섰다.

"인터넷서 서치하다 봤는데 만항재 부근에 귀신 소문이
많대."

"만항재라면 함백산 가는 길에 있는 야생화 축제 한다는데?"

"응, 거기는 김미준 씨가 실종돼서 어디론가 갔다고 추정되는 곳 중 하나야. 도로가 나서 차가 올라가지만 산속은 깊어."

"웬 귀신?"

"축제 장소가 원래 묘지였다는데 주민들이 목격했대."

"그럼 여기에도 내려오는 거야? 그 귀신이?"

선미가 좀 전 홀연히 뒷골목으로 걸어가던 긴 머리의 신산한 얼굴의 여성을 떠올렸다.

"글쎄 여기 마을도 한적하니 내려오지 않을까? 거긴 심심하겠지. 어서 남자 방으로 와. 회의 시작한다. 후후 걱정 마. 주승이가 시신 많이 해부하면서도 귀신 소리 입 밖으로 낸 적 없어. 없을 수도 있어."

"나 한 대 피고 들어갈게. 먼저 가."

선미는 말보로 레드를 빼서 라이터로 불을 붙였다. 반쯤 피우다 뒷덜미에 선득한 찬 기운을 느껴 얼른 비벼 끄고서 꽁초를 집어 봉투 안에 넣었다. 그녀는 여인숙 입구로 들어섰다. 몸에 느껴지는 한기를 떼려는 듯 온몸을 오소소 떨고 2층으로 올라갔다.

감건호 자체 브랜드

위기를 유발하는 101가지 이유

감건호는 아침을 굶겠다고 박 피디에게 말했다. 스태프들이 식사가 끝난 후 커피를 근처에서 하고 있으면 합류한다고 했다. 감건호는 피로한 몸으로 샤워를 하고 나갈 준비를 마쳤다. 나가기 전 마지막으로 약을 먹을까 고민하다 한 알 먹었다. 이왕 시작한 일 다이어트도 하고, 각성도 돼서 열심히 촬영해보고 싶었다.

감건호는 고한 사건을 조사하면서 법의학책과 심리부검책을 읽어보았다. 1년에 살인 사건은 400건 정도, 아무리 많아도 1,000건을 넘지 못한다. 하지만 자살은 거의 10,000건이 넘는다. 시청자들이나 네티즌들은 살인 사건에 관심을 기울이고 연쇄 범죄냐 사이코패스냐 그런 상황에만 집요하게 몰린다. 전형적인 관음증 성향이었다. 이불 속에서 휴대폰으로 보는 살인 사건 기사는 자신에게 아무런 해를 주지 않는다. 호기심과 오지랖에 추리하다 보면 지적 허영심도 충족시킨다.

하지만 자살은 스킨에 와 닿는다. 한 번쯤 바닥으로 꺼지는 우울감에서 헤어 나오지 못해서 죽을 마음이 든다. 사람은 본인의 안전과 관련 없는 먼 연쇄 살인범의 얼굴을 궁금해 하나 이웃의 누군가 자살 위기라면 모른 척한다. 따라서 시사 프로에서 살인이나 미제 사건 등에 포커스를 맞춘다. 반면 자살이나 심리부검은 1년에 한 번 기획할까 하는 정도다. 정부에서도 모방 자살을 할 수 있다고 해서 관련 방송을 자제시킨다. 감건호도 당연히 자살에 별 관심이 없었으나 요즘 들어 부쩍 의문이 생겼다. 왜 본인의 힘으로 죽음을 택하는가?

죽음과 자살.

법의학책에서 80%가 자살 케이스를 다루고 있다. 책에는 다양한 자살 사건이 찍혀 있다. 콜라병을 줄에 단단히 감아 목에 매고 죽은 여인. 엘피지 가스관을 입에 물고 죽은 젊은 남자. 전기선을 잡고 감전사한 아저씨, 그리고 문고리에 목을 맨 젊은 여성 등등. 왜 이리 젊은 사람들이 스스로 목숨을 잃을까. 그들은 어떤 사연을 가지고 절망의 선택을 하는가. 감건호는 한참 생각했다.

경찰관이나 소방관, 외과의 등의 직업군은 일상 속에서 타인의 죽음을 자주 목격한다. 이들이 자살할 확률이 다른 직군의 사람들보다 높다. 감건호는 그동안 자살에 연구 이상의 의미를 두지 않았다. 하지만 나이는 들고 방송계 퇴출 불안감이 들면서 죽으면 편한가 생각을 해봤다. 그동안 프로그램에서 그래서는 안 된다고 누누이 말렸지만.

어떻게 상처를 깊이 파서 죽음에 이르는 걸까. 책에는

손목에 깊은 자상을 낸 여인이 있었다. 보통 손목 정맥을 긋는 이들은 얕은 상처 몇 개를 주저흔으로 남기고 실패한다. 그런데 아주 강하게 결심한 이들은 깊은 상처로 과다출혈로 갔다. 종교에서는 지옥에 간다고 하지만 그들은 현실 지옥에 허우적대다 극단적 선택을 한다. 그들의 유서를 해부하면 '가족에게 미안하다', '돈 때문에 고립돼서 힘들다', '내 얘기를 할 상대가 없다', '어릴 적 그 일이 떠오른다', '누군가에 대해 서운하다'등의 이야기가 많았다. 속마음을 들어주는 사람이 있었다면 어떤 선택을 했을까?

감건호는 나가야 되는데, 그러지 못했다. 침대에 앉아 상념에 젖었다. 카톡이 왔다. 박 피디였다. 식사를 마치고 시장 내에서 기다린다고 했다. 감건호는 점잖은 무채색 아웃도어를 입고 몸을 거울에 비춰보았다. 얼굴에는 에센스 팩트를 가볍게 발랐다. 피부가 하얀 편이라 21호를 썼지만 오늘따라 떴다. 조금 있다 헤어와 메이크업을 받을 생각이었지만, 그 전에 민낯의 어두운 그늘을 얇게라도 지우고 싶었다. 카드 키를 들고 문을 닫았다. 로비로 내려갔다. 콜택시가 왔다. 그는 구공탄시장으로 가달라고 했다. 20분도 걸리지 않아서 도착했고, 기본요금만 냈다.

스태프들이 커피를 마시며 웃다가 감건호가 오자 조용했다. 요즘 들어 그는 사람들이 자신을 피한다는 생각이 들었다. 나이 차가 꽤 나서 그런지 그를 어려워했다. 그는 식당 방 한구석에 앉아서 메이크업을 받았다.

"여기, 김미준 어머니 전선자 씨가 운영하는 식당이 있지 않아? 거기서부터 촬영할까?"

단장을 마친 감건호가 대본을 보면서 박 피디에게 말했다.

"그분, 오늘 아파트 가 계세요, 식당은 다른 분에게 맡기고요. 촬영 준비에 집 치우신다는데요. 오후에 오라 하셨고요. 식당은 방송 안 나왔음 하세요."

"그래요. 그럼 날 좋은데 만항재 가서 배경 뜹시다. 야생화 정원 있잖아. 그런 데서 스케치 영상 뜨면 오프닝과 클로징에 꽤 그림 좋죠?"

"네. 알겠습니다."

박 피디의 지시에 스태프들이 주섬주섬 일어났다. 감건호가 승합차에 오르는데 그 뒤쪽으로 좀 떨어져서 아반떼가 보였다.

"누구죠?"

"왓슨추리연맹 민수 씨와 주승 씨, 선미 씨, 진영 씨 이렇게 네 분 오셨어요."

"그 사람들 어제 여인숙서 잔 거예요, 그럼?"

"네, 선생님 원하시는 대로요."

"뭐 말을 그렇게 해요? 어차피 저들이 동의한 거 아냐. 허름한 데서 자고 돈을 더 받기로."

"그건 그렇죠. 참 소개해 드릴까요?"

"아뇨, 서점서 열나게 공격한 그 얼굴들이겠지, 뭘. 차차 알아갑시다. 자 출발합시다."

스태프들이 탄 차량 2대가 먼저 출발했다. 그 뒤로 주승이 모는 차가 따라갔다. 시장에서 만항재까지 차로 20여 분 나왔다. 함백산 정상까지 도로가 있어서 차가 만항재까지 올라갔다. 제작진들의 차량과 주승의 차가 만항재에 거의 동시에 도착했다. 야생화가 핀 정원이 끝없이 펼쳐졌고 녹음이 우거졌다.

"내립시다."

감건호가 차량 문을 열었다. 만항재에서 새소리와 벌레 소리가 요란하게 나는 것 외에 관광객은 거의 없었다. 공기가 쾌청했고 날도 좋았다. 여기서 감건호와 왓슨추리연맹의 운영진을 소개하고 실종 사건에 대해 경쟁하는 과정을 설명하기로 했다. 작가가 대본을 이미 나눠줬다.

감건호는 심플한 아웃도어인 반면, 주승은 청바지와 티

셔츠 정도, 선미와 진영도 면바지에 아우도어 티셔츠 등을 입고 있었다. 민수는 찢어진 블랙진에 운동모자를 쓰고 과도한 반지와 목걸이 등 액세서리로 멋을 내고 왔다. 카메라맨이 녹음기사와 함께 삼각대에 소니 알파 6500 소형 DSLR을 장착하고 녹음기와 모니터를 연결했다. 그립 장치를 연결해 가슴에 카메라를 고정했다. 그리고 스테디캠과 짐벌 장치도 연결해서 밀착해서 따라다니며 찍을 준비도 마쳤다.

감건호가 민수를 눈짓으로 가리켰다.

"저 친구는 누구야? 힙합 가수 섭외한 거야?"

"아뇨, 임민수 씨라고 추리연맹 운영진이세요."

"저러면 넘 튀지 않나?"

"독특해 보이는데. 그래도 젊잖아요."

"프로그램에 도움된다면야."

"괜찮아요."

"오케이, 쟤들 메이크업은?"

"알아볼게요."

감건호는 몸을 뒤로 돌려서 약 하나를 꺼내 먹었다. 아무래도 더 센 효과를 원했다. 집중해서 저 친구들을 경력과 연륜, 지식으로 무장해제시키고 요리하려 했다. 구강

스프레이를 입에 뿌리고, 팩트를 꺼내서 얼굴 피부톤과 헤어를 점검하고 마지막으로 조말론 잉글리시 오크 향수를 뿌렸다. 자신감을 뿜고 싶었다.

카메라 감독이 줌인을 하면서 시험 촬영을 했고, 녹음 감독이 장비를 설치했다. 감건호는 대본을 들고 외우며 추리연맹 친구들을 살폈다. 젊고 잘생기고 당당했다. 한 녀석은 유행하는 힙한 패션이었다. 자신이 밀린다 싶었다. 대본을 보니 저들은 소개를 1인당 2분 정도 하는데 아니다 싶었다. 감건호가 박 피디를 불렀다.

"길지 않나? 시청자들이 지루할 텐데."

"그럼 자막으로 나가고 인사 줄여서 할까요?"

"그거 좋아. 이름, 직업 정도만 말하지. 어차피 쟤네들 추리 씬 셀럽인지 뭔지라며, 검색만 하면 다 나오는데, 뭐."

"그래도 그건 좀."

"나나 어떻게 대사 늘려요. 아냐. 애드립으로 좀 가자. 개인적으로 연구한 것도 있고."

"실수하시면 위험할 텐데요."

"편집하면 돼. 첨 해봐? 후시 녹음으로 땜빵치면 돼. 그러니 해보자구."

제작진은 촬영을 시작했고, 주승은 왓슨추리연맹이 뭔

지 줄여서 소개했다. 그리고 돌아가면서 이름, 직업, 나이를 간단히 밝혔다. 감건호는 못마땅한 표정을 감추느라 야생화를 보며 딴청을 피웠다. 감건호도 이어서 오프닝 촬영을 했다. 그는 박 피디의 수신호에 맞춰 대본대로 대사를 쳤다.

"도저히 믿어지지 않는 실종 사건이 이 조용한 고한읍 만항재 언덕을 끼고 있는 마을에서 일어났습니다. 김미준 씨는 지금으로부터 2년 전 봄에 이곳 만항재 언덕에 올라 종종 산책도 하고 야생화 감상을 했습니다. 그녀는 스물세 살의 여성이었습니다. 서울에서 천호동에 있는 간호학원에 다니다가 학업을 중단하고 이곳 고향에 내려왔습니다. 이곳에 고등학교 졸업 후 3년 만에 오게 된 셈입니다. 어머니와 단출하게 살던 그녀는 어느 날 갑자기 사라졌습니다. 방안에 다량의 혈흔이 발견됐지만, 흔적도 없이 사라졌죠. 만약 타살됐더라도 증거는 혈흔 말고는 없었습니다. 그녀가 오전에 종종 산책을 했다는 이곳 만항재 언덕을 저와 함께 거닐어 볼까요. 그녀의 기이한 실종을 캐러저 감건호가 이곳에 왔습니다."

감건호는 뒤로 돌아서 언덕길을 올라갔다. 카메라가 그 뒤를 쫓았다. 박 피디가 촬영을 끊고 감건호에게 다가갔다.

"선생님, 오프닝 떴어요. 이제부터 팀이 나뉘어 선생님과 촬영 한 팀, 그리고 왓슨추리연맹 친구들과 한 팀이 다닐 거예요. 자유롭게 다니시고 준비하신 애드립이나 대본대로 하셔도 되고요."

"나는 황 감독이 고화질로 계속 찍어주는 거 맞지? 그게 흐름상 자연스러워. 쟤네는 그냥 고프로나 들려 보내."

"네, 알았습니다."

"오케이. 좋다. 촬영 길게 시간 끌면 스태프들 힘들어, 우리 스태프 눈총맞기 전에 끝내자고. 렛츠 고우!"

감건호는 자신감 있는 표정과 제스처를 취하면서 만항재를 거닐었다. 그는 사건의 개요를 자세하게 설명했다. 박 피디와 촬영 감독이 그 모습을 촬영했다.

한편 주승은 팔로미노 블랙윙 연필로 연습장에 간략하게 만항재와 함백산 자락 지도를 스케치했다. 그는 곳곳을 스테들러 색연필로 듬성하게 구역을 나눠 색칠했다. 촬영 감독이 그 모습을 클로즈업했다.

"집중, 이 갈색 구역은 민수와 진영이가 나눠 가봐. 붉은색 구역은 내가 가볼게. 선미는 노란색 구역 산상의 화원을 살펴봐. 분명히 외진 곳도 나올 거야. 김미준 씨가 홀로 걸어갈 수 있는 부분. 그런데 길을 잃어버리면 안 되니까 다들 위치를 켜두자. 위치추적 서비스 앱으로 다른 사람들 위치 시시각각 확인하고. 오후에는 아파트 현장 조사 갈 예정. 위험한 일은 하지 말고, 알았지? 아무리 경쟁이라도 안 돼. 이거 모두 찍어 놔. 인터넷으로 만항재 주변 지도는 다운받아 왔지?"

운영진들이 주승의 스케치를 휴대폰으로 찍었다.

"여기가 확실한 실종 장소는 아니잖아?"

"그렇긴 해도 어머니 말씀으로는 실종자가 걸어서 언덕에 자주 오르고 시름을 달랬다니까 일차적 조사 장소는 맞아."

"군부대 등에서 훑었어도 못 찾았다면서."

"그렇기는 해. 실종 당시에는 단순 가출로 파악돼서 이곳을 조사하지 않았다가 이듬해에 시사 프로에서 이 사건을 다루면서 그때 부랴부랴 졸속으로 군부대를 한번 이동시켜 조사했어. 너무 늦게 수색한 거지."

선미가 반문했다.

"그렇다면 소용없는 거잖아."

"그래도 실종자의 심리 파악이나 현장 탐색해야지."

민수가 말했다.

"그게 말이지, 깻잎이나 상추, 시금치 등의 엽채류는 그날그날 경매 늘어가서 소소하게 수익을 올려, 시세 좋을 때 사서 바로 다음 날 파니까. 근데 양파나 당근, 대파 같은 근채류는 유통기한이 기니까 그늘에 뒀다가 시세 봐서 팔지. 종류가 다르면 수익의 양상이 달라져."

진영이 웃었다.

"민수야, 그게 무슨 말이야?"

"소설같이 은유적으로 표현했어. 실종 사건도 바로 조사를 했다면 결과가 있었겠지만, 이제 오래됐으니 유통기한이 긴 시장에 내놔서 차분하게 조사하자, 이런 소리야. 너무 앞서 나갔나? 가끔 양파나 감자 보면서 인생을 관조해서. 직업병 맞지?"

진영이 깔깔 웃었다. 주승이 입가에 손을 대고 주의를 줬다.

"카메라 촬영 중이고 사담 금지. 앞으로는 관계된 것만 말하고 웃음 금지. 사건이 가족들에게는 아픔 그 자체야. 우리가 촬영 전에 웃었어도 그 기분이 화면에 담겨. 침착하고 진실하게 가족의 고통에 동참하면서 사실을 캐내기. 이게 우리의 최우선 목표."

주승의 주의에 민수, 선미, 진영은 웃음기를 거두고 진지했다. 카메라가 이들의 모습을 찍었다. 박 피디는 만

족스러운 미소로 지켜봤다. 젊은 친구들이 활력도 있고
동시에 책임감을 가지고 프로그램에 임하는 게 보기 좋
았다.

흙 속의 진실,
죽음에는 간섭 현상이 있다

주승은 일행들과 헤어져 만항재 언덕 너머 산자락에 올랐다. 울창한 숲이 펼쳐졌다. 1시간 걸려 깊숙이 들어가자 함백산 산줄기와 이어지는 인적도 없고 길도 나지 않은 우거진 나무와 잡초들이 그득한 곳에 발길을 디뎠다. 주승이 주변을 둘러보다 구석에 나무덩굴로 가려진 동굴을 발견했다. 주승은 뒤따라온 박 피디에게 허락을 받고 동굴로 들어갔다. 촬영 감독은 다른 친구들을 따라갔다. 조명 시설이 없어 동굴 안을 찍기에는 무리가 있었다. 주승만 둘러보고 나오기로 했다.

동굴 안은 천장에 구멍이 뚫려 있어 태양빛이 환하게 들어왔다. 동굴 속 깊은 곳으로 들어가던 그의 귓가에 물방물이 똑똑 떨어지는 소리가 들렸다. 주승의 손에는 작은 휴대용 랜턴이 있었다. 서울서 준비해왔다.

물방울 소리에 귀를 기울이니 어릴 적 일들이 떠올랐다. 주승과 같이 살면서 유독 예뻐하고 주승을 업어 기른 삼촌이 있었다. 고등학생 막내 삼촌이었다. 그는 작은 체구에 하얀 얼굴과 고운 손과 발을 지녔다. 무척 다정다감했고 영문 시집을 끼고 살면서 빌보드 차트의 팝송을 불러주었다.

그런데 삼촌이 동네 뒷산에서 죽었다. 사인은 불명확했

지만, 시골 사시던 할머니, 할아버지가 서울 오셔서 부검하지 말고 화장을 하자고 하셨다. 주승은 어린 나이였지만, 그렇게 삼촌을 보내서는 안 된다고 생각했다. 정확한 죽음의 원인을 밝히는 게 맞다 생각했다. 하지만 자식의 몸에 칼자국을 내면 안 된다는 조부모에 의해 조용히 장례를 치렀다. 동네에는 요상한 소문이 돌았다. 삼촌을 괴롭히던 불량배들이 있었다고 했다.

주승은 이 모든 일련의 과정이 부당하다고 생각했다. 법의가 돼서 억울하게 죽은 사람들의 한을 풀어주고자 했다. 삼촌이 안타까운 죽음을 맞자, 부모님은 주승을 세상으로부터 안전하게 지키려고 대안학교를 보냈지만 적응하기 힘들어 나왔다. 오히려 학교 안에서 큰 사건이 일어났다.

살갗에 닿은 죽음을 접했다. 해부학도가 되어 몸에 대한 모든 지식을 섭렵하고 법의 과정을 밟기를 원했다. 스무 살에 생명의학과에 진학했다. 방학만 되면 집 근처 경찰서로 가서 강력계 형사들의 커피 심부름과 쓰레기 버리기 등을 도맡아 하면서 겨우겨우 현장에 같이 나갔다. 현장을 들여다보면서 사건의 이면을 보았다. 해외 물품 구매 사이트에서 지문 감식 도구나 루미놀 등의 혈액 검출 도구 등을 사서 실험도 하고 법과학 지식을 익혔다. 그리고 왓슨추리연맹 카페를 만들어 운영진들과 카페의 볼륨을 키우고 회원 수를 늘렸다.

주승은 해부학 공부를 하며 죽음에는 간섭 현상이 있다는 것을 알았다. 간섭 현상은 생전이든 사후이든 사인이나 법의학적 해석에 지장을 초래할 수 있는 현상을 의미한다. 즉 숲속에서 저체온사 후에 동물이 시신의 몸을 뜯어먹었다면 이는 간섭 현상이다. 이외에도 심폐소생술로 인한 심장 부위의 멍 자국이나 갈비뼈 골절을 예로 들 수 있다. 주승은 여기에 사람의 고의적 간섭 현상이 있다고 봤다. 죽음의 원인을 제대로 캐지 않아서 밝혀지지 않는다면, 이것은 인간의 무관심함이 간섭을 한 것이다.

주승은 부검을 통해 사인을 밝혀 억울하게 가는 이가 없게 만들고 싶었다. 정의를 위해서 일하는 것. 그게 인생 목표였다. 가끔 꿈에 삼촌이 나와 서운한 표정을 지었다. 주승은 그를 진심으로 위로했다. 다음번 꿈에서 그는 밝은 얼굴로 팝송을 불렀다.

주승은 기억에서 나와 물소리를 들으면서 안쪽으로 발을 디뎠다. 빛이 내리쬐는 천장을 올려다봤다. 끝없이 올라간 천장에 둥그런 구멍이 뚫려있었고, 물이 구멍에서 떨어졌다. 오른 손을 올려 물을 받았다. 샘물이었다. 만약 그녀가 이 동굴로 왔다면 물을 먹으면서 며칠은 버틸 수 있다.

어디선가 비릿한 냄새가 났다. 약간의 비린내와 뒤섞인 습기 냄새. 주승은 동굴 안을 훑었다. 스사삭거리는 소리가 나면서 뒷덜미가 찌릿했다. 무서움이 설핏 들었다. 밤에 해부학교실에서 논문을 쓰느라 혼자 시신과 있어도 공포감이 든 적이 없었다. 서늘한 기운이 뒷덜미에 엄습했다.

주승은 뒤를 돌아봤다. 박쥐 두 마리가 천장을 날아다녔다. 동굴을 나가야겠다는 생각이 들었다. 귀신보다 벌레나 설치류가 무서웠다. 나가는데 퀴퀴한 냄새가 나는 곳이 구석이라는 걸 알았다. 미지근한 공기가 불어와 뺨에 와 닿았다. 고약한 냄새가 났다. 주승은 덜덜 떨면서 구석으로 발걸음을 옮겼다. 스태프와 친구들을 부르기에는 확실치 않았다. 무엇인지 확인하고 가야 했다. 주승은 그렇게 살았다. 확인하고 얘기하는 게 낫다. 미리 설레발 쳐봤자 웃음거리만 된다.

냄새의 진원지인, 천장에 종유석이 고드름처럼 달린 좁은 구석으로 들어갔다. 떨리는 두 손으로 랜턴을 꽉 붙잡았다. 빛으로 바닥을 훑으니 어둠 속에 시커멓고 털 같은 게 정강이에 올 높이만큼 쌓였다. 만약, 2년 전 그녀가 여기서 죽음을 맞았다면 현재 저 상태일 수 있다. 머리카락과 뼈 등의 유해, 그리고 그녀가 걸쳤던 옷가지가 뭉텅이가 되었을 수 있다.

한때 사람이었으나, 지금은 흔적만 남은 것. 그것일까? 주승은 랜턴 빛으로 검은 물체를 비췄다. 오싹했고, 머리터럭이 곤두섰지만 다가갔다. 아주 세심하게 숨도 죽이면서. 검은 터럭이 움찔거리는 것 같더니 뭔가 뽀르르 뛰어나왔다. 들쥐였다.

엄마얏! 주승이 뒤로 주저앉았다. 들쥐가 사라지고 랜턴을 비추니 검은색 고양이가 죽어서 뼈가죽 터럭이 남았다. 꽤 몸집이 컸던지 착각한 모양이었다. 꺼림칙했지만 주머니에서 증거물 채취용 핀셋을 꺼내서 터럭을 들어봤다. 갈색의 얼룩덜룩한 고양이 가죽이 보였다. 여러 개의 고양이 머리뼈와 다리뼈가 보였다. 무덤이었다. 주승은 마음속으로 명복을 빌면서 동굴을 빠져나왔다.

들짐승들이 죽을 때가 되면 아무도 보지 않는 곳으로 들어가서 죽음을 맞는다는 습성을 들은 적이 있었다. 만항재가 관광지다 보니 고양이도 더불어 살다가 동굴 속에서 조용히 끝을 맞이했다. 주승은 이마에 흐르는 땀을 닦으면서 입구를 나왔다. 찬연한 햇빛이 눈을 부시게 했다.

아름다웠다. 날도 주변도 야생화와 숲도.

산에서 내려가니 스태프들과 친구들은 한자리에 모여 있었다. 대략의 촬영을 마쳤고, 수색해도 별다르게 이렇다 할 점을 못 찾아낸 듯싶었다. 박 피디가 주승에게 다가왔다.

"주승 씨. 아파트로 이동합시다. 약속 시각 됐어요."

"네, 알겠습니다."

김미준과 어머니 전선자가 살던 야생화 아파트는 만항재와 차로 10분 거리였다. 아파트는 모노레일을 타고 올라가는 언덕배기에 있었다. 하이원 리조트 직원들의 사택 뒤로 일반인들이 사는 아파트가 보였다. 그 아파트 4층에 그녀의 집이 있었다. 복도식 아파트로 CCTV는 사건 이후에 설치됐고, 당시에는 없었다.

선미의 컨디션이 좋지 않아 진영과 숙소에서 추리 퀴즈를 만들기로 했다. 게다가 아파트에 여러 명이 가는 게 불편하다는 가족의 의견이 있었다. 주승은 선미와 진영을 숙소에 데려다 줬다. 주승은 민수와 아파트로 이동했고, 단지 입구에서 전경을 촬영 중이던 감건호 일행과 만났다. 감건호는 블랙 슈트로 옷을 갈아입었다. 그들은 박 피디, 촬영 감독과 함께 402호를 향해 계단으로 올라갔다.

민수는 계단을 오르면서 주승과 의견을 주고받았다.

"실종자 김미준 씨가 출혈을 하고 걸어서 멀리 가지 못했을 것 아냐."

"하지만 누군가 차에 태워 갈 수는 있어."

"고한을 나가는 톨게이트의 CCTV에는 그녀를 태운 차가 드나든 흔적이 없었어."

"차량의 트렁크는 검색을 하지 않았지."

민수가 생각하다 입을 뗐다.

"당시 아파트에는 CCTV도 없고 벨 누른 사람을 찍는 월패드도 없으니 누군가 드나들었어도 목격자가 없는 한 어떻게 사라졌는지 알 수 없단 말이야."

주승이 이어서 말했다.

"응, 그리고 아파트 안에 다량의 혈흔을 남겼어. 조사 결과 김미준 씨 본인의 혈액만 남겨져 있지 다른 사람의 것은 없었어. 유전자 감식을 어머니와 함께 진행했으니 그건 확실하지."

감건호는 위기의식을 느꼈다. 감독이 주승과 민수 위주로 찍는 것 같았다. 아파트 벨을 누르던 그는 무언가 말을 꺼내 기선제압을 해야겠다고 결심했다. 벨이 세 번 네 번

울려도 인기척이 없었다. 감건호는 402호 앞에서 진행을 했다.

"이제부터 저는 실종자의 집인 402호를 방문해서 어머니와 함께 당시 실종 신고를 하던 상황을 전해 듣고 인터뷰할 예정입니다. 저와 함께 들어가 보도록 할까요."

이때 박 피디가 감독에게 끊으라는 신호를 보내고 인상을 찌푸렸다.

"선생님, 그 진행 식상하다고 자제하래요."

감건호가 화들짝 놀랐다.

"아니 누가? 감히. 내 트레이드마크잖아. 지금까지 7년 넘게 해왔고 한동안 꽤 이슈가 됐고 내 전매 특허라구. 이 손동작, 그리고 어조. 몰라요? 박 피디?"

민수가 쿡쿡 웃었다. 감건호의 눈꼬리가 위로 치켜 올라갔다.

"그게 저어. 안 먹히잖아요. 프로그램 자꾸 조기 종영하구요. 그래서 바꾸래요. 자연스럽게. 지금 주승 씨나 민수 씨, 괜찮지 않아요? 자연스럽구요. 이런 방식으로 해주시면 안 돼요?"

민수가 손을 내저었다.

"아이 피디님, 어색해요. 그냥 민수야, 주승이라고 편히 불러요."

감건호 눈에 젊은 사람들끼리 자기를 빼고 꽁냥꽁냥하는 게 거슬렸다.

"박 피디, 난 혼자 진행하니 카메라 렌즈를 보고 들이대듯이 해야 되고, 저 친구들은 둘이서 주거니 받거니 대화해서 자연스러운 거야. 그럼 박 피디가 출연할래? 나랑 대화식으로 풀면 되잖아."

"그건 곤란해요. 저는 피디지 출연자가 아닙니다. 선생님 짬밥으로 하실 수 있잖아요."

짬밥이라, 박 피디 드디어 맛이 갔구만.

감건호가 뿔이 나서 고개를 쳐드는데 그때 아파트 문이 스르르 열렸다. 얼굴에 우중충한 기운이 드리운 중년 여인이 힘없이 문을 열었다. 어머니 전선자였다. 나이는 55세라고 했지만 그보다 더 들어보였다. 감건호가 보기에 사건이 있던 2년 전 사진과 비교해 폭삭 늙은 느낌이 들었다. 그도 그럴 것이 딸이 다량의 혈흔을 집에 남기고 실종됐다. 이 한적한 마을에 이 정도의 강력 사건은 처음이었고 동네에서도 말이 많다. 이 여인은 쉬려고 해도 쉴 수가 없다.

"혹시……."

박 피디가 앞으로 나섰다.

"어머니, 전화 드린 프로그램 제작진입니다. 감건호 선생님 아시죠?"

전선자는 울먹이더니 싸늘하게 말했다.

"필, 필요 없어요. 저 탐정 일 하시는 분께 의뢰했어요."

"네에?"

일동이 놀랐다.

"그분 다녀가셨어요. 이 일도 무료로 해드린다는 좋은 분예요."

민수가 앞으로 나섰다.

"혹시 뉴스에 나오는 정탐정인가 하는 그분 아녜요?"

"맞, 맞아요."

"헐 대박! 그 레전드가 이 고한에 뜨다니. 웬일이래? 돈도 잘 벌면서. 여기까지."

감건호가 물었다.

"민수 씨! 정탐정이 누구야?"

"그거야, 탐정 중에 넘버원이죠."

"탐정이면 불륜 조사 흥신소 그런 거 아냐?"

"그게 그렇기는 해도 실종 사건도 캐세요. 정탐정 그분이 사건을 맡으면 해결될 확률이 꽤 올라가죠."

"어머니, 저 감건호입니다. 아시잖아요. 그리고 그 사람은 우리랑은 상관없는 사람입니다."

감건호가 단정했다.

"어머니, 저는 김주승이라고 합니다. 아픈 마음 잘 알고 있습니다. 편히 대하세요."

주승이 진지하게 말을 건넸다. 전선자의 얼굴이 일그러지더니 울먹였다. 이내 눈물을 흘렸다.

"아, 알아요? 내 맘?"

"네. 아니요. 죄송해요, 사실 모릅니다. 그 상황에 처해 보지 않아서요. 하지만 도와드리려 합니다. 그 끝 없는 아픔을 이길 수 있게 도와드리려구요. 부탁드려요. 문 열어서 집안 구조 보여주세요. 아프시더라도 미준 씨를 찾는 일에 도움 주세요."

주승의 간곡한 부탁에 문이 열리고 전선자가 안으로 그들을 들였다. 감건호는 코를 씰룩였다. 뭔가 조짐이 좋지 않았다. 이러다 선두를 놓치고 들러리 설 것 같은 묘한 기분이 올라왔다.

전선자는 거실에서 심각한 표정으로 말했다.

"그때 경찰 조사 끝나고 도배 새로 하고 그래서 흔적도 없어요. 미준이 옷이나 남았을까 더 볼 것도 없어요. 정탐정 님도 그냥 둘러보고 인터뷰하고 나가시던데요."

"어머니, 그래도 구조 파악하는 게 추리하는 데 도움이
되니 도와주세요."

주승이 간곡하게 부탁을 했고 감건호는 스태프와 촬영
각도나 인터뷰 장소에 대해 회의했다.

주승과 민수는 김미준의 방으로 허락을 받고 들어갔다.
자그마한 방안, 하얀 침대보가 놓인 침대가 창가에 있었
다. 그 위에 이불이 개켜 있었다. 이불은 한 번도 펴지지
않은 듯 깔끔하게 각을 맞췄다. 그 옆으로 서가와 책상 등
이 있었고, 맞은편에 옷장이 있었다. 주승은 서가의 책들
을 살펴봤다. 간호학, 임상병리학, 보건학 관련 책들이
꽂혀 있었다.

"김미준 씨가 간호 학원에 다녔던 적이 있다고 하던데."

"응, 맞아."

주승은 심각하게 말하며 패드를 건넸다.

"이거 현장 사진 좀 봐봐. 제작진에게서 받은 거야."

"응."

사진 속에는 방바닥에 다량의 혈흔이 흩뿌려져 있었다.
혈흔은 바닥에 있는 것을 제외하고 비산 혈흔도 많지 않았

다. 침대 옆에 웅덩이처럼 고인 혈흔과 책상 아래 구석으로 튄 혈흔 등이 다였다. 그리고 방바닥에 맨발로 뭉갠 혈흔이 조금 보였다.

"이 정도면 출혈로 사망하지 않았을까? 그렇다면 시신을 누군가 바디백에 넣어서 옮겼다는 얘기가 되는데?"

주승은 민수의 말에 고개를 저었다.

"아니, 실혈사로 사망하려면 전체 혈액 중 20% 이상이 출혈해야 하는데, 김미준 씨가 60㎏ 가깝고 혈액량은 몸무게의 8%, 대략 5㎏. 전체 혈액 중에 20%인 1㎏의 피가 비산되었거나 웅덩이를 형성해야 하는데 그 정도는 아냐."

"혈액 1㎏이 어느 정도인데? 이 정도도 꽤 많은 거 아냐?"

"보통 수혈팩이 320㎖, 혈액 비중은 1.053 정도, 결국 320g 정도가 수혈 한 팩 용량인데 이 정도 혈흔이 1㎏일리는 없지."

민수는 입에 바람을 넣었다. 긴장하면 나오는 버릇이다. 주승이 진지하게 말했다.

"사실 경찰에서 혈흔을 보고도 자해로 판단하고 가출로 본 것은 김미준이 실종 전에 자해를 몇 번 했다는 증언을 어머니가 하셔서야. 게다가 혈흔도 범인이 밟은 족적이나 뭉개진 게 적고 얌전해."

민수가 생각하다 답했다.

"과학수사관 인터뷰를 봤는데 감식은 지문이나 혈흔, 족적 등 증거 채취가 30%, 현장 판단이 70%라고 했어. 현장 판단을 해보건대 일단 현장 상황이 너무 단정해. 혈흔도 웅덩이처럼 이 침대 옆에 고이고 그걸 뭉갠 게 다이고. 이러니 살인으로 판단하기에도 애매해. 게다가 범인이 놓고 간 유류 물품도 없고. 도난당한 금품도 시체도 없고. 가출 사건으로 단정 지을 만도 해."

주승이 고개를 저었다.

"아니 아무리 그래도 혈흔으로 봐서 깊게 수사를 했어야 했는데 아쉬워. 피 묻은 지문은 발견되지 않았고 방에서 김미준 것 이외의 유전자나 지문도 없었어. 그리고 문 손잡이에도 피 묻은 자국이 없었고. 사진으로 판단하면."

"그럼, 장갑을 끼고 있었다는 건가?"

"그럴 거야. 그리고 거실과 계단에 더 이상 혈흔 족흔이 없는 걸로 봐서 맨발이었다가 양말을 신고 나갔든가 아니면 수건으로 닦아내든가, 발에 비닐봉지를 씌우고 나갔을 수 있지."

민수가 주승의 말에 덧붙였다.

"비산흔이 책상 아래에 있기는 하지만 직은 길로 봐서 사망 후 찔렀다면 비산흔은 안 나오니까 적을 수도 있지 않을까."

"비산 흔적을 좀 있다 유심히 보자."

"간호학과라 수혈팩에 든 피를 흩뿌리고 어디론가 사라진 건 아닐까? 사건 전에 실연으로 우울증 겪고 있었다면서?"

"법의관이 항응고제가 혈흔에 있는지 조사해봤는데 나오지 않았어. 실연만 하더라도 서울 생활에서 남자와 사귀었다는 걸 아는 사람도 없었지. 가족은 막연하게 짝사랑한 거로 파악했어."

"애정망상일 수 있지. 홀로 좋아하고 아파하는 거. 그렇다면 실종 직전에 자해를 했거나 아니면 피를 바로 빼서 뿌리거나 이 두 종류로 봐야 되나?"

주승은 민수를 직시했다.

"자작극으로 단정하는 거야?"

"아무래도 그렇지 않아? 괴로우니 마을에서 흔적도 없이 사라지고 싶다. 이럴 수 있잖아."

"민수, 속단은 금물. 난 그것보다 이 혈흔 형태에 주목하고 싶어."

주승은 현장 사진에서 책상 아래 구석에 난 혈흔을 크게 확대했다.

"여기, 사진의 비산흔을 봐봐. 이건 캐스트오프(cast-off) 그러니까 피가 묻은 범행 도구를 휘두를 때 생기는 혈흔 같아. 올챙이 모양의 비산흔이 날카로운 쪽은 출발한 방향을 나타내. 그리고 자혈흔은 모혈흔에서 이동 거리가 짧기 때문에 주변에 모혈흔이 반드시 남아있어야 하는데 모혈흔이라고 뚜렷하게 나타난 게 없어. 부자연스럽지."

민수가 심각하게 답했다.

"여기 방향이 일정치 않고 각도도 조금 부자연스러워. 혈흔으로 범죄 현장을 재구성해보자. 칼로 인한 자창이라면 혈류의 파열로 동맥혈이 분산되는 선형 비산 혈흔이 있기 마련이고 피해자가 움직임으로써 이탈 혈흔이 생기는데 그렇지도 않아."

"민수, 그건 맞는 말이야. 패턴을 보건대 둔기에 의한 타격 혈흔도 없고, 무엇보다 시신을 옮기거나 했다면 문지름 혈흔이 바닥과 접촉에 의해 생기는데 흔적이 없어."

민수가 말을 이었다.

"주승아, 지금처럼 모혈흔 없이 작은 자혈흔만 수십 개 넘게 있는 걸 판단해보자. 이런 건 혈액 자체에 어떤 충격이 가해져 혈액이 비산된 거라는 논문을 읽은 적 있어. 그렇다면 혈액에 충격을 가한 걸까? 뾰족한 물체로?"

"빙고, 나도 그렇게 생각하는 중. 책상 아래 혈흔을 봐봐. 톱니 모양이 작고 촘촘하며 태양 표면처럼 혈흔이 바깥으로 나가고 있지."

"위에서 아래로 혈액을 떨어뜨린 모양 아냐? 그렇다면 범행 도구에서 떨어진 걸까?"

"아니. 것보다는 더 밑. 그러니까 방울이 이렇게 크다고. 적어도 30㎝ 정도 높이에서 떨어진 핏자국."

민수는 고개를 저었다.

"너, 일부러 떨어뜨렸을 조작 가능성으로 백퍼센트 보는 거지? 자작극 아닌 것 같다며."

"첨부터 단정하지 말자는 말이지. 그런데 혈흔의 패턴을 연구할수록 자작극 같네."

"하지만 주승아. 범인이 실종자에게 자상을 입히고 주저앉아서 살펴볼 때 도구에서 떨어진 거라면? 혈흔을 과학수사팀이 세세하게 조사했을 텐데 조작했다는 걸 모를까?"

민수는 범인이 있을 가능성을 제시했다. 주승은 희미하게 입술을 씰룩였다.

"바디가 없었어. 혈흔도 미미하고, 과학수사팀이라고

혈흔에 모두 빠삭한 거는 아냐. 혈흔 분석은 서울지방경찰청에서도 전문가가 드물고 여기 강원도는 더 드물지. 초동수사에서 자해를 한 후 실종으로 파악했지. 실종이 길어지니까 형사팀이 나섰고. 하지만 그때는 이미 도배를 마쳤고 사진으로 감식 들어가도 불확실해.

자해를 했다면 주저흔에서 핏방울이 떨어지듯이 혈흔이 남았어야 하는데 그게 정확하지 않아. 오히려 일정 높이에서 떨어뜨린 둥그런 태양 표면 같은 혈흔만이 있어. 나머지는 비산흔들. 게다가 혈흔은 이 방안에서만 발견. 거실과 욕실, 현관이나 계단에서는 전혀 발견되지 않았다는 게 걸려. 조작이 의심스러워.”

민수가 반박을 했다.

“만약에 범인이 그녀에게 상처를 입히고 나서 우비 같은 특수 방수 발수 코팅이 된 포장재에 범행 도구와 실종자를 싸서 나갔다면 혈흔은 다른 데서 나올 리가 없잖아?”

주승은 고개를 끄덕였다.

“인정. 그건. 그럼에도 불구하고 비산흔이 적은 편인데……. 이 정도의 출혈을 일으킬 정도의 자창이 났다면 흔적이 더 많아야 해.”

“주승, 여기 조금 이상해. 이탈 혈흔이 전혀 없어. 모든 혈흔이 바로 침대 옆 바닥과 책상 안쪽 구석과 벽에 있는 게 다야."

"그건 그래. 그래서 이 방안에서 모든 사건이 일어났다고 봐야지. 혈흔의 방향성만 하더라도 여러 방향으로 비산된 게 아니라 벽면으로 튄 정도니까."

"만약에 팩 같은데 자신의 혈액을 넣고 날카로운 도구로 팩을 찔러서 휘두르고 바닥에 방울방울 흘린 거라면?"

주승이 잠시 생각을 해보다 다른 관점에서 말했다.

"화장실 배수 트랩을 경찰이 살펴보긴 했을까? 만약 실종 자작극이라면, 혹 살인이라도 범인이 손을 씻고 갔을 수 있잖아."

"자살로 추정했다면 안 살펴봤겠지. 지금 세면대 배수관을 조사하는 건 무의미해. 다 흘러갔으니."

"그건 그래. 안타까운 일이 많아. 일단 현장과 사진을 비교해 스케치 좀 할게."

주승은 부기보드를 꺼내서 펜으로 방과 가구 배치도를 세밀하게 그렸다. 여러 각도에서 혈흔의 위치와 번호를 매겼고, 모양을 확대해 따로 빼서 크게 그렸다. 민수는 주승이 그리는 각도로 동일하게 사진을 찍었다.

한편, 감건호는 전선자와 소파에 앉아서 인터뷰를 준비했다. 감건호는 무척 애타는 표정으로 카메라를 보았다. 박 피디가 시작하라는 사인을 보냈다.

"2년 전에 실종된 김미준 씨의 어머니와 인터뷰하러 저 감건호가 왔습니다."

박 피디가 잠깐 촬영을 멈추라고 했다.

"선생님, '저 감건호가' 이런 식의 과장 멘트를 삭제하겠습니다. 다시 시작해 주시죠."

감건호가 화가 났지만 참았다. 전선자가 조심스레 말을 꺼냈다.

"제 얼굴 모자이크 해주시나요?"

"어머니, 그냥 갑시다. 어머니 얼굴 보면 미준 씨가 돌아올지도 모릅니다."

"그, 그럴까요? 그럼 우리 미준이가 살아있다는 말씀이시죠?"

"네, 전 그렇게 믿습니다. 꼭 찾아드릴게요. 걱정 말고 얼굴 보이세요. 도움됩니다. 어딘가에 있을지 모를 범인도 마음 돌려먹고 자수할지도 모릅니다."

전선자가 화들짝 놀랐다.

"범, 범인이라뇨? 좀 전에 살아있다고 하셨잖아요?"

"아, 그선 여러 가능성을 열어두는 겁니다. 괜찮아요. 도움이 된다니까요."

감건호는 속으로 내뱉었다.

'우리 프로그램 시청률에 도움이 된다고요.'

전선자는 힘없이 고개를 작게 끄덕였다.

"사, 사실은 걔가 서울서 짝사랑하다 실연했는데, 남자는 누군지 모르겠고, 그래 그런가 우울증 같은 게 있어서 약도 타서 먹다 말다 했어요. 손목에 얇은 칼날로 자해도 했어요."

"자해라, 어느 정도를 말씀하시는 거죠?"

감건호가 집요하게 물었다.

"아주 얇게 긋는 정도였지 심한 적은 없어요. 그, 그날 난 방 안에서 그 피를…… 피를 보고 죽었는가 싶, 싶어서 당, 당황했죠……."

감건호가 고개를 저었다.

"리스트컷 증후군이라고 손목 자해하는 사람 있죠. 시위하는 거죠. 그런 일이 있다고 해서 자살이라고 단정 지을 수 없습니다."

"손목을 그었다 이런 말을 하니까, 우울증으로 인한 가출로 봐서 제대로 수사도 안 했어요……."

"그런 폐단이 있죠. 사람을 겪어보지도 않고 단정하고 수사를 중단하는 거 위험하죠. 그러다가 장기간 실종된 분들도 많구요."

전선자가 조용히 눈물을 흘렸다. 감건호는 손수건을 재킷 가슴주머니에서 빼서 부드럽게 건넸다.

민수와 주승도 전선자의 인터뷰에 관심을 가지고 지켜봤다. 감건호는 힐끗 보고, 한번 해봐라 너희가 나를 이길 수 있나 하는 마음으로 의기양양하게 이어 나갔다.

"어머니, 그때 경찰에게 하지 못했던 말씀 있으신가요? 여기서 속 시원하게 털어놓으세요."

전선자가 잠시 침을 꼴딱 넘기더니 말을 이었다.

"그게 저어…… 미준이 그렇게 사라지고 나서 경황이 없어 몰랐는데, 철 지나 옷장을 정리하니 일할 때 입는 검은색 남방이 없어졌어요. 돌아간 그이 옷이었는데 없어져서 의아했죠."

"남방이라. 사진이 있으신가요?"

"아뇨. 나중에 보니 그 옷만 사라진 거죠. 개가 갖다 버릴 리도 없는데. 집안일 귀찮아하고 매일 컴퓨터만 보고 빈둥댔거든요."

감건호가 고개를 갸우뚱했다.

"의아하네요. 그 옷만 사라졌다. 따님이 걸치고 나갈 확률은 없습니까?"

"아뇨, 엄마가 지 옷 버리려 내다놓은 거 걸쳐도 질색팔색해요. 절대요. 엄마 옷 안 입어요."

"일단 알겠습니다. 또 이상한 점은 없었나요? 평소와 다르게 가구 배치가 바뀌어 있던가. 수상한 번호로 전화가 온다던가요. 수사 결과에 의하면 실종 당일 가게 일이 바빠서 매여 있었다고 하던데요."

"형사님한테도 말씀드렸는데, 낮에 배달해 달래서 밥상 2인분 차려서 여인숙으로 배달 갔는데 장난 전화였어요. 나중에 형사님이 알아보니 아파트 근처 공중전화에서 장난을 친 거라더군요. 더 이상은 알아낼 도리가 없고요."

"그것참 이상하군요. 남자던가요, 여자던가요?"

"남자였어요. 목소리는 학생 같지도 않던데. 하여간 그랬어요."

주승은 눈빛을 빛냈다. 민수도 뭔가 생각했다. 감건호가 집요하게 물었다.

"어머니, 저희가 따님 행방을 알아내려면 제 질문에 잘 답해주세요. 먼저 따님이 사라지기 전에 만났던, 혹은 연락하던 사람이 있습니까? 물론 형사님들께도 말씀드렸겠지만, 저희가 다시 조사하니까요."

"서울서 간호학원 다니던 친구하고 연락은 있을지 몰라요. 동창들이 거의 다 고향을 떠나고 해서요. 여기서 친한 애는 하나 정도 있었는데, 오래전 여길 떠났죠. 윤정이라고."

"이름이 정확하게 어떻게 되죠?"

"모윤정이요."

"네, 알겠습니다. 그리고 간호학원 위치와 이름을 알려주시죠."

"천호역에 있고, 이름은 뭐라더라."

주승이 다가와 휴대폰으로 천호역 인근 간호학원을 검색해 보였다. 피디는 감건호가 주승과 자신을 노려보자 편집하면 된다고 짧게 답했다.

"아 맞다. 여기. 정성 간호학원이에요. 그리고 친구는 아마도 휴대폰에 번호가 있을 텐데."

전선자가 안방으로 들어간 사이, 감건호가 주승에게 주의를 줬다.

"잠깐 카메라 꺼 봐요."

박 피디가 카메라 감독에게 손짓했다.

"주승 군, 지금 나는 인지면담기법과 피의자 진술 분석, 비언어적 행동 분석으로 정교하게 면담하는 거니까 중간에 끼어들지 마요."

주승이 화가 났으나 아무렇지도 않다는 듯 답했다.

"피의자 신문 기법을 쓰시면 어떻게 해요?"

"어머니도 피의자일 수 있죠. 모든 가능성을 열어놓는 게 바른 자세죠. 헛공부하셨네. 역시 비전문가는 어쩔 수 없는 한계가 있다니까. 경험이 절대 부족해. 책은 죽은 지식이죠. 사람을 만나봤어야 그 심리를 알지."

전선자가 낡은 휴대폰을 들고 나왔다.

"어머니 이 휴대폰 제가 가져가서 분석해도 될까요?"

"그, 그러세요. 물건은 모두 다 놔뒀죠, 방안에다. 하지만 이 전화기는 충전해서 내 방에 뒀어요. 혹시 전화 올까 해서요."

"온 적 있나요?"

전선자가 파리한 얼굴로 고개를 저었다.

"없었어요……. 단 한 번도."

감건호가 휴대폰의 연락처를 보았다. 모윤정이라는 번호에 전화를 걸었다. 결번으로 나왔다.

"친한 친구와는 연락이 안 되고 있었네요."

"그런가 봐요. 그때는 연락됐던 거 같은데 바뀌었나?"

"어머니, 가장 중요한 질문을 할게요. 왜 따님이 집을 나간 것 같아요? 만약에 가출을 했다고 가정하면요."

전선자가 잠깐 머뭇거리다 입을 뗐다.

"집, 집이 답답하다고 했어요. 서울로 올라가 간호학원도 다니는 등 하다 적응 못 하고 내려와서는 다시 서울 가고 싶다 했죠. 그, 그런데……, 후우…….."

"어머니, 말씀하세요."

감건호가 다정한 눈빛으로 그녀의 손등에 손을 얹어 지지했다.

"나, 나 때문일 거예요. 그날 아침에 싸웠어요. 가게 나가기 전에. 이렇게 버러지처럼 식충이처럼 살 거면 차라리 죽으라고, 어디론가 떠나라고 되게 혼냈는데. 아, 아마 그것 때문에…… 그런 거라면……. 흐흑, 흐흑."

전선자의 울음이 기어이 터졌고 주변은 숙연했다. 감건호가 다독이면서 카메라를 껐다.

"조금 쉬었다 갑시다."

감건호는 주승과 민수에게 의기양양한 표정을 보이며 과장된 제스처를 취했다.

"저 아저씨, 완전 나르시시스트 아냐? 연극성 인격장애도 조금 엿보이고."

민수의 말에 주승은 희미하게 웃었다.

"정확하게 말하자면, 치밀하고 완벽해 보이지만 어딘지 허술해. 게다가 본인을 위해 무엇이든 통제를 해야 맘이 놓여. 잘못되면 남 탓을 하고 매우 이기적이며 허영심이 있지. 난 맘에 들어."

민수가 놀랐다.

"뭐어? 왜?"

"너나 나나 비슷해. 가족의 아픔보다는 사건 자체에 호기심이 많고 이 일을 통해 명예욕을 채우려는 것. 다르지 않아. 저치와."

"야, 김주승. 난 아냐. 도우려는 것뿐이야."

"너를 자세히 들여다보는 게 이 사건 연구에 앞서 할 일이야. 민수."

"거참, 헐. 내가 저 아재와 비슷하다니. 놀라울 뿐이다."

"사실 연쇄 살인범이나 수사하는 이들이나 비슷한 점이 있어. 호기심과 명예욕, 어찌 보면 모든 인간의 본질이지만 유독 이 두 부류에는 그 특징이 많아. 그건 너와 나도 쫓는 자 입장에서 그런 것 같고."

민수는 순진한 표정으로 두 손바닥을 보이며 아니라는

뜻을 보였다. 주승은 진지하게 감건호가 전선자를 다시
인터뷰하는 것을 지켜보았다.

졸업 앨범 속

실종자의 얼굴 사진

아파트 촬영을 끝내고 이동해 점심을 먹었다. 감건호는 차에 올라 박 피디와 함께 촬영한 영상을 보았다.

"박 피디, 이제 김미준이 졸업한 초중고 중에 어디로 갈까? 교정의 빈 운동장이 괜찮은 그림이 될 것 같은데. 고적하잖아. 실종 주제하고도 제법 어울리고."

"만항재 초등학교 한 곳 섭외해 놨어요."

"저 친구들은 피곤하면 숙소로 가라 해. 이따 저녁 식사에나 보자 그래."

"좀 전에 의사 물어봤는데, 촬영팀하고 같이 움직인대요."

"뭐? 지들끼리 유튜브나 그런 거 찍고 다니면 안 돼? 아무리 대결 구도이고 뉴페이스를 넣어보려는 시도도 좋지만 아마추어랑 계속 움직이려니 좀 그런데……. 박 피디 보기에도 그렇지 않아?"

"괜찮아요. 주승 씨와 민수 씨 제법 잘 따라오고 현장감이 살아나요. 두 개의 플롯으로 따라가는 거죠. 아까 저 친구들은 현장의 혈흔이나 단서들을 중점적으로 보았는데 인상적이에요. 모조리 카메라에 담았어요."

"지들이 뭘 알겠어? 죄다 인터넷서 주워담은 지식일 텐데. 초등학교로 이동해서 교무실도 가보고 앨범도 봅시다. 지들은 알아서 오겠지."

만항재 초등학교로 감건호는 취재 차량을 타고 이동했고, 주승은 민수와 차로 뒤따라갔다. 가는 길에는 구시가지와 낡은 집들도 보였다. 광부들이 떠나고 남은 집과 여인숙 등도 보였다. 음식점 여러 곳이 다닥다닥 붙어서 운영하는 곳도 있었고 상가들도 여럿 보였다. 초등학교로 향하는 길로 접어들었다. 산길로 들어서면서 비포장도로가 잠깐 나왔다. 초등학교는 함백산 산자락 끝에 있었다. 차가 서고, 감건호는 운동장에 박 피디, 스태프들과 들어섰다. 주승과 민수는 아직 도착하지 않았다.

"우리끼리 교무실 들어가서 선생님 뵙시다."

감건호는 활기찬 걸음으로 촬영 감독이 따라붙기 좋게 여유를 두고 적정한 보폭으로 걸었다. 본관 1층으로 들어갔다. 교무실 팻말이 달린 문을 열고 들어가니, 나이가 제법 있는 남자 선생님이 맞았다.

"저는 교감을 맡고 있고, 이 학교에 근무한 지 6년 되었습니다. 교장 선생님이 붙잡아 아직도 남아 있죠. 예전에 13년 전에도 부임해서 3년을 근무했으니 이 학교만 9년 있는 셈이죠."

"반갑습니다, 선생님. 감건호입니다."

"어서들 오세요."

잠시 커피 타임이 있고 나서 감건호는 실종 사건을 자세히 말하고 도움을 달라 부탁했다.

"선생님, 김미준 씨는 현재는 스물다섯이지만 실종 당시에는 스물세 살이었죠. 혹시 기억나십니까? 저희가 계산해본 바로는 그분이 초등학교 졸업하던 연도가 2007년입니다."

교감은 잠시 눈을 감더니 교무실 뒤쪽 서랍장으로 가서 두꺼운 졸업 앨범을 꺼냈다.

"이게 2007년 앨범입니다."

"생활기록부도 보고 싶습니다. 거기 친한 친구도 나오나요?"

"그건 전산화가 되어 있죠. 혹시 모윤정하고 친하지 않았나?"

"어머니께 그렇다고 들었는데 기억을 하시나요?"

"모윤정이는 제가 2년을 담임을 해서 잘 기억하죠. 보다시피 학교에 학생 수가 그리 많지 않아 그 당시에는 1년에 200명 미만으로 졸업을 했어요. 그리고 지금은 총 학생 수가 100명 미만이죠. 그렇게 규모가 줄어들었답니다. 사연이 있는 게 65년에 탄좌가 문을 열고 70년대, 80년대에 도시 사람들 100만 원 벌면 여기는 200도 벌었죠. 그때는 동네 개도 만 원을 입에 물고 다니댔어요. 광부 사택도 많았고, 고한도 25리까지 있었습니다. 유흥업소도 많았고 학생들도 득시글거렸고, 그러던 게 89년 석탄산업합리화 정책이 시작되면서 감산했습니다. 광부들 나가고 학생 수 줄어들고. 아마도 95년에 단식 투쟁하고 동네 분위기 어수선하고 그랬죠."

교감은 졸업 앨범을 펼쳐서 보다가 모윤정을 발견했다. 머리를 길게 늘어뜨리고 제법 성숙하게 생긴 여학생이었다. 가냘픈 눈이 옆으로 길게 뻗었고 눈치 빠르고 똑똑하게 보였다.

"이건 내 사진입니다. 허허."

교감은 모윤정 사진 맨 위쪽으로 담임의 사진을 가리켰다. 지금처럼 하얀 머리는 아니었지만 얼굴은 거의 비슷했다.

"김미준은 아마도 옆 반 서성지 선생님 반입니다. 반이 몇 개 없었고 4반은 거의 남학생이니까요. 여기일 텐데. 그 사건 나고도 앨범은 지금 보네요."

교감이 페이지를 두 장 더 넘겼다. 여선생님 사진이 보였고, 그 밑으로 세 번째 줄에 김미준이 있었다. 또렷한 눈에 짧은 단발머리의 소녀는 지금의 모습과는 사뭇 달랐다. 실종 직전 사진에는 어두운 기색이 있고 수줍어하는 듯 보였다. 이때는 밝은 표정에 똘망똘망한 눈이었다.

"그래요, 사진 보니 어렴풋이 기억나요. 윤정이가 미준이하고 쉬는 시간에 운동장에서 놀던 거 본 것 같네. 그런 단편적 일들은 기억이 나요. 오래됐어도."

"당시 담임 선생님은 계시나요?"

"전근 가셨죠. 원래 서울분이셨는데요. 학생기록부 볼까요?"

교감은 컴퓨터를 열어서 학생기록부 파일을 불러왔다. 파일에는 전선자의 이름이 어머니난에, 아버지에는 김수도가 적혀 있었다. 이 외 사는 주소는 고한읍 3리 120번지로 비둘기 광부 사택이라 적혔다. 도내 합창대회 수상 기록과 합창반 활동 등이 쓰여 있었다.

"그러니까 얘네들이 동아리 친구들이었네요. 95년부터 노조가 치열하게 시위를 하고 2004년에 결국 탄좌가 문을 닫기까지 동네 사람들이 고생 많이 했죠. 강원랜드가 들어왔지만, 그때만 하겠습니까? 사람들 많이 떠났죠. 이혼한 집도 있고 아버지가 실직해서 낙담해 알코올 의존증 걸린 분도 계시고 전학도 많이 가고 혼란기였죠."

학교에는 당시 담임 연락처는 018 번호로 남아 있었다.

감건호가 전화를 걸어봤지만 결번이었다. 교감은 교육청에 연락처를 알아봐야 한다고 했다. 초등학교에서 김미준과 단짝 모윤정의 어린 시절 사진을 확인한 것 말고는 소득이 없었다. 모윤정의 집 번호도 결번이었다.

감건호는 차량 안에서 촬영 영상을 모니터로 봤다.

"얻은 건 별로여도 역시 한적한 교정 영상은 괜찮네. 잘했다, 박 피디. 그나저나 잠깐 기세가 끊긴 느낌이야. 이제 모윤정을 알아보고 더 나가야 되는데. 내일은 행정센터를 가보자구. 모윤정 주소지를 알아보러. 저녁은 어떻게 하지?"

"주승 씨, 민수 씨와 같이하죠? 취재진들도 다 같이요. 촬영 첫 스타트 잘 끊었으니 합을 맞춰 봐야죠."

"참, 박 피디는 젊은 사람이 그렇게 사람을 몰라요? 저 추리연맹인가 하는 애들이 우리 같은 꼰대들과 밥 먹는 게 많이 피곤할 텐데."

"아뇨. 회식 같이 하자고 먼저 그러던데요? 이곳에서 갈만한데 잘 모르겠다고."

"뭐어?"

"제가 보기에는 원래 선생님 팬이었을 거 같아요."

"뭐? 근데 서점에서 개망신을 주고 왜 그랬대? 여기서 대

결 구도 펼치자고 제의도 먼저 한 거라면서? 이차피 어떻
게든 동류는 다 만나게 돼 있어. 그걸 모르고 설치나, 홍!"

"기분 푸시고 같이 드세요."

"흠흠, 어른으로서 멘토로서 그래 보지, 뭐. 직업들은
다양해도 다들 나를 롤모델로 삼고 꿈은 셜록 탐정이나
FBI 수사관 더글라스(영화〈양들의 침묵〉의 모델) 같은 프로파
일러가 되는 게 아니겠어? 그런데 마인드 헌터가 되려면
쉬운 건 아냐. 사람에 대한 기본 예의가 있어야 해. 나처
럼……."

박 피디는 감건호의 이야기가 길어지자 휴대폰을 받으
면서 차 문을 열고 나갔다.

"네, 네. 사장님. 예약 열두 명이요. 네 맞아요."

감건호는 재킷을 벗어 옷걸이에 걸고 전화했다. 사건에
깊숙이 들어가려면 전문가의 터치가 필요하고 혼자서는
힘들다. 왓슨추리연맹인가 하는 젊은 친구들과 대결하려
면 뭔가 꼼수가 필요했다. 특단의 자문을 구하고자 전화
를 걸었다. 남다른 추리력이 필요했다. 벨소리가 모르는
노래였다. 팝송인데 젊은 남자의 감미로운 목소리였다.
감건호가 귀를 기울였다.

'알앤비 같은데?'

"여보세요? 여현정 교수 휴대폰인가요? 저는 감건호라
고 합니다."

잠시 침묵이 있었다.

"맞는데요, 감 선배. 웬일?"

"여 교수, 나 부탁 좀."

여현정은 감건호의 대학교 후배로 범죄심리학 교수로
근무하고 있었고, 여성 범죄 전문으로 종편 방송에 얼굴
을 내비쳤다.

"나 이 노래 무지하게 좋아하는데, 역시 센스 있네. 일
하던 중이면 미안한데."

"괜찮아요. 말하세요."

"이 얘기는 정말 대외비인데 말이죠."

감건호는 후배지만 존댓말로 이어나갔다. 분위기를 무
겁게 잡았다.

"비밀리에 프로그램 하나 찍는데요. 사건 관련해서 프
로파일링 부탁하고 싶어요."

"네, 알겠어요. 선배."

"고한 사건 알죠?"

"미제 말이죠? 이쪽 일 하면서 모르는 사람은 없죠. 그
거 하시나 봐요? 선배."

"그렇죠. 여현징 교수. 단서가 거의 없어서 머리 지진
나려고 해요. 소스 보내도 돼요?"

"이메일 주소 문자로 드릴게요. 자료 보고 연락드릴게요."

"오늘 밤이라도 언제든지 연락 줘요."

"네."

감건호는 운동장 구석에서 노트북과 패드를 놓고 토론
하는 주승과 민수를 보면서 코웃음 쳤다.

'니들이 아무리 날뛰고 젊은 감각이어도 주변의 관련 업
계 조력자 없이 사건의 진실에 접근 못 하지, 암.'

여현정은 감건호의 대학교 2년 아래 후배였다. 사실 아
주 오랜만에 일 때문에 어쩔 수 없이 전화를 한 거지만,
그녀와 사귀다 연락이 끊겨 자연스레 헤어진 적이 있었
다. 감건호가 경찰이 되고 나서는 아예 전화받을 시간도
없었다. 헤어진다는 말도 없이 유야무야 이별했다. 나중
에 들리는 소문으로 여현정이 속상해했다는 이야기가 들
렸다.

하지만 지금 사건은 그녀의 전문 분야인 여성 범죄일 가
능성이 높다. 감건호는 용기를 내 특단의 수를 썼다. 여현
정에게 뭘 기대한다기보다는 그녀의 유명세를 이용해 좀
더 프로그램을 돋보이겠다는 욕심이 컸다. 감건호는 손수

건으로 얼굴을 톡톡 쳐서 기름기를 닦았다. 그리고 잠깐 숨을 내쉬며 휴식했다.

한편, 선미와 진영은 숙소에서 추리 퀴즈를 만들었다. 주승과 민수가 회식을 하고 들어온다고 연락을 했고, 선미와 진영은 숙소에서 간단히 저녁을 먹었다.

"선미야, 어때? 지금은 괜찮아?"

"응, 오전에는 토할 것 같고 열도 좀 있었는데 지금은 말짱해."

"다행이다."

진영이 퀴즈를 만들다 물었다.

"오른손 왼손 트릭은 어떨까? 오른손잡이가 범인이지만, 왼손잡이인 것처럼 사건 현장을 조작한다면?"

진영의 말에 선미는 미간을 찌푸리고 고개를 저었다.

"아니 너무 흔해. 게다가 사건과의 연관성도 없어. 이 사건은 실종 사건으로 범인이 누구인지 용의자조차 없는 사건이잖아."

진영이 다른 아이디어를 냈다.

"차라리 조금 다른 걸 해볼까? 예전에 주승이랑 나랑 의견 내놓다가 착안한 퀴즈가 있는데, 전염병이 도는 지역에서 감염자를 찾는 마피아 게임 같은 거야. 7명의 환자

중에서 단 한 명의 감염사를 찾는 거지. 그런데 7명 각자에게 시간별 활동 내역을 줘서 감염된 한 명만 알아내는 거 어때?"

"우리 좀 쉴까? 피곤해."

진영은 선미에게 물을 따라주었다.

"요즘 힘들어 보여."

선미는 물을 한 모금 마시고 고개를 끄덕였다.

"솔직히 그래. 직장에 내가 뭐 때문에 붙어있는지 모르겠어. 먹고살자고 하는 일인 걸까? 중환자실에서 환자분의 케어는 내가 월급 때문에 보살피는 걸까?"

"사명감으로 시작했잖아. 그분들 네가 지켜주지 않으면 안 되잖아."

"진영아. 회사도 사람 문제야. 나 지금 상사와 의사소통이 안 돼. 그분은 나를 비난하고 내가 자격이 없다고 생각해. 난 잘 이끌어왔다고 생각했는데, 지금 인생 전반이 무너졌어. 회의가 들었지. 이 일이 적성에 맞는 걸까? 시스템이 힘들고 한계에 부닥쳐. 노력하면 달라질까? 수면 시간을 정반대로 바꿀만한 값어치가 있을까? 공허감이 들어. 여기도 쫓기듯이 도망쳐왔지만, 돌아가도 해결되는 건 없어."

"난 선미 네가 사람들과 어울리는 게 부러웠어. 싹싹하고 누구에게나 다정다감하고. 난 말이지 사람들에게 적응을 못 해 해부학을 택했어. 연구실에서 한정된 사람만 만나니까. 방문자도 제한되고. 일로 뵙는 분은 돌아가신 분들이지. 그래서 연구실, 집 말고 너희들 만나는 것밖에 없어."

선미는 진영의 손을 만졌다. 따뜻했다.

"넌 대신에 일에 대한 소명의식이 확고하잖아. 부러워."

"응, 억울하게 돌아가신 분 원한 풀어드리고 싶어. 검시조사관 지망할 거야."

"우리, 이대로 영원할까? 스물에 시작해서 카페를 일궈왔어. 민수나 주승이 비혼주의, 비연애주의를 외치지만 언젠가 결혼해서 애 낳고 그러면 삶에 치여서 이런 일도 못 할 거 아냐."

"선미야. 그때는 후배에게 넘겨줘야지. 우리가 올드 보이가 되는 거야. 원로들."

"후후. 우리가 OB라고?"

"그럼. 나도 경찰 들어가면 바빠질 텐데, 언제고 이렇게 다닐 순 없잖아. 넌 간신히 휴가 빼서 온 거구. 상사분한테 말 조심스레 드려봐. 이대로라면 지속하기 힘들어. 네가 일을 얼마나 좋아하는지 잘 알아. 소통해야 해. 그분과."

선미는 간만에 환한 표정을 지었다.

"넌 카페 관리를 하거나 이벤트를 열 때 항상 타 회원들을 챙겨주고 독려했잖아. 난 네가 대인기피라고는 생각 안 했어."

진영이 다정스레 선미를 봤다. 눈빛이 초롱초롱했다.

"카페 안 회원들은 비슷한 동류라고 생각해 편했지만, 이벤트 끝나고 집 가서 내가 뭐 실수했나 걱정했어."

"그래? 걱정 마. 진영이 네가 나한테 실수한 건 없어. 완벽한 베스트프렌드야."

"응, 그건 믿어. 후후."

"퀴즈 하나씩 적을까? 혈흔 방향이나 다잉 메시지 이런 건 어떨까? 아까 말한 전염병 숙주 찾는 마피아 게임도 좋아. 그거 해보자. 각자의 상황과 설정을 만들어서 서술 트릭이나 반전도 집어넣고."

"그래, 좋아. 아이디어를 다양하게 가보고 하나를 선택하자."

선미는 노트북을 열고 메모한 것을 문서로 만들었다. 진영이 여러 책을 펼쳐 참조할 것을 찾았다.

정탐정은 하룻밤을 고한에서 보냈다. 어젯밤에 여관에

서 전선자에게 받은 실종자 관련 서류를 꼼꼼하게 훑어봤다. 신장, 체중이나 점, 신체 사항 등의 세세한 거부터 음주나 도박 등에 관해 물었지만 특이점은 없었다. 다만 실종자는 신경쇠약에 걸려있다고 했다. 실종되기 3개월 전에 병원을 방문해 불면증 약을 타온 것을 전선자가 기억했으나 그 이후에 약을 먹는지 관찰은 안 했다고 했다. 정탐정 보기에 김미준은 대인기피도 있었을 것이다.

정탐정은 서류를 다시 훑었다. 김미준은 고한에서 고등학교까지 나오고 서울서 간호학원을 2년 정도 다니다 중퇴했다. 당시에 교우 관계가 잘 안 맞고 실연한 것 같다는 어머니 의견이 있었다. 그리고 서울 생활에 적응 못 했다고 했다. 학창 시절 친구는 모윤정 하나만 적혀있다.

정탐정은 서울에 올라가면 김미준이 다녔다는 간호학원을 알아볼 계획이다. 그녀의 지인들과 서울에서 다니던 병원이 있는지도 알아볼 예정이다. 어머니의 위임장으로 병원에 찾아가 기록을 뒤져볼 생각이었다.

정탐정의 머리에 번득이는 아이디어가 떠올랐다. 김미준은 만항재에 산책하러 올랐다고 했다. 누군가를 만나러 온 것은 아닐까? 혹시 실연 상처를, 간호사 꿈이 좌절된 상처를 달래려 누군가를 만나러 온 거라면? 늦은 밤, 정탐정은 즉시 직원용 2번 전화기를 들었다.

"공 팀장. 우서영 여고생 사건 어떻게 돼가고 있어?"

"정탐정 님, 미행을 하고 있는데 남자들 만나는 건 확인 됐는데 아직까지 신원은 정확하게 못 밝혀냈어요. 남자 중 하나 집은 알아냈어요."

"더 밀착 마크하고."

"네, 알겠습니다. 여탐정은 못 구해서 혼자서 해보겠습 니다."

"알았어요. 나 여기 고한에서 김미준 실종 사건 맡고 있 거든. 이 사건 잘 알지? 공익을 위한 거야. 김미준 이름하 고 포털 아이디 등 정보로 조회해봐서 온갖 거 다 알아봐. 택배도 무슨 물품 받은 거 있는지 알아봐. 알았지? 2년 전 이라 알아보는 데 시간이 걸려도 중요한 거야. 일단 그녀 휴대폰 번호와 주소지, 그리고 사진이나 메일 등 신상정 보가 적힌 실종자 서류는 사진 찍어 보낼게. 서류에 나온 자료 싹 다 인지하고 이걸 바탕으로 아주 오래전 문서도 훑어봐야 해."

"네, 알겠습니다. 정탐정 님."

정탐정은 공 팀장에게 일을 맡기고 끊었다.

그녀가 남자를 만나고 있었다고 가정하자. 남자가 만약

에 서울 혹은 다른 지역에 사는데 채팅으로 소통한다. 그렇다면 분명히 선물이 오갈 수 있었다. 게다가 전선자의 말로는 실종자는 물건을 자주 배달받았다고 했다. 돈 아끼라 다그치면 선물을 보낸 거라고 했다는 것이다. 선물이 맞는 걸까? 아니면 그녀가 핑계를 대고 사는 걸까? 그녀는 직업도 없었다. 용돈은 한정돼 있다. 직업이 없어 카드나 대출에서 멀다.

누군가 뒤에 있다. 정탐정의 촉이 발동했다. 지역에서 남자를 사귀는 것을 어머니가 몰랐다면 다른 지역의 누군가를 만날 수 있다. 아주 조심스럽게. 그런데 왜 경찰은 그걸 알아내지 못했을까. 알아냈는데 혐의가 없고 알리바이가 확실해서 넘어간 걸까? 정탐정은 한 번 사건을 문 이상 모든 걸 세세하게 조사해보고자 했다.

버럭 화내는 감건호에게

정답은 노노해!

감건호는 저녁 먹기 직선에 프로덕션 본부징의 전회를 받고 기분이 나빴다. 시청률을 잡지 못하면 3회 안에 전격 폐지한다는 말이 슬쩍 돌아서 나왔다. 3년 전에 50회분 계약을 했지만, 이래저래 프로그램을 종영하면서 20회분 이상을 간신히 채웠고 이도 저도 아닐 시에는 계약 파기에 출연료는 더 이상 없다.

박 피디가 화가 머리끝까지 난 감건호 앞에 다소곳이 서 있었다.

"선생님, 주승 씨, 민수 씨 기다려요, 들어가시죠."

"박 피디. 본부장 어떻게 생각해요? 상사로서."

"힘들게 하죠. 저도 불편해요."

"에휴, 왜 마블 어벤져스는 되는데 우리는 이 모양이야?"

"선생님, 거기다 비교하면 안 되죠."

"그건 그렇지만 하도 어이없어 그러지. 나도 이제 끝물인가 싶고."

감건호의 푸념을 듣는 박 피디의 얼굴은 무념무상이었다.

"무슨 생각해요?"

"배고파요."

"들어갑시다. 밥이나 먹고 오늘은 시마이(방송 전문 용어로 일본어 '마무리'에서 유래)합시다. 휴우."

저녁 식사는 삼겹살 구이였다.

"이 지역은 유독 삼겹살이 많네."

감건호가 고기를 굽는 주승을 보면서 말했다. 박 피디의 주선으로 한 상에 민수, 주승, 감건호가 마주 보고 앉았다.

"여기는 광산이라 횟집은 안 돼도 삼겹살집은 살아남았대요. 삼겹살이 목을 시원하게 푸니까요."

주승은 입 다물고, 이것저것 박식한 민수가 한마디 거들었다.

"아는 것도 많네. 잡학이랑 이런 범죄 분석하는 거랑은 천지 차이라구. 민간인들이 낄 자리가 아냐."

"여기서 현직 경찰이 누가 있는 거죠? 손 놓으신 지 한참 됐잖아요?"

감건호는 슬슬 맞받아쳤다.

"허허, 이거 참. 젊다고 치기가 좋구만. 그래 오늘 이 사건 분석 들어가 보니 어때요? 쉽습니까? 이 작업이 그렇게 쉬운 게 아냐. 무에서 유를 창조하는 거라구. 얼마나 위험한 일인 줄 알아요?"

감건호는 사이다를 시원하게 마시며 말을 이었다.

"이런 일도 있지. 수사관들이 범인을 잡은 사건을 미제라고 속여서 FBI의 더글라스 프로파일러에게 부탁해 작업에 들어가. 그는 혼쭐이 났지. 그때부터 경찰 의뢰받는 사건은 미제로 한정했어. 결과가 나왔는데 헛소리해봐. 수사관들 웃음거리가 되는 건 시간문제야. 그렇게 무섭다구."

주승은 약간 웃으며 그를 보았다. 감건호는 슬쩍 기분이 나빴다.

"그 사람이 6살 어린이 램지 양 납치 사건 당시 수사관들에게 조언을 잘못해서 가족들이 범인으로 몰리고 큰일이 났죠, 아시죠?"

"그건 그럴 만한 여러 이유가 있었고, 나중에 가족들은 결백하다고 밝혀졌어."

"가족들은 마음이 갈기갈기 찢어졌죠. 가족의 죽음에다 부모가 범인으로 몰렸으니까."

감건호가 직시했다.

"그럼, 니가 그리 잘났다면 이 사람 프로파일 읊을 테니 맞춰봐. 어릴 적 아버지 자살, 어머니와 절연, 평생 떠돌고 결혼도 네 번이나 해. 전쟁에 참전한 군 출신. 본인도 62세 자살. 이게 누굴 것 같아."

"그걸 내가 어떻게 알아요?"

"이력만 들으면 연쇄 살인 사건 용의자의 이력이지. 그런데 이 사람은 헤밍웨이야. 그런 거야. 내 일은 다양한 해석이 필요하다구. 내가 신도 아니고 단번에 어떻게 맞춰. 다만 피해자 가족들 위해서 틀릴 수 있는 부담감을 안고 무리하며 돕는 거야. 하루하루 불안에 떠는 가족들을 빤히 눈으로 보면서 어떻게 모른 척해? 내 직업이 폭탄 해체반하고 똑같은 스트레스를 안고 간다니까. 니들은 안방서 컵라면 먹으면서 키보드나 두드리지만."

"그래요, 인정해요. 당신 일은 위험해요. 그런데 최근 행보는 증거보다는 방송에서의 인기에 영합해서 가죠. 그래서 저희가 대결을 요청했어요. 그런 건 옳지 않다는 걸 증명하려고요."

"아니 뭐요? 보자 보자 하니까. 좋게 타이르는데도."

감건호는 화를 버럭 냈다. 화해의 의미로 만든 회식 자리가 엉망이 됐다. 다이어트 약으로 온종일 각성이 됐다가 갑자기 나른해지는 걸 억지로 참다 폭발을 했다.

"이거 봐요! 김주승! 그런다고 일이 쉽게 해결되나? 프로와 아마추어의 차이는 디테일에서 나온다고. 해부학도의 치기만으로 법의학을 아는 게 아니고 부검 횟수로 실력과 이해의 폭이 나온다고."

감건호는 따따따 쏴댔다.

"당신들은 프로파일링의 'ㅍ'도 모르고 주절거려! 아마 추어들이 강력 사건에 함부로 다는 추리 댓글에 유족들이 상처받지. 아주 명탐정 코난 납시고 셜록 홈스야, 다들! 그렇게 수사하고 싶으면 정식 경찰 시험 보라구! 나처럼 현장 경험도 없으면서 나대기는, 참나."

민수가 대뜸 발끈했다.

"감건호 샘, 저도 알 만큼 안다고요. 범죄심리학책이나 양형 자료 보고서 등의 전문가들이 보는 책과 논문들 무지하게 읽었다고요. 우리도 유족들 고려해 함부로 말 안 해요. 샘은 함부로 추정하고 틀려도 모르쇠로 일관하고 아니면 말고 식이죠. 유족들 인터뷰도 원하는 방향으로 악마의 편집하잖아요. 안 그래요?"

아닌 게 아니라 민수는 사무실에서도 양파나 감자를 인터넷 쇼핑몰에 소개하다가 잠시 짬이 나면 범죄심리학이나 과학수사 관련 책을 읽었다. 스스로는 취미를 넘어선 수준이라고 생각했다. 다만 실전에 쓰이지 않고 카페 게시판에 올리기만 했지만.

"방송은 팩트 그대로 만들면 시청자들에게 부담이 돼요, 그래서 살짝 MSG 치는 거야. 이 프로불편러 양반들아, 보기 싫음 내 방송 보지 마. 누가 총 겨누고 보라했어? 지들이 좋아서 보잖아. 그리고 왜들 욕은 하는 거야? 암 것도 모르면서 뭣 좀 알고 말해요."

민수가 슬슬 감건호의 말투에 열이 받았다.

"그럼 유튜브에서 사건 검색해서 찾아보지, 왜 방송 봐요? 뭔가 더 있어야 되는 거 아니에요? 아무리 사기를 쳐도 남는 거라도 있어야죠. 맨날 종편에서 아무 말 대잔치에 농담이나 수다로 때우고, 웃기나 하고. 사건 해석 후에 아님 말고 식으로 퇴로 만들고."

"그러는데 뭐 도운 거 있어, 자네가? 나한테 경찰 측에서 사건 자료라도 서브해주는 줄 알아요? 나도 인터넷 기사 읽고 급조하느라 그래. 쌀 한 줌으로 뻥튀기 하느라. 경찰 관둔 지 언젠데 누가 나한테 감식 사진 한 장 보내는 줄 알아요? 얼마나 힘들어. 자료 없이 해석하고 용의자 특정하고 실종 장소 추정하는 게. 내가 신이야? 어떻게 맞춰? 속초 실종 사건 당시에도 시신이 있을 만한 장소를 내가 어떻게 알아요? 자료는 코딱지 만큼인데. 기자들은 마구 물어뜯고. 발견 장소가 틀릴 만도 했지."

감건호는 2년 전 속초에서 중년 여성이 실종됐고, 용의자가 잡혔지만 묵비권을 행사할 때, 자료들을 보고 바닷가로 추정했다. 그런데 산속에서 발견됐다. 그때 네티즌들이 감 떨어졌다고 악성 글을 올리고 조롱했다.

민수가 침착하게 조목조목 지적했다.

"민간인 프로파일러가 다 같은 사정이잖아요. 당신이 가장 쇼맨십은 끝장나는데 유튜버 프로파일러보다 정보가 왜 더 없는 거죠? 최소 구글링 같은 거나 논문, 범죄심리 학책 뒤져보는 것도 안 하죠? 구치소 접견 가는 영상에도 안 나오던데, 작가들 보내죠? 현장에 가긴 해요? 대충 옛 날에 학교에서 배운 거나 현직에 있을 때 익혔던 거로 했 는데 이젠 그것도 귀찮죠, 안 그래요, 감건호 씨? 차라리 예능에 나와서 추리 퀴즈나 내고 오버해서 표정 연기나 해요."

"뭐어? 감건호 씨이?"

감건호는 다른 말은 다 뜨끔해서 태클을 못 걸었지만, 호칭에 예민하게 발끈했다. 그는 소주 한잔을 입에 털어 넣더니 얼굴이 불콰해지면서 소릴 질렀다.

"내가 하다 하다 이 소리까지 들어야 하나? 아까는 당신 이라고 하지 않나, 선생님 소리가 싫으면 프로파일러 님 이라 해요! 내가 언제까지 이 학생들하고 놀아줘야 해? 나 이 차가 얼마야?"

"그럼 저도 민수 씨라고 부르지 말고 임 과장이라고 불

러요. 엄연히 우리 회사에서는 직급이 과장이라고요. 그
럼 저도 원하시는 호칭으로 불러드릴게요."

민수는 감건호를 존경하던 그분이 아니라 쓰레기 프로
파일러, 먹고 살기 위한 생계형 '프로쓰레기러'로 인식하
는 중이었다. 고한읍 와서 내린 결론이었다.

"니들 나 사실 좋아하지? 광팬이고 덕후인데 안티로 가
장하고 이러는 거 아냐? 니들 스토커지?"

민수가 발끈했다.

"뭐라고요?"

"저거 봐라. 정말 맞지? 너 나 좋아하지? 그래서 이렇게
더 진상인거 아냐? 그냥 맞다고 인정해. 사람이 사람 좋
아하는 게 죄는 아냐."

민수가 받아쳤다.

"이 아저씨가 어이가 없네. 참 나, 알았어요. 그 소리
듣고 싶으면 해줄게요. 그래요, 좋아하니까 정신 차리라
고 충고하는 겁니다. 이제 됐어요?"

"됐어! 됐어! 아저씨라는 소리까지 듣고 볼 장 다 봤어.
다들 오늘까지 출연료 정산할 테니까 프로그램에서 추리
연맹 회원들은 모두 편집하고 나 일인 출연으로 가자고."

박 피디가 정색했다,

"선생님, 이거 모두 본부장님 결재해서 가는 겁니다. 맘대로 편집 권한 없어요. 젊은 청년들 피 수혈하자고 해서 이렇게 된 거라구요. 경찰 섭외하려 했지만 쉽지 않아서 추리 카페 회원들로 간 거구요."

"뭐라구? 이 친구들이 요청한 거라면서 대결을!"

"그랬죠. 처음에. 하지만 본부장님이 좋게 봤고, 그래서 좋게 가자는 겁니다. 괜찮을 구도라 하셨어요."

"그럼 나한테 말하기 전에 본부장 먼저 보고한 거요? 이봐요 박 피디!"

박 피디가 대차게 말했다.

"이 모든 게 본부장님 명령입니다. 감 선생님을 본부장님이 믿지 못하세요. 실은 저 친구들이 산소 호흡기라고까지 하셨어요. 진즉에 망한 감 선생님, 쟤네들이 산소 호흡기 대주는 형세고 하드캐리 할지 모른다고요."

감건호는 발끈했다.

"무슨 일이 이래? 그럼 내 이름과 얼굴 걸린 프로에서 내가 빠지면 되겠네! 나 빼고 다시 하라구. 계약금 못 채운 거는 돌려줄 테니까! 박 피디 지금 나한테 트리거 건드린 거로 봐도 되나? 분노 발작해도 되냐구? 나는 뭐, 맨날 범죄심리 연구하니 성인군자 대하듯 마냥 착각들 하는데 말이지."

"네에? 선생님. 제가 너무 주제넘게 죄송······."

"아니, 내가 그동안 자기네 프로덕션에 빨대 꽂은 민폐 덩어리밖에 안 돼? 처음에 잘 나갈 때 다른 프로덕션 제안 다 거절하고, 내가 본부장 그 사람됨만 보고 왔다구. 그리 고 박 피디 본부장이 바꾸자고 할 때도 내가 막아줬어, 대 외비지만. 게다가 응? 내 스타성 운운 할 때는 언제고 지 금 와서 이렇게 비참하게 팽 시켜? 내가 성실하게 프로그 램 꼬박꼬박 기획하고, 기획비도 전혀 없이 출연료만 받고 대본도 관여하잖아. 대사도 연구해서 애드립 치면서 노력 했는데, 좀씩좀씩 사람 건드리면서 더러운 꼴 보게 해?"

박 피디의 얼굴이 붉어지면서 고개가 푹 떨구어졌다. 훌쩍이는 소리가 났다. 감건호는 버럭 소릴 질렀다.

"내가 대박 나면 알아서 한다구! 효자 프로그램을 시리 즈로 만들어 박 피디 현장 디렉터에서 메인 디렉터로 바꿔 줄 건데! 이런 식이면 곤란해!"

스태프들이 조용해졌다. 민수가 그 와중에 한숨을 푹 내쉬었다.

"완전히 우시카와구만."

"뭐어? 그게 누구야?"

"그런 거 있어요. 저는 성격상 남에게 험한 소리 잘 못하니 알아서 꺾어 들어요. 저기요……."

감건호가 말을 가로챘다.

"니들은 완전히 판타지 쫓는 민간인 사이비들이야. 범죄가 장난이야! 개나 소나 한마디 하게. 경찰, 소방관, 교도소 이런 극한 직업군에서 일해서 사람을 대면하고 그 민낯과 바닥을 봐야 정신 차리지. 슬쩍슬쩍 인터넷으로 보고, 이불 덮어쓰고 키보드 워리어로 살면서 현장을 어떻게 알아, 니들이! 단 하루도 현장에서 못 버틸걸? 아무리 범죄심리학책 끼고 살면 뭐해. 실제 범죄자도 못 만나보고서, 애송이 같으니라구!"

민수는 사이다를 연거푸 들이켰다.

"그나저나 감건호 샘. 꼰대 샘."

민수가 도발적으로 말했다.

"그렇게 원하니 샘으로 불러드릴게요. 조증과 울증이 번갈아 오세요? 우리보다 나이는 훨 많으신데 감정 조절이 힘드세요? 까딱하면 화부터 내고 스태프들이 힘들어하는 거 안 보이세요."

"니가 뭘 알아. 어려서 말이지."

"저도요, 가락시장에서 잔뼈 굵었어요. 제가 상대하는

어르신들이 70 이상인 분들이세요. 사람이 얘기하면 좀 들어요. 나이 따지지 말고요."

"에휴, 내가 이래야 해? 니들 악플 다는 거 보니까 내가 뭐 날로 돈 먹는 줄 알더라? 종편 하루에 8시간씩 녹화하면 등받이 없는 의자에 앉아서 버텨. 허리 디스크 나가기 전에 복대 세 개에 배 나올까 봐서 거들까지 입고 버텨. 필러 시술은 또 얼마나 끝내주게 아픈데. 니들이 그런 거 할 수나 있을 거 같아? 내가 말로만 먹고 사는 줄 아나 봐?"

"선생님, 진정하세요."

박 피디가 주변을 훑으며 달랬다.

감건호는 그제야 스태프들을 보았다. 표정들이 안 좋았다. 불판 위 삼겹살이 바삭거리다 못해 말라 비틀어졌다. 모두들 고기도 먹지 않고 이들의 싸움을 지켜봤다. 감건호가 보기에 좌중은 민수의 말에 수긍하는 표정들이었다. 충격이었다.

'저 사람들이 내 편이 아니라니.'

자신이 감정의 기복이 심했고, 촬영 중에도 신경이 곤두섰다. 스태프들을 여러모로 불편하게 한 것 같았다. 만약에 실력이 뛰어나면 그러려니 할 텐데, 촬영 분량을 뽑아놓고 봐도 그저 그랬다. 때깔이 곱지 않았다. 반면 젊은 친구들은 성실하게 노력했으니 예뻐 보였을 것이다.

감건호는 큰일 났다 싶었다. 편집할 때 이 친구들의 분량이 늘어나면 밀린다. 그는 다이어트 약의 부작용을 겪나 싶었다. 사람의 신경을 곤두서게 해서 조울증이 올 수도 있다. 그런데 그 문제는 아니다.

최근에 프로그램 제작으로 날카로웠다. 불안감을 조성했다. 더군다나 아마추어와 대결이라는 우습고도 불쾌한 상황을 본부장이 민다니 어이없었다.

감건호, 막 나가다 결국 추락했니? 어쩌려구. 드디어 감 떨어져 그냥 건호가 됐구나.

감건호는 자조감이 들었다. 소주를 맥주잔에 꽉 들이부었다. 소주의 비율이 월등하게 높은 소맥을 만들어서 단숨에 마셨다. 조용히 자작했다. 분위기가 싸하고 일동이 조용했다.

그날 밤, 감건호는 주사를 무진장 부렸다. 주승과 민수의 옆자리에 다가앉아 얼굴을 들이밀고 '범죄분석요원 특채에 합격하려면 전공해야 하는 것들', 혹은 '경찰 조직의 불합리성과 파벌의식과 권력 싸움', '프로파일러로서의 마음가짐과 급변하는 환경에서 살아남는 법'등을 마구 주입

시켰다. 박 피디와 스태프들이 말렸으나 감건호는 후배 양성을 위해 충고한다며 혀 꼬부라진 소리로 설파했다. 그는 이들의 귓가에 밀착해 긴 시간 말했다. 주승은 진지하게 듣는 편이었고 민수는 화가 머리끝까지 치밀어 그를 밀쳤다.

"어후. 바지 구겨져요, 이거 NBA 한정판 빈티지예요. 건들지 마요, 진짜 짜증나. 피디 님, 저희들 여인숙 가도 되죠? 황실 여인숙이요!"

민수는 여인숙 이름을 또박또박 발음했다. 박 피디는 미안해서 얼굴을 들지 못했다. 그녀는 고개만 끄덕이며 가도 좋다는 손짓을 했다. 박 피디가 콜택시를 부르려 했지만 주승은 여인숙이 걸어서 20여 분 이내라며 민수에게 걷자고 했다. 차는 두고 갔다.

프로파일링은

사람 잡는 살인마

민수는 여인숙 방향으로 걸으면서 불평했다.

"우와 저 양반. 완전 두 얼굴의 사이코패스야. TV에서 보던 젠틀하고 세련된 이미지랑 정반대 성격이네. 이건 정말 대재앙이야. 저런 양반과 엮인 건. 게다가 시청자들도 속고 있는 거고. 우씨, 바지도 구겨졌고. 신발 벗고 들어갈 때 불안하더니, 누가 취해서 내 신발 막 밟고 다녔나 봐. 아 누구야. 내 신발. 너 보기에 누가 취했냐?"

"감건호가 취했더라. 무지하게. 그 사람이 밟았나?"

"감건호는 화장실 안 가던데? 내 옆에만 있었다구. 어떻게 식당에 신발장이 작은 거 하나 밖에 없냐? 바닥에 뒀더니만, 우씨. 헤어스타일도 땀하고 바람에 엉망이고."

민수는 운동모자를 푹 눌러썼다. 밤이 되자 시원한 바람이 제법 불었다. 캄캄한 하늘에 수천 개의 별이 반짝거렸다.

"내 보기에는 주승아! 감건호 저렇게 멘탈 무너져서 시청률에 목매는 것만 봐도 프로파일러인가 하는 그 직업이 사람들 여럿 죽인다."

"죽인다니? 죽음의 원인을 캐는 게 아니고?"

"그건 니 직업이고. 봐봐. 대학생 범죄심리연합회 학생들 그리고 일반 경찰 중에 프로파일러 되고 싶은 사람들 모두 합치면 수천 명은 될걸. 그런데 자리는 서울청에만 5~6개 정도, 전국 다 합쳐야 40여 명. 민간인은 그보다 많겠지만. TV에 감건호처럼 나오는 사람은 몇 명 안 되고, 다들 나오고 싶어 아우성이고. 감건호도 프로그램 몇 개 꼴아박더니 저 모양이구. 하다 하다 우리 같은 민간인과 대결하고 있지. 그 직업이 사람 제 명에 못 살게 한다구. 차라리 추리 소설가가 낫겠다. 인터넷 소설 쓰면 발표할 데 많지 않아? 하여튼 이거 되겠다는 애들 중에 명문대는 허다하고, 우리 카페 회원 중에도 민사고, 하나고 천재들도 있다니까. 요행으로 범죄분석요원이 되어도 감건호처럼 앞날 풀리면 어쩔. 나처럼 취미가 딱 좋아.”

“너도 조사원 되겠다고 난리 친 적 있잖아.”

“그거랑 달라. 엄연히 다르다구. 민간조사원은 의뢰인의 문제를 해결해 주려 백방으로 노력하는 거야. 실제형이라구. 힘든 가족을 돕는 거고. 프로파일러는 이미 벌어진 사건을 쫓고 범인을 뒤쫓지만.”

“근데 민수야. 뭐 이상한 거 없어?”

“이상한 거라니?”

“아무래도 현장이 조작된 거 같아. 혈흔 분석한 것도 그렇고.”

"그렇다면 일부러 혈액을 흘리고 어디론가 갔다는 거야?"

"그건 모르겠는데, 누군가 조력자가 있을 수 있고."

"족적은 어떻게 된 거지? 우리가 제작진에게서 받은 자료에도 족적 얘긴 없었어."

"애초에 실종 사건이니 족적은 보지도 않았을 거야. 가출로 파악했으니, 첨에는 과학수사팀이 오지도 않았을 거고. 뒤늦게 왔을 때는 모든 증거는 사라진 거지. 아파트는 외부인들과 가족의 족적이나 흔적들이 모두 뒤섞이고 주기적으로 복도를 청소하잖아."

"그렇다면 넌 자작극으로 보는 이유는 뭐야?"

"그녀의 사건 전 심리 상태가 불안했고, 방안에서만 발견된 피도 그래. 그녀는 심리적으로 자신이 방에서 죽은 것처럼 여겨지길 원했을 수 있어. 혈흔이 거실이나 계단을 따라 점점이 떨어져 누군가 뒤쫓는 걸 극도로 원치 않은 것 같아. 그래서 혈흔도 방에만 있고. 어머니가 자신을 찾는 걸 원하지 않으면서 죽은 척 사라졌을 가능성이 있어."

민수가 모자를 벗어 바람을 맞았다.

"왜 미제 사건에는 형사들이 매달리지 않지?"

민수의 말에 주승이 고개를 저었다.

"아니, 오히려 미제 전담팀에 실력 좋은 베테랑들을 배치해서 현재 사건이 수사되는 데 차질을 빚어."

"그럼 이럴 수는 없잖아."

주승이 쓴웃음을 지었다.

"그게 문제야. 언론의 집중 조명을 받은 사건에만 몰린다는 것. 이 사건만 해도 작년에 시사프로에서 다뤘을 때는 미제 전담팀에서 한 번은 검토를 했겠으나, 사람들의 관심이 심드렁해지면 감건호 같이 한물간 사람이나 혹시나 하고 들러붙는 거야. 전선자 씨가 이 사건을 알리는 데도 한계가 있고. 홀로는 힘든 거지. 그리고 실종은 살인 사건보다는 덜 주목받잖아. 실종 사건 미제는 증거도 거의 없고 실종자가 대단한 인물이 아니면 장기적으로 주목받지 못해."

"그럼, 주승아. 넌 어떻게 봐, 이 사건을?"

"사라지는 게 키포인트. 마을에서 흔적도 없이 사라져서 가족이 찾지 못하는 것. 그럼으로써 새로운 생활을 해나갈지 몰라."

"현재 서울 같은 대도시에 있다는 거야?"

"그건 모르겠어. 어떻게 사는지 감도 못 잡았어. 하지만 그녀는 떠나고 싶었고, 그 마음이 현장에 흔적으로 남은 거야."

"방에서 없어진 옷은 없다잖아. 의아했던 점은 나중에 알고 보니, 어머니의 허름한 옷이 사라졌다는 건데. 그건 왜지?"

주승은 심각한 어조로 말했다.

"조력자가 있을 수 있어. 그녀와 도망치거나 상처를 입혔던, 남자는 옷에 피를 묻혔을지 몰라. 피를 감추려 어머니의 헐렁한 옷을 걸치고 나갔고. 김미준은 남자 돈으로 도피 생활을 했겠지. 추정에 불과하지만."

민수는 이어 말했다.

"너, 그날 장난으로 배달 주문한 남자, 뭔가 관련 있다고 보지?"

"관련 없을 수도 있지만, 이 좁은 지역 사회에서 실종 당일 유독 누가 그랬을까. 분명히 관련 있어. 사건을 준비하던 시간에 혹시 전선자 씨가 돌아올까 봐 배달을 시켰을 수 있지."

"그렇다면 남자란 말이지? 실종자가 음성 변조기 써서 한 건 아닐까?"

"딸의 목소리는 변조해도 알아듣기 쉬워. 쉽사리 그렇게는 못해. 만약 김미준이 엄마를 다른 곳에 있게 하고 싶었다면 다른 방법도 많아. 읍내 행정센터 가서 무슨 서류를 떼어 달라, 당장 지금 해야 한다, 또는 무슨 물건이 필요한데 알아봐라, 이렇게 다른 곳에 묶어둘 수 있지."

민수는 고개를 저었다.

"지난 2년간 은행에서 돈을 인출한 흔적이 전혀 없고, 카드 사용도 주소 등록지도 없고 세금을 낸 적도 없어. 그녀가 남자와 도피 중이라면 어떻게 된 거야?"

주승은 쐐기를 박았다.

"일용직으로 벌어서 먹고살 수 있고, 남의 신분증을 도용해서 알바로 살 수도 있어. 주소지 없이 택배나 편지 받는 것도 편의점이나 사서함 통해 가능해. 사실 그 부분에서 겁나. 실종이 아니라 살인 또는 자살, 죽음으로 판명나는 게. 사건을 캘수록 비관적인 느낌을 배제 못 해."

민수는 말없이 고개를 끄덕였다. 다른 여러 사건처럼 생활 반응이 없는 장기 실종 사건은 어쩌면 존재 자체의 소멸을 의미한다.

민수는 사건에 호기심으로 다가갔던 걸 후회했다. 사건은 이토록 잔인하고 미지수이며 불행을 몰고 올지 모른다. 민수는 남의 불행에 대결로 뛰어들기에 주승만큼 강한 신념이 없었다. 단지 주승과 진영, 선미와 빡빡한 일터를 벗어나 휴가 온다는 느낌으로 왔다. 그러나 실제 사건은 추리 퀴즈와는 다른 무게감이 느껴졌다. 사람의 이면과 인생의 무게에 대해 깊이 생각하는 계기가 됐다.

갑갑했다. 처음에는 실종자의 행적을 캐서 가족에게 돌려보낼 희망에 부풀어 있었지만, 답답한 현실에 직면했다. 사건의 뒷면은 가족에게 최악의 상황을 안겨줄지 모른다. 우리는 그 과정에 한 축을 이루고 있다. 민수의 본심을 주승이 깨달았는지 어깨를 툭툭 쳤다.

"걱정 마. 그래도 살아있다는 희망은 갖고 가자. 그래야 최선을 다하지."

민수는 긍정하며 어깨동무를 했다. 여인숙에 도착했다. 주승은 샤워를 하고 편한 트레이닝복 차림으로 나왔다. 선미와 진영이 방에 와있었다.

"자리 비켜줄까?"

선미의 물음에 주승이 답했다.

"아니, 옷 다 입었다. 민수는?"

"간식거리 사러 갔어."

"추리 퀴즈 올리는 중인데 뭐 첨부할 거 있을까?"

"민수와 나의 현장 프로파일링 결과를 방송 후에 카페에 올리는 건 안 되겠지? 경찰과 언론에만 공개된 자료니까."

주승의 말에 진영이 답했다.

"감건호 샘은 아마 다 까발릴 거 같아. 그러니 우리가 나서봤자 뒷북이야."

"그건 그럴지도."

진영이 김미준 개인정보와 실종 전의 행적 조사 서류를 들고 심각하게 말했다.

"이거 피디님한테 받은 자료에 나온 메일 아이디로 알아낸 게 있어. 의심 가는 블로그가 있더라구. 들락거린 사람은 적어."

주승이 눈빛을 빛냈다. 진영은 노트북 마우스로 블로그로 이동했다. 만항재 야생화 사진과 조용한 음악이 흘러나왔다. 오늘의 방문자 수는 2였다. 선미의 생각으로는 아마도 우리와 감건호 측 스태프가 방문하지 않았을까 싶었다.

"이 블로그에 포스팅 수는 20여 개, 방문자는 총 방문수라고 해봐야 200여 번. 거의 사용자도 글을 올리지 않았고, 방문자 수도 적어. 내가 나름대로 너 샤워하는 동안 분석을 선미와 해봤는데. 먼저 김미준 씨는 울적한 심경이었고, 관심 정보는 간호학원에 관한 정보 몇 개 공유한 것. 그리고 실종 직전에는 거의 힘들다, 외롭다 하는 글들이 포스팅 됐어. 사진으로는 만항재 근처 산상의 화원과 야생화들이 있어. 그림은 피에르 보나르의 〈욕실〉 ,〈욕조에서 나오는 여인〉 등의 그림이 여러 개 올려 있고."

주승은 〈욕실〉 그림 시리즈를 살펴봤다. 강아지가 앉아 있는 자그마한 욕실에 한 여성이 벌거벗고 몸을 숙이고 있었다. 그림은 어딘가 쓸쓸하고 고즈넉했다. 이외 다른 욕실 안 여자의 그림은 조용한 분위기에 기이했다.

"블로그를 스누핑 해보니 심경은 외롭고 힘들다. 여기를 떠나고 싶어 하나 실행은 두렵다."

선미가 이어서 말했다.

"블로그에 고정 방문자를 보니 간호학원 친구 하나가 학원에 다시 돌아올 거면 연락을 달라는 댓글이 있어. 그리고 여기 이것 봐봐."

선미는 손가락으로 댓글을 하나 가리켰다.

"이 힐링 멘토라는 사람이 여자인지 남자인지는 모르겠어. 힐링 멘토의 블로그에 포스팅이 거의 없으니까. 그런데 이 사람이 꽤 따뜻한 댓글을 남겼어. 글과 사진 잘 보고 간다, 함백산의 청경한 풍경이 맘에 전달된다, 보고 싶으나 멀리 있다는 등의 댓글들. 그녀는 거기에 고맙다, 나도 힐링 멘토 님 댓글에 감동받았다, 보고 싶다고 답 댓글로 남겼어."

이번에는 진영이 말했다.

"페북이나 인스타 등의 SNS에서도 김미준과 힐링 멘토의 연계를 찾았지만 개설한 계정은 아직 발견 못 했어. 계정 하나 발견했는데, 김미준과 동명이인 같아. 사진도 다르고 활동 장소도 달라."

"이 힐링 멘토의 아이디를 가지고 검색해보자."

주승은 검색했다. 한글과 영문 아이디로 둘 다 넣어봤지만 블로그 외에는 잡히는 게 없었다. 비슷한 아이디의 다른 계정은 있었다. 자세히 보니 부동산 정보 블로그였다.

선미가 고민하다 소리를 냈다.

"참 주승아. 아까 그 혈흔 감식한 거 비슷한 게 누군가 글을 2년 전에 올려놓은 게 있어."

진영도 기억을 떠올렸다.

"맞다, 그때 내가 게시판 관리 전담했던 때라 아는데 비슷한 내용이야. 혈흔 분석 관련해서 무척 유사해."

"뭐어?"

주승은 노트북으로 다가앉았다. 왓슨추리연맹 미제 사건 게시판에 김미준 실종 사건 관련해 글이 있었다.

아이디: prettygirl88

2016. 07. 24. 새벽 1시 21분

고한의 야생화 아파트에서 일어난 김미준 실종 사건은 여러 가지 의문을 남기고 있고 아직도 세간에서 화제가 되고 있다. 이 사건은 실종이라 용의자가 없고 시신이 없어 초동수사가 미비하다는 점에 논점이 있다. 다량의 혈액을 방에 남긴 채 그녀가 사라졌다는 데 의심스럽다. 밀실 사건이라고 잘못 알고 있으나, 요즘같이 택배나 가스 점검 왔다는 말 한마디에 문 열어주는 사람이 얼마나 많은지 안다면 밀실일 턱이 없다.

아파트에 CCTV나 월패드도 없어서 용의자가 찍힌 영상도 없다. 누군가 마음먹고 범행을 저지르려고 올라간다면 위장해서 문을 열게 만들 수 있다.

혈흔만 하더라도 캐스트오프 혈흔 외에 다른 모양이 발견됐다. 바로 책상 아래 구석에 있는 혈흔인데 톱니 모양의 혈흔이 바깥으로 나간 형태는 혈액이 점점이 떨어질 때 생기는 것이다. 이는 실종자가 혈액을 바닥에 뿌린 자작극일 수 있다는 걸 보여준다. 게다가 모혈흔 없이 자혈흔만 있는 걸로 봐서 뾰족한 물체로 혈액 주머니를 자극해서 흩뿌렸을 수도 있다.

그렇다면 실종자는 간호학 공부를 하던 학생이니 그녀가 자신의 피를 뽑아서 수혈팩에 담아서 저지를 수 있는 일 아닐까? 과장이라고 볼 수도 있겠지만 필자가 여러 증거로 직접 프로파일링한 결과 의심이 간다.

만약에 범행 도구에 의한 자상이나 절창이 있었다면 현장의 혈흔보다 훨씬 더 다양한 크기와 형태의 비산흔이 벽과 바닥에 존재해야 한다. 게다가 거실과 계단에도 혈흔이 한 점 없다는 것은 뭔가 의심쩍다. 이러니 경찰들은 자해한 실종자가 스스로 집을 나간 것으로 판단했다. 팔목이나 손목을 자해해도 이렇게 많은 혈흔이 떨어졌으리라 생각지 않는다. 만약에 그랬다면 걸어서 나갈 수 없을 정도의 고통이 있다.

집안에서 어머니의 옷이 없어진 것을 제외하고는, 귀중품이 없어진 것도 아니고 현관문이 잠겨 있는 것도 자작극을 의미할 수 있다. 사실 귀중품을 들고 나가고 현관문을 의도적으로 열어놔서 강도나 침입자에 의한 사건을 조작할 수 있다. 그러면 경찰이 쉽사리 고의적 의도를 눈치채기에 어쩌면 더욱 미스터리한 조건들로 꾸민 게 아닐까 싶다.

혈흔이 다량 검출된 것은 칼 등에 의한 상처를 의심할 수 있는데, 현장에서 흉기는 발견된 것은 없었다. 이렇게 과도한 출혈 현장에서 비산흔도 무척 적다. 강도에 의한 우발적 상황은 아닌 것 같다.

(중략) 즉 그녀는 죽은 게 아니라 스스로 사라지고 싶어서 자작
극을 벌이고 몸을 숨긴 것이다. 그녀는 반드시 어딘가에 살아있다.

"이 사람이 현장 사진을 어떻게 봤지?"

선미가 글과 패드의 현장 사진과 주승의 스케치를 보고
물었다. 주승이 심각하게 답했다.

"미제 사건이라 경찰들 보는 〈수사〉 잡지에도 실릴 리
없어. 게다가 검찰에 송치되지 않아서 여기 정선경찰서
자료실에 사건 자료가 있지. 우리도 여기 와서 간신히 박
피디 통해 자료 받은 게 다야. 좀 수상한데?"

진영이 말했다.

"이 정도 아마추어는 얼마든지 있잖아. 과학수사책 보
고 공부하면 나오지 않을까? 우리도 그러고 있고. 법의학
도 책 보면 충분히 알 수 있는 사실들이야. 법의학책은 누
구나 인터넷서 살 수 있고."

"혈흔의 다양한 모양을 꿰고 있고 위치도 적어놨어. 꼭
우리처럼 사진을 본 것 같아."

"제작진은 이 자료들을 언제 받았는데?"

"아마도 사건 취재하면서 경찰서에 공문 보내 간단한 것
만 받았겠지. 근데 이 글은 2년 전 글이라구."

"혹시 다른 기자나 경찰 관련자, 시사 프로 관련자라면? 그런 사람들 카페 회원으로 많이 등록돼 있어. 직업을 밝히지는 않지만. 연락 와 만나보면 그런 사람들 많았잖아."

주승이 갑자기 놀랐다는 듯 소리 질렀다.

"아, 맞다. 어머니 옷가지 없어진 거는 감건호도 처음 듣는 것 같던데? 기사에도 전혀 안 나온 내용이야. 어머니가 철 지나 뒤늦게 알았다고 했어."

주승의 눈빛이 날카로웠다.

"선미야, 이 아이디 정보 뭐뭐 있어?"

선미가 회원 관리 게시판을 열었다.

"'나이 30, 남자, 추리에 관심 있어 가입했습니다. 앞으로 열심히 활동하겠습니다.' 이게 다인데? 글도 이 글하고 몇 개 정도뿐. 그리고 '아주 좋은 글입니다'등의 댓글 단 게 다이고. 아이디 클릭해보면 블로그는 거의 비어있어. 이거 공유 외에 올린 글이 없어."

진영이 의견을 제시했다.

"가입 날짜는 이 글 올리기 5개월 전, 그리고 일주일에 한 번 정도 방문한 정도만 나와. 그 이상은 몰라. 그냥, 마니아 아닐까? 인터넷 신문 검색하면 이 정도 정보 짜 맞출 수 있을지 몰라. 남자라는 정보는 맞는 걸까? 남의 계정이라면? 나이도 그렇고."

"인터넷상에는 워낙 거짓말쟁이들이 많으니. 그냥 관심종자인가?"

주승이 선미의 말에 고개를 저었다.

"그러기에는 사건 발생 후 두 달 안에 올린 글이야. 기사가 다양하지 않았어, 그때는. 후에 시사 프로에서 다루면서 반짝 주목받은 게 다야. 일반적 사람들이 관심을 갖기에 이른 시기야.당시 이 사건이 이슈화되기 전이라 사실 관심이 그다지 없었어. 난 그때 대학원 입학 시험으로 바쁘기도 했고. 민수 오면 아는 거 있나 물어보자."

이때 문이 열리며 민수가 두 손에 비닐봉지를 들고 들어섰다.

"무슨 일이야. 셋이서 심각하게 머리를 맞대고 노트북에 코를 박다니."

"당시 실종 상황을 잘 아는 카페 회원이 있어서. 모를 때는 그냥 넘겼지만 알고 나니 의심스럽네."

민수가 다가와 보더니 무릎을 쳤다.

"대박, 나 이 사람 글 기억 나. 이렇게 자세하게 글 써서 진짜 경찰 아닌지 쪽지로 물어봤지만 답이 없었어. 상황을 이렇게 잘 알다니. 실종 후 얼마 안 지나 올린 글인데. 수상하네."

주승은 덧붙였다.

"이 회원은 모두 3개의 글을 올렸는데 이 사건을 제외하고는 기사에 난 걸 재구성한 수준이야. 이 사건만 현장 사진을 본 듯이 장면을 세세히 묘사했어. 우리도 고한 내려와 제작진 도움받아가면서 간신히 알게 된 정보인데."

"진짜 경찰 아닐까?"

민수의 말에 선미가 고개를 저었다.

"경찰이 의무를 저버리고 직무상 비밀을 노출시킨다고? 그럴 사람 흔치 않아. 게다가 금전적 이익이나 명예를 얻는 것도 아닌데."

민수가 말했다.

"일단 서치 해보자."

글을 올린 사용자의 아이디나 자주 쓰는 단어 등을 검색했지만 걸리는 게 거의 없었다.

"다른 계정으로 활동하고 이 아이디로는 거의 활동 안 하는가 본데?"

"그럴 수 있지. 오로지 우리 카페를 위해서만 아이디 파는 사람도 있으니까. 본인의 정보가 노출되기 싫어서."

"이 글만 가지고 프로파일링해볼까?"

주승의 제안에 진영이 조용히 읊었다.

"앞뒤가 맞는 문장, 인터넷 신조어가 거의 없고 정중한 문체, 게다가 댓글 수준도 '아주 좋은 글입니다'등의 경어체 사용. 나이는 30대 중반까지 추정. 그 이상 되는 분은 솔직히 우리 카페에 회원으로 많이 존재하지 않음. 이 남자는 그 나잇대는 아닐 거라고 봄. 왜 남자냐 하면 단어 선택 보고 어휘나 조사도 그렇고, 끝말이 '이다', '싶다'로 딱딱하게 끝맺음해. 본인도 나이 서른의 남자라고 정보란에 올렸고. 다 믿을 수는 없지만. 추리에 관심 있고 고한 실종 사건 글에는 정성도 꽤 있고, 확실한 혈흔 정보도 들어가 있어 관련 직종도 의심됨."

주승이 심각한 얼굴이었다.

"행동분석팀 수사관들이 쓴 책에도 연쇄 살인범들은 형사들과 친하려 노력을 하거나, 사건 용의자가 잡혔는지 주기적으로 경찰서에 물어본 경우가 많아. 수사팀에 편지를 보내 떠보고 경찰이 자신을 범인으로 인지하는지 궁금해하지. 방화범들은 자신이 저지른 방화 현장에 구경꾼으로 등장하고. 그래서 경찰이 구경꾼들 비디오 영상을 뜨는 거야. 미국의 한 응급구조사는 자신이 다치게 한 환자를 구하러 가장 먼저 구급차를 몰고 나타났지.”

선미가 주승의 말을 받았다.

“물타기 말하는 거구나. 범인이 직접 자신이 관련된 사건에 댓글 달고 글 올리는 거. 미제 사건 카페에서도 회원들끼리 그런 얘기 많이 해. 이거 정말 범인이 다른 곳으로 관심 돌리려고 물타기하는 거 아니냐구.”

이때 민수가 외쳤다.

“잠깐만, 여기 걸리는 게 있어. 내가 혹시나 해서 prettygirl88 아이디를 여러모로 바꿔서 검색해봤거든. 'pretty88', ' ㅔㄷ쑈88'처럼 한글 자판으로 써보기도 했고, 아님 'girl88'도 쳐봤는데 모두 안 걸리다가 이게 걸렸어. 'girl8'이 검색돼.”

한 블로그에 댓글을 달아준 사람이 있었다. 2016년 3월 29일에 밤 11시에 올린 댓글.

“이 아이디 봐봐.”

민수가 뭔가 찾아냈다.

블로그에 외로운 심경을 담은 짧은 자작시가 적혀 있었다.

누군가, 찾아오지 않는 밤. 적적한 집안에서 애타고 있어요.

왜, 난 늘 힘들고 다시는 이 세상이 밝게 되지 않을 것 같다는 막연함.

친구들도 모두 서울에 두고 와서 외롭기만 해요. 며칠 전 생일도 나 홀로 보냈어요.

밖에 나가면 나를 알아보는 사람이 있을까 두렵고

모든 게 가슴을 저리게 만들어요. 산상의 화원에서 야생화를

보고 왔어요. 하나하나 아름다운 꽃말을 감추고 있는데

난 왜 그런 애틋한 말을 들어본 적 없을까요. 상상이 안 가요.

−girl8

힘을 내세요. 그 외로움을 보듬어주는 누군가 나타날 겁니다.

산상의 화원이라 만항재 말씀하시는 건지요.～～

네, 여기 정선 고한이에요. 거기 야생화 언덕이 아름다워요.

산을 좋아하는데, 함백산 만항재 가본다 하면서 못 가봤는데.～～

이런 식으로 댓글들이 이어지는데 선미가 소름 끼친다는 듯이 놀랐다.

"여기 피디님이 준 정보 서류에 김미준 주민등록 번호 앞자리가 940324야! 생일 지난 지 얼마 안 돼 누구와 얘기를 댓글로 나누는 거라구."

"뭐어? 이게 실종자의 블로그라구? 그럼 우리가 본 건?"

주승이 얼른 블로그 홈으로 가서 사진을 훑었다. 만항재의 야생화 언덕 사진 등이 보였고 김미준의 얼굴은 없었다. 그러나 김미준이 사는 아파트 전경이 찍혀 있었다.

"맞지? 야생화 아파트, 우리가 다녀온 데야. 개대박. 김미준은 다른 계정으로 블로그를 운영했어! 아까 너희가 찾은 거랑 이거 두 개를 따로따로. 여기도 방문자 수가 적은 건 마찬가지지만. 대박!"

민수가 소름이 끼친다는 듯 외쳤다. 주승은 girl8을 클릭했지만 블로그는 비어 있었고 어떤 글도 올려 있거나 블로그 주인의 정보가 나와 있지 않았다.

"관련이 있어. 만약 이 블로그 주인이 실종자가 맞다면 우리 카페에 글 올린 사람이 댓글을 달아준 거고, 두 개의 아이디가 무척 비슷해. 그리고 두 아이디의 블로그는 거의 비어있는 상태고."

주승이 이어서 말했다.

"같은 계정으로 아이디 세 개를 만들 수 있어. 휴대폰 번호로 인증받아서. 그런 식으로 블로그를 여러 개 운영하지. 근데 girl8이 이모티콘을 특이하게 쓰는데. 마침표에 ~~를 붙였어. 보통은 마침표는 떼는데, ~~를 넣는다면. 그리고 철자법에 맞게 마침표와 쉼표도 넣고. 나이가 있어 보여, 생각보다. 문어법에 익숙한 세대. 정확한 언어를 컴퓨터에 입력하는 오퍼레이터로 근무했을 가능성 있음."

"이 사람이 관련자고 김미준과 짜고 물타기하는 거 아냐? 실종되는데 도움을 준 조력자일 수 있어. 그리고 이 사람이 우리 카페에 실종 사건 관련 글 올려 사건을 흐리고. 한편으로 김미준의 다른 블로그에 댓글 단 사람 '힐링 멘토'일 확률도 배제 못 함. 인과 관계 없는 일은 없으니까."

진영의 말에 선미가 의아한 표정을 지었다.

"만약에 대도시 유흥업소 같은 데 묶여있는 상태면 어떡하지?"

"자발적일 수 있어. 답답한 가족과 집을 벗어나고 싶었다면 말이야. 우리가 찾는 게 과연 그녀를 위한 걸까?"

민수의 말에 진영이 고개를 저었다.

"그래도 어머니에게 살아있다는 정보는 드려야지. 그녀 거처를 알려드리지 않는다고 해도. 우리 최선을 다하자."

"물론. 먼저 이 블로그 글 몇 개 안 되니까 훑고 그녀의 개인정보나 어머니를 취재해 알아낸 이력과 출신 학교 등을 비교해서 SNS 찾을게."

주승이 피디가 준 서류와 노트북에 든 파일을 불러왔다. 선미가 잠시 같이 훑어보았다.

"이게 언제 적 사진이야?"

선미가 김미준의 사진을 유심히 봤다.

"실종 4개월 전. 별로 사진이 없더라구. 이건 고등학교 때 어머니와 찍은 사진."

선미는 사진을 유심히 봤다. 전선자의 젊은 모습이 낯이 익었다.

"헤! 어? 이분 말이야. 현재 사진 있어? 낯익어."

주승은 전선자가 인터뷰할 때 찍어둔 사진을 휴대폰에서 찾아 보였다.

"내가 구공탄시장에서 귀신같은 사람 본 적 있는데 이분 같아."

"맞을 거야. 시장에서 식당 하신다니까."

"사건 후로 얼굴이 어둡게 뇌셨나 봐. 마음고생 심하셔
서. 머리도 길게 풀어헤치고 그래서 놀랐거든. 고한 내려
온 첫날밤에 마주쳤어."

선미는 깨달았다. 마음이 아픈 건 얼굴에 드러난다는
것을. 보는 이가 알아챌 수 있게. 선미는 이렇게 그늘진
얼굴로 친구들과 마주했나 싶었다. 그러고 보니 고한 오
자마자 숙소 문제로 짜증을 냈고, 퀴즈를 낼 때도 진영에
게 투정부렸다. 격의 없는 사이라지만 이런 자신을 친구
들이 한번은 힘들어할 법한데 잘 받아주어서 고마웠다.
선미는 사건에 몰입해서 직장 스트레스를 잊고, 심기일전
해서 서울에 가려고 마음먹었다. 꼭 사건의 진상을 캐서
전선자 씨의 고통을 치유해주기로 결심했다. 이렇게 마음
먹으니 힘이 불끈 솟았다.

주승은 노트북을 끼고 책상 앞에 앉아 작업을 했고, 민
수와 진영, 선미도 나름대로 휴대폰이나 패드, 혹 노트북
으로 저마다 검색을 하고 연구했다.

새벽, 감건호는 숙취와 피로함을 느끼며 전화벨 소리에
간신히 일어났다. 잠도 제대로 자지 못했고, 머릿속이 복
잡했다. 밤에 서울서 가져온 발렌타인도 마셨다. 위가 쓰

렸다. 설핏 꾼 꿈에서는 주승과 민수가 나와 손가락질을 하고, 김미준이 울면서 뒤돌아섰다. 그녀를 쫓아 만항재에 올라가 보니 익명의 사람들이 모두 그를 비웃었다. 그가 잠에서 깨서 휴대폰을 붙잡는데 전화벨이 그쳤다. 여현정이었다. 감건호는 즉시 되걸었다.

"미안, 여 교수. 자다 일어났어요."

"메일로 보내 놨지만 직접 통화하는 게 소통이 빠를 것 같아서요."

"당연하죠. 말해요."

감건호는 깍듯하게 존대했다.

"첫 번째, 실종자의 상황에 맞춰서 심리 부검을 해봤어요. 그녀가 실종 전에 실연으로 인해 비관했고 서울에서의 간호학원도 그만둔 문제가 있죠. 어머니와 관계가 안 좋았지만 극단적 갈등은 없어요. 가족인 어머니를 통해서 사회와 소통을 했구요. 그녀가 쇼핑을 자주 했다고는 하지만, 그로 인한 채무 관계가 없어요. 왜냐면 김미준 씨가 사라지고 나서 빚 독촉 전화나 편지가 가족에게 없었어요. 있다면 말씀하셨겠죠. 유서를 남긴다거나 죽음을 언급한다거나 자살 징후도 없고 술이나 약물로 무너진 적도 없어요. 자살로 가는 중간 과정이 없었죠. 실종 전에 자해

시도가 없던 걸로 봐서 자살과는 거리가 멀어요."

"녹취 좀 할게요. 방송에 안 쓰고 나만 참조할게요. 참 어머니 말씀이 손목을 면도날로 그은 적 있다는데. 어때요?"

"그건 리스트컷 증후군으로 봐요. 실제적인 자살 행위는 아니죠. 잘 아시잖아요. 사춘기 때 남들 시선 의식하면서 과격한 행동하는 심리와 비슷하죠."

"그렇긴 하죠. 참, 여 교수 이름 자막에 넣어도 되죠? 제대로 인터뷰 따야 하는데."

"알아서 하세요. 선배."

감건호는 희미하게 웃었다. 선배라, 기분이 나쁘지 않았다.

"두 번째는 김미준의 단짝 친구 모윤정, 이 사람 파봤으면 좋겠어요. 실종 수사의 첫 번째가 조력자가 있는가 하는 거잖아요. 이분을 찾으세요. 어떤 경로든지. 김미준 씨 페북 제가 검색했는데, 사진은 없지만 계정은 몇 개 있었어요. 근데 그분들 페북 타고 가도 모윤정은 없었어요. 하지만 계정은 가명이기도 하니까. 그게 김미준 씨라는 확실한 사진도 없어요. 다시 한 번 파보세요. 모윤정 어릴 적 사진을 보셨다니까 근접한 여성을 찾아낼 수 있을지 몰라요. 혹시 성형을 했다면 달라졌겠죠. 고향이나 출신 학교를 정보에 숨겼다면 세세하게 다른 걸 살펴야죠."

여현정이 말을 이어나갔다.

"세 번째, 혈흔은 의도적으로 떨어뜨린 것 같아요. 처음에는 방안에서 살해 후 범인이 폴리백에 싸서 혈흔 하나없이 시신을 들고 나갔나 싶었는데, 혈액의 양이 실혈사되는 양도 아니죠. 김미준 양이 간호학원 다녔다면 본인의 피를 수혈팩에 담아서 뿌릴 수 있잖아요. 수혈팩 같은거야 인터넷서 쉽게 살 수 있고요. 주사바늘도요."

"그런 걸 생각 안 해본 건 아닌데 증거가 없어요."

"과학수사 원칙이 법과학 증거에 의거해야 하지만, 전혀 실마리가 없다면 직관적 추리를 해야죠. 아님 방법이없어요."

"일선 형사들이 우리들이 그렇게라도 유추한 걸 또 얼마나 까요?"

"조력자가 있어서 혈흔을 뿌리다 묻었다고 가정했어요. 그 사람이 어머니의 옷을 훔쳐 입은 걸로 봐서 남자일 확률 높아요. 그녀 옷은 안 맞으니 어머니 옷으로 입었겠죠. 그리고 선배, 마지막, 간호학원 가보세요. 수사하던 감으로 단서를 배제하는 식으로 해야죠. 촉이 아니라 발품 팔아서 하나하나 되짚어 봐요."

"수사관 시절 경험도 일깨워 주고 고마워요. 새벽에 잠깨서 전화받은 보람 있네요."

"저는 여기까지."

감건호는 과거 관계를 되짚으려 했다.

"잠깐 여 교수. 나한테 서운했던 거 있으면 풀어요."

침묵이 있었다. 감건호는 고한 내려와서 이러저러한 일로 심적 괴로움을 겪었다. 과거 얽힌 일은 풀려고 결심했다.

"알았어요, 선배."

감건호가 인사치례를 하고 전화를 끊으려다 승부수를 걸었다.

"그런데, 여 교수. 이런 관례적인 거 말고 촉 없어요? 방송은 정식 프로파일링 아니잖아요."

여현정이 뜸을 들였다.

"사실 그녀의 블로그라고 추정되는 거 말예요. 포스팅에 피에르 보나르의 〈욕실〉 그림 시리즈가 걸려요."

"그게 왜요?"

"피에르 보나르는 아내가 욕실에 있는 그림 연작을 발표했어요. 저와 일하는 에디터가 낸 책에서 찾아봤는데, 1907년부터 아내가 욕실에 누드로 있는 그림을 수백 장 그렸죠. 그 이유 아세요?"

"아뇨? 말해요."

"아내의 모습은 40년이 흐른 그림에서도 70대의 현 나이가 아닌 20대의 모습으로 그려요. 책의 저자는 처음에 보나르가 여성을 롤리타 느낌으로 표현하는 줄 오해했는데, 그게 아니라 부인은 평생을 대인기피증, 자폐증 등의 신경쇠약으로 고생했어요. 그래서 남편에게 의지했고 집밖을 거의 안 나갔죠. 그녀는 결벽증이 심해 욕실에서 하루의 대부분을 보냈어요. 즉 보나르의 부인은 나이가 들어도 외부 활동을 안 해서 무척 소심하고 미성숙했고, 그 아우라가 소녀의 분위기를 풍긴 거죠. 제가 집중한 것은 하나, 이 블로그 주인이 욕실 그림에 천착한 것은 그녀처럼 자신도 의존적이라는 것. 그루밍 꼬임에 빠질 확률이 높겠죠. 조력자의 도움으로 고한읍을 빠져나가 연락을 끊고, 은행 돈 인출 등의 생활 반응이 전국 어디서도 없으니 두 가지 중 하나죠. 아시죠?"

감건호는 고개를 끄덕이며 답했다.

"죽었거나, 자신을 고립시킨 누군가에 의존해서 사는 것. 일반적 사회생활은 전혀 안 하는 채. 여성을 그렇게 길들이는 사람은 사악한 성격의 남성일 확률이 높죠."

"맞아요, 연쇄 살인범 인질이 되어 범행을 돕는 여성들

패턴 아시잖아요. 그녀는 고립돼 있거나 강요적 자살 또는 살해당했을 수 있어요. 반드시 찾아내세요. 그녀를 위해서. 저는 여기까지 말할게요."

"고마워요, 큰 도움 됐어요. 또 전화할게요. 그때는 자문료 제대로 드릴게요."

"것보다 꼭 그녀를 구해주세요. 부탁드려요, 선배. 공익과 그녀와 가족을 위해서입니다. 목숨이 달렸어요."

"네, 알겠습니다. 현정아, 정말 고맙다."

"네. 선배."

감건호는 통화를 끊고 녹음 파일을 들으며 논점을 메모했다.

1. 자살은 아닐 듯

2. 실종자의 페북 등 SNS 계정 찾기. 친구들 검토, 모윤정이 그중에 있는지 검토, 성형 가능성 있음.

3. 만약에 혈흔이 조작된 것이고 자작극이라면 돕는 자는 누구인가. 그가 전선자의 옷을 꺼내 입고 같이 나간 것인가?

4. 촉, 여성 범죄심리학자의 촉. 과연 간호학원에서 알아낼 수 있는 것은?

5. 감건호가 스스로 던지는 문제 제기. 혹시 죽은 게 아닐까? 방안에서 누군가에게 공격당해 어딘가에 묻힌 건 아닐까? 전선자가 가장 두려워하는 결과. 그렇다면 범행 도구? 범인이 시신과 함께 가져간 것인가?

6. 가장 무서운 일. 어떤 남자에 의해 길들고 고립돼 있다. 정신적으로 흔들리는 그녀에게 뻗친 악의 마수. 그루밍 기법. 보나르의 욕실 그림—아직 추정에 불과

감건호는 해야 할 일도 적었다.

1. 행정센터 방문해서 모윤정의 현재 주소 확인
2. 사이버 상에서의 김미준과 모윤정 흔적 찾기
3. 서울 간호학원 방문

감건호는 이렇게 적고 고개를 갸우뚱했다. 분명히 모윤정의 주소를 알아내는 게 쉽지가 않을 터였다. 개인정보 보호법이 강화됐고 그녀가 가족에게도 자신의 주소를 알려주길 원치 않는다면 가족도 알아낼 수 없다. 흥신소는 택배회사를 통해서라도 알아낸다는데, 불법적 일은 할 수 없다. 그렇다면 1번으로 하는 게…… 막히면 2번 사이버

조사인데, 멋진 그림이 안 나온다. 3번은 서울에 가야 촬영 가능하다.

고한에서 영상을 떠서 가려면 무언가 다른 걸 해야 한다. 감건호는 고한의 지도를 보다가 손가락을 튕겼다. 폐광을 가는 것이다. 폐공장, 폐광산 현장을 찍으면서 실종의 흔적을 찾다가 혹시 이곳에 사체 유기라던가, 살인 사건이 일어나지는 않았는지 의문을 제기하는 것이다. 폐광 이미지를 찾아보다 이보다 더 느와르적인 장소가 있는가 싶었다. 무척 외지고, 고적하고 비정했다. 한 마디로 괴기스럽고 음산하고, 추리 소설이나 스릴러 분위기에는 딱이었다. 엔터테인먼트적 요소가 충분했다.

강원랜드 근처의 동원탄좌 사북영업소가 현재는 사북석탄유물보존관으로 되어 있었다. 이곳에 가서 영상도 담고 으스스한 분위기를 조성하면서 폐광에 들어가면 그림이 된다. 사건과 관련이 없지만 또 아는가? 그녀가 이곳에 실종 전에 들렸을 수도. 아니면 이 근방에서 사라졌을 수도. 진실은 아무도 모른다.

감건호가 그간 조사한 사건들을 보면 기상천외한 사건이 많았다. 과학적 증거 기반으로 형사가 발품으로 정밀하게 수사해서 범인을 알아냈지, 여러 자료를 가지고 사무실에서 정황으로 때려 맞출 일은 아니었다. 그런 걸로 봐서 이 폐광 지역에 가는 게 전혀 무관하다 볼 수 없다. 수사 중인 형사는 반드시 둘러봤을 것이다. 감건호는 대충 생각을 정리하고 박 피디에게 일정에 관해 메시지를 보냈다.

청년은

탐정도 불안하다

다음날 일찍 일어난 정탐정은 공 팀장이 보낸 파일 자료를 훑었다. 김미준은 2년 전에 화장품 등과 속옷 등을 배달받았는데 그중에 '루시언더'사이트의 속옷을 유독 많이 배달받았다는 것이다. 그 사이트에서 김미준은 'MIJUN'이라는 아이디로 활동했다. 공 팀장은 MIJUN이 올린 포토 후기 사진과 정탐정이 전선자에게 받은 사진을 비교해서 골격이나 점의 위치나 귀의 형태를 조사해 동일 인물임을 밝혔다.

　정탐정은 공 팀장과 통화를 마치고 포털에 '루시언더'를 검색했다. 주로 야한 속옷을 파는 사이트였다. 젊고 날씬한 여성들이 아주 얇고 작은 속옷으로 몸을 가렸다. 정탐정은 가장 첫 화면에 있는 검은색 브래지어와 팬티 사진을 클릭했다. 모델들이 여러 포즈를 취한 사진 아래로 포토 후기 게시판이 있었다. 그중에 MIJUN이라는 아이디로 올린 게시글을 열었다.

　정탐정은 깜짝 놀랐다. 김미준으로 추정되는 여자가 얼굴은 복숭아 모양의 이모티콘으로 가리고 상품을 입은 착용 샷을 여러 컷 올려놓았다. 야한 속옷을 걸치고 몸매가 노출된 여러 컷의 사진 아래 이렇게 적혀 있었다.

나에게 선물을 보내주는 그분에게 보내는 러브레터예요. 사랑
합니다~~~

이런 식의 포토 후기를 야한 속옷들마다 올려놓았다.
정탐정이 세본 것만 해도 10여 종의 속옷이 넘었다. 날짜
는 실종 전후였다. 실종 후에는 사진 배경이 흑색 커튼으
로 나와 집이 달라졌구나 느꼈다. 그리고 2년 전 여름 이
후로 사진은 더 없었다. 사진이 더 이상 없는 것은 어떻
게 된 건가. 완전히 사라진 건가. 정탐정은 곰곰이 생각
했다. 분명히 이 속옷들은 김미준의 아이디로 주문했어도
누군가 대납을 하고 보내준 것이다. 그리고 후기를 올린
것이다. 그렇다면 이 사이트를 직접 찾아가서 조사해야
한다.

물건을 보낸 자가 누구인지 알아내야 한다.

정탐정은 사이트에서 회사 주소를 찾았다. 중구 신당동
에 위치한 건물 2층에 사무실이 있었다. 정탐정은 즉시 짐
을 챙겨서 숙소를 나와 공 팀장에게 전화로 지시했다. 그
리고 그는 차를 주차장에서 빼 서울로 향했다. 전선자에
게 단서를 잡았다는 짤막한 음성 메시지를 보내고 당분간
연락을 드리지 못해도 양해해달라고 했다. 정탐정의 차는

강원남로를 접어들어 중앙고속도로로 진입했다.

한편 공 팀장은 정탐정에게 쇼핑몰 회사를 찾아가서 MIJUN에게 속옷을 보내준 이를 알아보라는 지시를 받았다. 어차피 오늘은 우서영이 학교와 학원에 가 있는 시간이 길다. 따라서 대상자 미행할 일이 당장은 없다.

공 팀장은 어제 우서영을 미행하다 정탐정에게서 김미준의 정보로 검색하라는 지시를 받고 패스트푸드점에 들어갔다. 백팩에서 12인치 노트북을 빼서 그녀의 전화번호와 이름, 메일 주소를 쳐봤다. 비슷한 아이디도 만들어 검색했다. 문서가 수십 개 나왔는데, 주로 동명이인의 정보이거나 아니면 사건 관련해서 누군가 그녀의 본명을 알아내 사건 추정 글을 올린 거였다.

공 팀장은 시간을 들여서 페이지 넘어가면서 훑는데 택배 배달 주소지가 나왔다. 고한읍의 그녀가 사는 야생화 아파트 주소가 맞았다. 글들을 더 넘겨보다가 'MIJUN'이라는 아이디로 한 여성이 인터넷 쇼핑몰에 포토 후기를 여러 개 올린 게 떴다. 쇼핑몰 이름은 '루시언더'였고 속옷 판매 사이트였다.

공 팀장은 사진을 정밀 분석했다. 그 결과 사진 속 얼굴

가린 여성이 김미준과 체격 사이즈나 골격이 비슷하고 팔뚝의 점 위치도 같다는 걸 알아냈다. 얼굴은 가렸으나 귀는 포토 후기에 나와 있다. 귀 모양도 평소 사진과 흡사했다.

귀는 탐정과 형사들이 사람을 구분하는 데 중요하게 쳐준다. 살이 쪄서 얼굴형은 변해도 귀는 거의 변하지 않는다. 게다가 마스크나 모자를 착용해도 귀는 드러난다. 공 팀장은 귀를 관찰해 사람을 구분해내기 위해서 〈계측 및 비계측적 분석을 통한 한국인 젊은 층 귓바퀴의 체질인류학적 특징〉이라는 논문도 몇 번을 정독했다.

김미준과 속옷 착용 사진의 여자 귀는 귓바퀴의 가로 너비, 귓불의 수직 길이의 비례나 귀구슬의 돌출 방향이 무척 흡사했다. 두 사진을 스크린샷으로 저장해서 확대해보니 이 모든 계측치가 거의 같았고, 동일인으로 봐도 무방했다. 게다가 목의 굵기와 어깨의 너비 차이 그리고 팔과 다리의 길이 등을 자로 재보고 비율을 내서 그녀로 추정된다고 정탐정에게 통보했다. 내용을 정리해 파일을 만들어 메일로 보냈다.

공 팀장은 쉬는 와중에 포털 지식인에 아버지의 외도로 힘들어하는 어머니를 보고 가만있을 수 없다는 아들의 물음에 위로를 하고, 외도의 물적 증거를 찾는 데 도움을 줄수 있다고 답변을 올렸다. 불법 흥신소나 심부름센터보다는 '청년탐정' 네임카드로 찾을 것을 부탁했다. '청년탐정'은 최근에 공 팀장이 동료 민간조사원들과 차린 사무소 이름이었다. 지식인 답변 하나를 더 완성했다.

사무소로 돌아가서 잠을 자다 새벽에 정탐정의 전화를 받았다.

"공 팀장, 잘 찾았어. 내가 곧 올라가니 쇼핑몰 사무실로 먼저 가보도록. 그리고 혹시 모르니 휴대폰으로 전선자 씨가 직계존속 김미준에 관해 정보를 알아볼 수 있게한 위임장 보낼게. 사인받아놨어."

"네, 알겠습니다."

공 팀장은 사무소에서 나갈 준비를 마치고 근처 지하철역으로 들어갔다. 정탐정이 경력과 관록이 있는 탑클래스베테랑 탑정이라면 공 팀장은 의욕이 앞서는 신참 청년 탐정이다. 짧게 친 머리에 적당한 키, 너른 어깨에 제법 잡힌 근육이 돋보이는 그는 눈빛이 날카롭다. 하지만 눈매가 둥글고 입술이 도톰해서 아직은 스물여덟 치고는 앳되어 보였다. 그는 슈프림 티셔츠, 아이더 아웃도어 슬랙스에 반스 신발까지 스물여덟 나이에 어울리는 복장이었지만 표정은 자못 진지했다. 튀게 입어서도 안 되고 얼굴을 무표정하게 해서 대상자를 미행할 것. 이게 탐정의 기본 수칙이었다.

어릴 적부터 공 팀장은 신용정보업체를 운영하는 아버지를 따라다녔다. 차 안에서 사진 속 인물(대상자)이 나오는지 건물 입구를 지켜보다 결과를 문자로 알렸다. 중학교 때부터 탐정 일을 한 셈이었다. 처음에 공 팀장이 체육대학을 졸업하고 탐정 자격증 PIA(Private Investigation Administrator:민간조사원)를 획득하고, 동국대 법무대학원의 탐정법무 전공을 들어간다고 하자 아버지는 반대했다. 공권력 없이 일하는 건 힘들고 무시당한다면서 공 팀장이 경찰 시험을 준비하기를 바랐다. 그리고 불법 사찰로 벌금이라도 맞는 경우에는 직업적 회의감에 빠진다고 했다. 그는 아들이 확실하고 안정적인 직장 잡기를 원했다.

하지만 공 팀장은 조직 말단부터 시작하는 게 적성에 안 맞았다. 내가 맡고 싶은 사건을 맡아서 자유롭게 조사하고 어려운 사람들을 돕고 싶었다. 그래서 차근차근 준비했다. 민간조사원 자격증을 땄고, 공인탐정연합회 회원이 됐고, 컴퓨터 관련 자격증을 획득했다. 한편으로 혹시나 모를 일을 대비하기 위해 어릴 적부터 태권도를 연마해서 공인 4단을 땄다.

그는 사안이 미묘해서 공권력의 도움을 못 받고 음지로 들어가는 사람들을 돕고 싶었다. 한번은 추리 소설가 오영주가 취재를 왔다. 그녀는 공 팀장에게 아직 젊으니 경찰 시험을 생각지 않느냐고 물었다. 공 팀장은 고개를 저었다. 탐정으로서의 긍지와 자부심 없이 이 일에 뛰어들지 않았다고 했다. 작가는 중견 베테랑 탐정을 취재해보니 인간의 암울함을 보여주는 사건이 많다고 했다. 취재만으로도 본인은 이틀을 앓아누웠는데, 그런 일에 젊은 혈기만으로 뛰어들 수 있느냐고 재차 물었다. 공 팀장은 자신 있게 답했다.

"경찰들이 수사하는 살인 사건이 있기 전에 우리가 개입합니다. 우리는 최악, 최후의 상황으로 치닫는 것을 중재하고 돕습니다. 자살 직전의 의뢰인들이 우리의 도움으로 맘 돌려먹는 경우도 많습니다. 저는 일을 배우면서 꽤 봤어요."

공 팀장은 아버지에게 찾아와 눈물 흘리는 의뢰인들을 떠올렸다. 모두들 탐정님 안 계셨으면 어떻게 이 일을 해결할 용기를 얻었겠느냐며 감사했다. 사기꾼에게 떼인 돈을 받게 해주고 경찰도 손 놓은 수배범을 아버지가 찾아서 경찰 손에 인계했다.

공 팀장은 사람들을 돕는 데 보람을 느꼈다. 호기심과 돈만으로 이 일을 택하지 않았다고 재차 강조했다. 오영주는 그날 감화되어 청년 탐정을 주인공으로 소설을 쓰겠다고 했다.

공 팀장은 재미로 사주를 봤는데 일반인 10배나 되는 역마살이 끼었다. 그래서인지 대학생 때도 어학연수다 배낭여행이다 전지훈련이다 바쁘게 돌아다녔고 지금도 사건을 좇느라 그렇다. 그의 손목에는 쿠팡에서 산 USB가 내장된 28000짜리 녹음기 시계가 채워져 있고, 가끔은 몰래카메라 안경을 끼고 다니면서 대상자를 감시한다. 벌금 맞을 각오로, 의뢰인을 위해 기꺼이 감수한다.

일종면허는 따놓았지만 아직은 차를 굴릴 형편이 안 된다. 하지만 아버지 도움을 받아서 20대의 젊은 탐정들이 뭉쳐서 '청년탐정'사무실을 구로디지털단지 역 부근에 마련했다. 자그마한 오피스텔이지만 명함에 주소와 전화번호도 박으니 탐정 자격증을 획득한 게 실감났다. 청년탐정들은 합법적인 진행 과정으로 현장 조사를 해서 증거 자료 수집과 고용인이나 수배자 조사, 산업스파이 색출, 실종 문제를 돕는다. 홈페이지에 사진과 학력, 경력사항을 올리는 등 실명제 시스템을 구축했지만, 알음알음 입소문으로 찾는 일의 특성상 의뢰 건수가 적었다. 홍보는 지식인에 고민 상담 답변을 달아주고 네임카드로 했으나, 제대로 믿는 의뢰인은 아직 많지 않다. 그래서 외주 일을 맡고 있다.

공 팀장과 동료 탐정 한 명이 같이 사무실에서 먹고 자면서 24시간 사건 의뢰 전화를 받고 있다. 이제 시작이다. 언젠가 청년탐정 법인을 완벽하게 설립하고, 10년 후에는 대한민국 최고의 적법한 탐정 사무소로 꽃길을 걸을 것이라 확신한다.

공 팀장이 신당역에 도착해 밖으로 나오는데 아픈 기억이 떠올랐다. 경찰대 졸업 후, 경위로 임용된 친구를 동창회에서 만났다가 망신을 당했다.

"야, 간통죄 폐지됐는데 불법으로 그런 쓰레기 짓을 해서야 되겠어?"

공 팀장은 의뢰인들이 탐정조차 외면하면 죽음으로 몰리는 사람들이라 항변했지만, 그는 코웃음 쳤다.

"뭐어? 니들 솔직히 돈 때문이잖아? 미행 한 건 일주일당 이백만 원도 받는다면서?"

인식이 그렇게 된 데는 의뢰비만 받고, 전화번호를 바

꾸고 사라지는 사기성 홍신소도 많기에 할 말이 없었다. 하지만 공 팀장은 살인이나 폭력으로 가기 전에 사건을 막는데 자부심을 느꼈다. 일에 대한 스트레스도 크다. 소방관이 경찰관보다 외상성 트라우마 장애가 더 심하다. 이유는 사건 벌어지기 직전에 극심한 갈등상태일 때 뛰어들어서이다. 탐정은 남들이 일생 한두 번 겪는 어마어마한 사건 현장을 매일 쫓아다닌다. 극한 직업이었다.

공 팀장은 탐정협회에 은퇴를 몇 년 앞둔 경찰관들이 가입하는 걸 많이 봤다. 은퇴 후 경우회 사무실에서 바둑 두는 일밖에 없다며, 24년 수사 경력을 바탕으로 탐정 일을 시작하는 강력계 계장님도 봤다.

그날 이후 공 팀장은 그 친구를 안 만났다.

공 팀장은 3년 전 대한민국 탐정 법규가 생긴다는 기사의 헤드카피를 보고 자격증을 취득했다. 사무소를 차리기까지 하루도 허투루 살지 않았다. 알바를 뛰면서 탐정 기술을 익혔다. 그는 사무소를 유튜브나 페북으로 홍보하고, 탐정 제도도 체계화시켜 사무소를 편의점처럼 곳곳마다 지점을 낼 꿈에 부풀었다. 그럼으로써 국민들의 행복지수가 높고 고민 없는 나라로 만들기를 염원한다.

아버지가 그러셨다. 성공의 반대말은 실패가 아니라 포기라고. 공 팀장은 인내와 끈기를 가지고 오늘도 맡은 업무에 충실하기 위해 부지런히 계단을 올랐다. 드디어 목적지에 도착했다. 마침 그때 정탐정의 전화가 왔다.

"도착했습니다. 정탐정 님."

"공 팀장, 많이 막혀서 일단 사무실로 혼자 들어가서 김미준 씨에게 물건 보낸 사람 정보 확보해."

"제 신원을 밝히라는 말씀이십니까?"

"어쩔 수 없어. 급해. 실종 사건은 목숨이 오가는 일에 준해."

공 팀장은 건물 입구로 들어갔다. 어두컴컴하고 허름한 계단으로 2층에 올라갔다. 간판도 없는 사무실 문 앞에서 머뭇거렸다. 202호 앞에 섰다. 용기를 내서 문을 열었다. 슬그머니 안으로 들어갔다.

"누구시죠?"

30대 중반으로 보이는 키 크고 이목구비가 뚜렷한 잘생긴 남자가 나왔다. 약간 타이트한 베이지색 양복을 위아래 입고 있었다. 눈 밑에 긴 다크서클만 없었다면, 더 멋져 보였을 것이다. 남자는 피로해 보였다. 남자의 소매 아래로 이천만 원이 넘을 듯해 보이는 외제 명품시계가 채워져 있었다. 공 팀장은 자신의 녹음기 시계와 슬쩍 번갈아 봤다. 살짝 웃음이 비집어 나왔다. 사람들은 이게 녹음되는 시계인 걸 알까?

"어떻게 오셨죠?"

남자가 재차 물었다.

"저, 여기 책임자 되시나요?"

"대표님은 자리를 비우셨고요. 저는 한희중 부장입니다."

공 팀장이 사무실을 둘러보니 포토샵하는 직원 두 명이 보일 뿐 한산했다. 뒷면 벽에 루시언더라고 써진 걸로 봐서 제대로 찾아왔다.

"간곡하게 부탁드릴 말씀이 있습니다."

공 팀장은 승부수를 던졌다. 이 행동은 때로는 비웃음을 사지만, 하나의 신뢰감을 주기도 했다. 그는 PIA라고 크게 프린트된 신분증을 내밀었다.

"저는 민간조사원 공영태입니다."

"민간조사원요? 이게 뭐죠?"

"쉽게 말하면 탐정이죠. 사건을 조사 중인데 말씀 나눌 만한 공간이 있을까요?"

한 부장은 책상의 명함을 들고 회의실로 안내했다.

"앉으시죠. 뭐 차라도 드릴까요?"

"아뇨. 괜찮습니다."

"대체 무슨 일로 오셨는지……."

"김미준 씨라고 여기 쇼핑몰 회원이셨던 분이 계신데요. 그분이 2년 전에 고한읍에 위치한 자택 아파트에서 실종되셔서 행방이 묘연하세요. 어머니가 사건 의뢰를 하셨거든요."

"네에?"

공 팀장은 백팩에서 패드를 꺼냈다. 그리고 루시언더 사이트를 열었다.

"저희 사이트인데."

"그래서 찾아왔어요. 이 분이 김미준 씨라고 봅니다."

공 팀장은 포토 후기를 클릭했다. 그리고 김미준의 평상시 사진을 띄웠다.

"얼굴이 가려 있어서 구분하기 힘든데요."

"골격, 체격 비례가 동일하고 일단 귀가 달린 부분이나 귓불이 날렵한 것도 동일합니다. 팔의 점도 위치가 같고요."

"우리한테 뭘 물어보시려는 거죠? 가만있자, 이거 〈그것이 알고싶다〉에서 방송 내보내지 않았나요?"

"그 프로는 아니고 다른 데서 나왔죠. 실종자가 이 속옷들을 선물 받은 것으로 판단하고 선물한 주문자를 알아내려고 합니다. 도와주시죠. 위급한 일입니다."

한 부장이 미간에 주름을 잡았다.

"안돼요. 법이 강화돼서 함부로 고객 정보 알려주면 저희가 경찰 조사받고 벌금 먹어요."

"도와주세요. 아무도 모르게 하면 되잖아요."

"경찰 아니시잖아요. 경찰도 이런 거 하려면 영장 다 떼가지고 와야 된다구요."

공 팀장은 난감했다. 이제 택배 회사에서 알아봐야 하나 회의가 들었다. 흥신소에서 택배 회사에 신용정보를 요구하는 건 암암리에 있었지만 정탐정은 정도를 걷고자 자제했다. 잘못하면 크게 벌금을 맞고 택배 회사 직원은 실직한다.

"단지 그 주문자가 실종과 관련 있는지 알기 위해서입니다. 공익을 위한 겁니다. 실종자 어머니가 정식 의뢰한 사건이구요. 경찰은 장기 실종자로 판단해서 수사를 하지 않아요. 말로는 진행 중이라지만 손 놓고 있죠. 가족들은 어떻게 합니까? 살아있다는 걸 알아내려고 하는데요."

"그래도 불법입니다. 안 돼요."

"실종자 가족들을 위한 겁니다. 이렇게 나오시면 일이 더 커져요. 단서를 찾은 이상 가족을 통해서 경찰에 알릴 겁니다. 선택을 하세요."

한 부장은 고민했다. 그는 턱에 잠시 손가락을 대고 침묵하다가 일어났다.

"정말 다른 데 알리시면 안 됩니다. 알아보고 오겠습니다."

공 팀장은 정수기에서 물 한 잔을 뽑아서 마셨다. 한 부장이 패드를 들고 들어왔다.

"여기 있습니다. 아이디는 'SUNGSOO' 이 회원이 김미준 씨에게 2016년 상반기에 속옷을 15벌 정도 6번에 나눠서 보냈네요. 고한읍이 김미준 씨 사는 곳입니까?"

한 부장은 패드에 나온 주문 내역 관리자용 게시창을 보여줬다.

"네, 맞습니다."

공 팀장이 자세하게 보려는데 한 부장이 고개를 저었다.

"주소는 좀 그렇지 않겠습니까? 아이디만으로 찾아가 보세요. 당신들 구글링 뭐 이런 정보 조사 할 거 아닙니까?"

"알겠습니다."

공 팀장은 아이디를 적고 일어났다. 한 부장이 고민하다가 주소를 보여줬다.

"가족들을 위한 거 맞죠? 그냥 한 번 쓱 보세요."

한 부장이 보여준 주소는 반포동 21세기 오피스텔 1109

호였다. 이름은 장영호였다. 공 팀장은 즉시 주소를 외웠다. 휴대폰 번호는 없었다. 그 때 페이지에 성인용품 배너 광고가 떴다. 공 팀장은 뭔가 싶어 유심히 봤다.

〈불끈불끈 남성의 힘을 찾고 싶어요, 연락주세요.〉

한 부장이 웃었다.

"저희 쇼핑몰이 속옷 쇼핑몰이다 보니 이런 광고를 받죠. 우리가 운영자 게시판에서 규격을 보고 다시 디자인해요."

"뭘요. 제 컴퓨터에도 이런 배너 숱하게 뜨죠."

공 팀장은 고맙다는 인사를 하고 사무실을 나왔다. 곧바로 정탐정에게 전화를 했다. 전화를 받은 그는 오피스텔 앞에서 만나자고 했다. 공 팀장은 신당역으로 들어가서 휴대폰으로 오피스텔 위치를 찾았다. 지하철을 갈아타고 고속버스터미널역에 내리면 근처 10분 거리에 있다. 마침 자리가 나서 앉았다. 한 부장이 알려 준 아이디로 검색했지만, 흔한 아이디라서 여러 가지가 잡혔다. 오히려 혼동됐다.

그는 도착지에 갈 때까지 눈을 붙였다. 어젯밤 우서영을 쫓아다녔다. 그녀는 키 크고 잘생긴 아이돌 같은 남학생과 붙어 다녔다. 우서영은 집으로 들어갔고 공 팀장은 남자를 미행했다. 남자의 집은 압구정동 현대 아파트였다. 우서영은 남자와 같이 포장마차에 가서 술도 마시고 애정 행각도 했다. 우서영은 성숙한 외모에 섹시한 옷차림으로 미성년자로 보이지 않았다. 어머니가 걱정하면서 의뢰할 만도 했다. 어머니가 점찍은 남자들은 세 명으로 학생 같다고 했는데, 정탐정은 그중에 성인도 있을 거라 예측했다. 강제적인 관계나 돈을 주고받는 성 매수인지 더 조사해야 했다.

공 팀장은 교대역에서 고속버스터미널 방향으로 갈아탔다. 공 팀장은 복잡한 생각들을 몰아내고 눈을 감았다. 지하철역 안내에는 계속 귀를 열었다. 역에 도착했다. 공 팀장은 눈을 번쩍 떴다.

21세기 오피스텔 앞에서 공 팀장은 정탐정과 만났다.

"수고했어요. 공 팀장."

"고생하셨습니다. 정탐정 님."

"협조해서 알아보자구."

"네."

그들이 1층으로 들어가니 경비실에 사람이 없었다. 정탐정은 자연스레 공 팀장과 엘리베이터로 접근했다. 엘리베이터를 타고 11층으로 올라갔다. 1109호 앞에서 정탐정은 문에 귀를 대고 조심스레 정신을 집중했다.

"TV 소리가 들려. 난 경비실에 정보 좀 알아볼 테니, 여기서 누군가 나오면 전화해."

공 팀장은 조용히 몸을 복도 끝으로 이동하면서 오케이 사인을 보냈다. 정탐정은 1층으로 이동해 우편함을 슬쩍 봤다. 신용정보업체에 보낸 편지에 수신인이 '장영호'라 적혀 있었다. 보통은 빚 독촉 압류 공지 서류일 가능성이 높았다.

정탐정은 조심스레 엘리베이터를 살폈다. 출입구 밖으로 화물용 엘리베이터도 따로 있었다. 정문으로 들어서던 경비원이 그를 발견하고 말을 걸었다.

"아니 거참 수상쩍게 왜 거기서 서성거려요? 방문자세요? 입주자 신고 들어와요. 그러다가는. 여기 서류에 방문자 사인하세요."

정탐정이 넉살 좋게 경비실 안으로 경비원을 따라 들어갔다.

"장영호 씨라고 1109호 사시는 분 알아보러 왔습니다. 이렇게 됐으니 솔직하게 말씀드릴게요."

"누구 1109호? 그 입주자분은 왜요?"

정탐정은 공손한 표정을 지었다. 경비원이 의심쩍게 보다 다시 물었다.

"뭐하시는 분이요?"

"조사하는 중입니다."

"그 사람은 왜요?"

"집과 의절하고 연락이 끊겨서 본가에서 대체 뭐하고 지내나 알아봐 달래요. 그 사람 지금 집에 있나요?"

"있기는 한 거 같은데, 항상 오후에 어디 나가던데."

"알겠습니다."

정탐정은 꾸벅 인사를 하고 나서는데 공 팀장의 톡이 왔다.

1층에 내려갑니다. 모자를 푹 뒤집어쓰고 키가 170 정도 되고 마른 남자입니다. 1층에서 미행하시면 저는 화물용 엘리베이터 타고 바로 내려갑니다.

정탐정이 정문으로 나가서 엘리베이터가 보이는 위치에서 담배를 꺼내 피는 시늉을 했다. 갈색의 운동모자를 깊게 눌러쓰고 하얀 면 티셔츠에 감색의 체크무늬 남방을 걸친 남자가 정문을 나서더니 오피스텔 1층의 편의점으로 들어갔다. 공 팀장이 1층에 도착해 정탐정과 만났다.

"쉿, 편의점에 들어갔다."

정탐정과 공 팀장은 오피스텔 입구에서 대화하듯 몸을 마주하고 있었다. 공 팀장이 초조해서 전자담배 아이코스를 꺼내는데 정탐정이 나무랐다.

"담배는 잠복이나 미행 시 금물이야. 냄새가 날 수 있고, 뭣보다 우리의 꽁초도 단서로 남고. 끊어야지 한눈팔다 놓쳐. 난 설정이야. 위장할 때만 슬쩍 입에 댔다가 뗀다구."

"죄송합니다. 정탐정 님, 이제 어떻게 할까요?"

"나오면 미행해야지, 도보로. 자네와 내가 2인 1조로 움직이자구. 나온다. 어서 먼저 따라잡아. 난 10m 간격 두고 갈 테니까."

"네, 알겠습니다."

공 팀장이 주머니 속에서 리버서블 모자를 꺼냈다. 모자를 뒤집어서 회색의 안감이 밖으로 나오게 해서 푹 눌러 썼다. 얼굴이 절반 이상 가렸다. 그리고 배낭에서 얇은 베이지색 등산복 재킷을 꺼내서 걸쳤다. 이렇게 하자 공 팀장의 앳된 얼굴이 가려지고 순식간에 40대 정도의 나이로 보였다. 공 팀장은 왜소한 체격의 남자를 뒤쫓았다. 몇 미터 간격을 두고 남자를 미행했다. 정탐정은 훨씬 뒤에서 미행을 시작했다. 교차로가 나왔다. 장영호가 우회전을 하자 공 팀장은 그대로 뒤쫓고, 정탐정은 직진을 했다가 뒤돌아서서 좌회전하는 식으로 따라 붙었다. 공 팀장도 가던 길을 돌아서거나 멈칫해서 기다린 다음, 들키지 않게 장영호를 따라붙었다.

장영호는 지하철역으로 들어갔다. 장영호가 개찰구로 들어가자 공 팀장은 세 칸 떨어진 개찰구로 들어갔다. 그리고 정탐정에게 플랫폼으로 들어간다고 톡을 보냈다. 플랫폼에서 공 팀장은 구석에서 장영호를 주시했다. 장영호는 체형으로 봐서는 20대일 것 같았지만 어찌 보면 나이 짐작이 어려웠다. 얼굴이 드러나지 않아서였다.

지하철이 도착했다. 공 팀장은 장영호가 타고 나서 3초 있다 올라탔다. 정탐정은 다음 칸에 올라타서 톡을 공 팀장에 줬다. 다음 칸에 있다고.

장영호는 빈자리에 앉았고 문 옆에 공 팀장이 휴대폰을 하는 척하며 감시했다. 장영호는 눈을 감고 등받이에 등을 기댔다. 장영호는 군자역에서 내려 상일동행 5호선으로 갈아탔다. 공 팀장은 따라붙었다. 다행히 이동 인구가 있어 쉽사리 눈에 띄지 않았다.

가끔 눈치가 빠른 대상자는 미행을 알고, 건물 앞문으로 들어가 뒷문으로 나가버린다. 하지만 이 대상자는 그런 것 같지 않았다. 그저 목적지로 자연스레 가고 있었다. 정탐정은 여전히 다음 칸에 있었다. 갈아탈 때 한 번 공 팀장과 눈짓을 주고받은 게 다였다.

천호역에 도착하자 대상자가 내렸다. 천호역 7번 출구 에스컬레이터에 대상자가 올랐다. 공 팀장이 10계단 아래에 타 있었다. 장영호는 역을 나가서 세 번째 고층 빌딩으로 들어갔다. 공 팀장이 들어가서 엘리베이터에 같이 탔다.

사람들은 네 명이 더 있었다. 장영호는 7층을 눌렀고 공 팀장은 자연스레 8층을 눌렀다. 엘리베이터 내의 미행 철칙은 대상자가 누르는 행선지 층수보다 무조건 한 층 더 위를 누르는 것이다. 그래야 계단으로 뛰어 내려와 대상자가 눈치채지 않게 어느 사무실로 들어가는지 알아낼 수 있다.

장영호는 7층에 내렸다. 공 팀장은 이미 '7층'이라는 톡을 보냈다. 정탐정은 화물용 엘리베이터를 타고 7층에 미리 도착했다. 화물용은 타고 내리는 사람이 없어 더 빨랐다. 7층 복도에 선 장영호는 태연하게 '정성 간호학원'으로 들어갔다. 정탐정은 깜짝 놀랐다. 휴대폰으로 실종자 서류를 열었다.

김미준이 서울에서 2년 동안 다니다 말다 하면서 끝마치지 못한 학원이 정성 간호학원이었다. 적응이 안 돼서 중간에 쉬고 실습도 나가다 마는 둥 했다. 분명히 김미준과 장영호는 이 학원을 기점으로 관련이 있다. 맞게 찾아왔다. 공 팀장이 어느새 정탐정 곁으로 슬그머니 다가왔다.

"영태야, 수고했다. 단서 하나 잡았다. 확실하게 관련 있는 거야. 니 덕분이다."

정탐정은 일이 잘 성사될 시 보너스를 지불하겠다면서 일단 이틀분의 일당을 지급했다. 그러고 나서 다른 일을 제의했다.

"이제 네가 간호학원에 들어가 방금 저 남자가 뭐 하는 사람인지 알아내야 해."

공 팀장은 고개를 끄덕였다. 정탐정은 근처서 기다린다며 건물을 나갔다. 공 팀장은 학원 문을 열고 들어갔다. 아직 문을 안 열었는지 프런트에 사람이 없었다. 공 팀장은 프런트의 조그만 벨을 눌렀다.

"네. 나가요."

이럴 수가, 반포의 오피스텔에서부터 미행한 장영호는

여자였다. 분명히 장영호는 간호사의 하얀 제복을 입고 있었지만 미행한 사람이다. 그녀는 여자치고는 키가 크고 마른 체구에 가슴도 거의 없고 어깨가 각이 졌다. 게다가 헤어스타일이 숏컷이다. 그래서 남자로 오해했다. 방금까지 뒤따라온 사람이 분명한지 확인하려고 공 팀장이 떠봤다.

"혼자 계시나요?"

장영호는 사무실 불을 마저 껐다.

"네, 직장인들이 오후반만 수강하셔서 지금은 학원이 오전에 문 열지 않아요. 무슨 일이시죠?"

"간호조무사 자격증 따려고 학원 수강 알아보러 왔는데요. 누구한테 물어보면 되죠?"

"저한테 물어보세요."

"자격증 따려면 기간은 어느 정도 걸리고, 수업료는 어떻게 되는지 알아보려구요."

장영호는 공 팀장을 유심히 봤다.

"직장인이라면 기간은 넉넉하게 2년 정도 잡으셔야 해요. 이론만 740시간이고 실습이 780시간이니까요. 1년은 빡세게 하셔야 겨우 따시거든요. 직장인들은 시간 할애가 힘들어서 더 오래 걸리죠. 혹시 국비 장학생 자격이 되시면 저희 학원비 대폭 할인돼요. 지원받거든요."

공 팀장은 이러저러한 상담을 마치고 옆 건물 커피숍에서 정탐정과 만났다.

"우서영이 지금 학원에 있다고 어머니 연락이 왔어. 끝나는 시간에는 내가 가보려구. 일단 짚이는 것은?"

"이상한데요. 저 직장에서 상담 업무 한다고 반포동 오피스텔 월세 나올 것 같지는 않은데."

"맞는 말이야. 일단 오피스텔 등기부 등본을 떼어 봤더니 59세의 남자가 주인이더군. 한 마디로 월세살이지. 아니면 주인이 부모거나. 그런데 주인은 성이 달라 박 씨야. 따라서 월세를 사는데 최소 100만 원의 돈을 간호학원 사무직을 보면서 메꿀 수는 없어. 뭔가 수상쩍어. 일단 자네는 대기하다가 장영호를 미행하거나 아니면 루시언더에 대해 더 캐봐. 거기서 만난 직원은 누구지?"

"한희중 부장이라고 택배 보낸 사람의 아이디와 오피스텔 주소를 줘서 우리가 미행을 한 거예요."

"이 학원은 실종자가 서울서 다닌 학원이야. 관련 깊어. 그걸 알아볼 사람이 필요해."

"제가 학원 수강에 관심을 보였으니 한 번 더 가볼게요."

"좋았어. 내가 경비나 일당은 모두 섭섭지 않게 지급할게."

"네, 알겠습니다."

"공 팀장. 이건 내가 사명감으로 실종자와 가족 도와드리는 거야. 마음이 더 가야 돼. 알았지?"

"네. 정탐정 님."

정탐정은 공 팀장의 어깨를 두드리며 신뢰의 뜻을 보냈다.

민수가 감건호에게

감히 조언하건대

감건호는 스태프들과 사북석탄유물보존관에 도착했다. 감건호는 폐광과 석탄을 실어 나르던 화물 열차와 채탄 장비실과 갱도 체험 열차로 쓰이는 광부인차 등을 둘러봤다.

박 피디가 사무실에 들어갔다가 나왔다.

"1시간 후에 입갱 가능하대요. 어떻게 하시겠어요?"

"그럼 일단 이곳 스케치 영상 뜨고 클로징 여기서 뽑자. 그래야 서울 분량 적으면 이걸로 마무리해야지."

"실종자와 여기 관계는 거의 없는데요."

"관계가 없다. 그래서 도리어 위험하다는 생각 안 해봤어요?"

"네?"

"사실, 프로파일링이 범죄자 예측은 개뿔. 하나도 못 맞춰. 어쩜 그렇게 범인 잡아놓고 보면 우리가 예측하던 사람과 다르냐? 여자일 때도 있고, 나이 든 노인일 때도 있고. 쪽팔릴 때 많다니까. 그러니 여기가 아니라고 배제할 수 없어요. 진실은 신만 안다구. 아무도 모른다니까, 현실은. 추리 소설이나 느와르 안 좋아해요? 이런 곳에서 사건 일어나지 않나? 영화가 현실에서 차용하는 게 얼마나 많은데. 가봅시다!"

박 피디는 어이없었지만, 일단 지시를 따랐다.

한편, 주승과 선미, 진영은 여인숙에 남아서 사이버상에서 실종자 정보를 알아내는 중이었다. 민수만 촬영팀에 합류했다. 감건호는 민수에게 다가와 "좋은 경험이었습니다. 시청자 여러분 감사합니다."이 두 문장을 말하고 손을 주먹 쥐고 파이팅하는 장면만 연출하면 된다고 했다. 민수는 알았다고 하고 별로 신경 쓰지 않았다.

감건호는 보존관과 폐광 지역을 여기저기 돌면서 여러 개의 클로징 멘트와 분위기를 으스스하게 만드는 설정 멘트를 나눠 촬영했다.

"박 피디, 마지막으로 내가 갱도 체험 열차 홀로 타고 촬영 감독만 뒤에 붙어서 가자. 아주 좋을 것 같아."

"실제 갱도에 500m 들어간다는데 괜찮으시겠어요? 지하로요."

"어, 왜?"

"요즘 컨디션 별로시잖아요. 연세도 있으시고."

감건호가 코웃음 쳤다.

"푸하하, 누가 들으면 나 쉰 넘은 줄 알겠네. 갓 마흔 넘었어. 멀쩡해요. 무서우면 박 피디는 기차 타지 마."

"저는 바깥에서 대기할게요. 선생님."

광부인차에는 감건호가 앞쪽에 앉았고 그 뒤로 촬영 감

독이 앉았다. 열차를 안내하는 직원이 맨 앞에 앉았다. 감
건호는 안전모를 썼지만 머리가 눌릴까 봐 걱정이 됐다.
삐져나온 머리를 매만지는데, 직원이 안전벨트를 매라고
했다. 광부인차가 갱도로 서서히 들어가다가 갑자기 속력
을 냈다. 천장에 푸른 발광다이오드가 설치된 곳을 높은
속도로 지났다. 더 깊숙하게 들어가자 어둠만이 공존했
다. 침묵 속에 광부인차는 엄청나게 질주하면서 쾌속음을
냈다.

　콰아아아아─────

　오래전 영화 스크린 속으로 빨려 들어가는 기시감이 들
었다. 순간 감건호는 엄청난 공포감을 느꼈다.

　"어 어, 이게 아닌데……."

　아, 신음을 내며 감건호가 구토기를 느끼고 멀미를 심
하게 했다. 그러나 소음으로 아무런 소리도 직원이나 감
독에게 전달되지 않았다. 감독은 천장과 주변 풍광을 찍
기에 바빴다. 드디어 광부인차가 멈추고 직원이 폐광에
대해 설명을 하려고 내렸다. 그는 고개 숙인 감건호에게
다가섰다.

　"괜찮으세요?"

　"돌, 돌아버리겠어요. 못, 못하겠어요, 으……."

"어, 선생님. 촬영 중단하겠습니다."

감독은 조명을 끄고 감건호를 살폈다.

"조금만 기다리세요. 이제 후퇴해서 갱을 빠져나갈 겁니다."

후퇴해서 광부인차를 빼다니, 미칠 노릇이었다. 드디어 광부인차가 후진하더니 엄청난 속력으로 뒤로 달렸다. 감건호는 입을 손으로 틀어막았다. 갱은 지하로 끝도 없이 파였으니, 들어온 열차가 후퇴하는 게 맞지만 멀미는 더 심해졌다. 드디어 열차가 밖으로 나왔다. 열차에서 비틀거리며 내린 그는 헛구역질을 몇 번 하고 휴식을 선언했다. 덜덜 떨면서 우물쭈물 일어났다 앉았다 했다. 기어이 속내를 실토했다.

"박…… 박 피디. 잠깐 이리로."

박 피디가 걱정스러운 얼굴로 다가갔다.

"너무 떨리네. 어쩌죠? 저쪽 친구들 민수인가 걔 그냥 더 찍어. 혹시 인데놀 있어?"

"그게 뭐죠?"

"불안증 약"

"정신과 약 처방받지 않고 어떻게 얻어요?"

"오늘따라 안 가져왔어. 종종 먹는데."

"선생님, 촬영 접을까요?"

감건호가 떨리는 손을 잡아주는 박 피디를 만류하며 괜찮다는 사인을 보냈다.

"아, 아니. 저쪽부터 촬영가지. 큐시트를 좀 바꿔봐. 쟤 분량을 대폭 늘려. 나는 안 되겠어, 더는. 쉬면 나아질 거야."

이때 박 피디에게 맡겨둔 감건호 휴대폰이 진동했다.

"선생님, 전화 왔는데요?"

"누구야? 본부장인가?"

"모르는 번호예요."

"줘봐, 출판사나 신문사일 수 있어요."

감건호가 전화를 받았다. 다짜고짜 남자의 강하고 거친 목소리가 들렸다.

"야, 니가 내 여자친구 건드렸어?"

"뭐라고요? 그런 적 없습니다. 전화 잘못 거셨어요."

"야! 니가 내 여친하고 잤잖아?"

"그런 적 없고 장난전화 걸면 신고합니다!"

"너 혼내준다! 거기 어디야?"

감건호도 목소리를 높였다.

"아니라니까! 누구야! 신고해버리게!"

"야, 건드린 거 맞잖아! 내가 너 죽이러 당장 갈 거야!

기다려!"

전화는 끊겼다. 감건호는 어이가 없었다.

"이, 이거 뭐야?"

박 피디가 즉시 휴대폰으로 무언가 검색했다.

"선생님, 누가 장난전화 앱으로 선생님 번호 등록했어요."

박 피디가 장난전화 앱이 소개된 신문기사를 열어서 보여줬다.

"이런 소리 들어본 적 있거든요. 피자 20판 배달할테니 주소 알려달라고. 제 친구가 장난전화 앱에 당해 사이버 안전국에 신고하니 직장 동료가 그런거더라구요. 이 앱에 여자친구 건드렸다는 식의 장난전화 메뉴 있네요. 누가 선생님 번호 등록했어요."

"대체 어느 놈이야!"

감건호는 휴대폰 발신번호를 알아보려다 긴급전화 112를 눌렀다.

"어, 신고하시게요?"

"아, 아니. 그럴 것까지야. 잘못 눌렀어. 어구."

감건호는 통화 종료를 눌렀다. 통화 목록을 열어보니 발신은 00683으로 시작하는 해외 번호였다.

"내가 경찰 출신인데 신고하면 무슨 망신이야."

감건호는 한숨을 쉬었다. 휴대폰 번호를 두 개 둬서 하나는 업무용, 하나는 가족과 사적인 일로 사용했는데 업무용 전화번호가 도용됐다. 기분이 더러웠다. 워낙에 방송 일을 하다 보니 장난전화나 SNS에 욕설 댓글이 달릴 때가 많았다. 평소 같으면 눈 하나 깜짝 안 할 일이다. 연쇄 살인 사건 용의자가 프로그램에서 불리하게 말했다고, 그에게 전화로 협박해도 별로 개의치 않았다. 그러나 요즘은 달랐다. 일도 시원치 않았고, 사람들의 악성 댓글도 신경이 쓰였다. 기분이 쏙 빠지고 두려웠다. 사람들이 지르는 말이 원한에 사무친 것 같았다. 확실하게 늙었고 기운이 빠졌는가 하는 생각도 들었다.

"에휴, 개짜증 나."

감건호는 정신 차리고 마음을 조금 진정했다.

"선생님, 촬영 접을까요? 서울서 나중에 더 떠도 돼요. 오늘은 여기 배경 스케치나 하죠, 뭐."

"아냐, 어떻게 그렇게 해? 좀 괜찮네. 촬영 재개해야지. 해 떠 있을 때 하나라도 더 찍어놔야돼. 일어날게."

감건호는 박 피디가 내미는 손을 잡고 일어났다. 그리고 허심탄회한 얼굴로 말했다.

"내가 나 좋으라고 이러는 거 아닌 거 알죠?"

"네?"

"경찰일 때 대형 범죄사건이 일어나면, 사건은 이렇게 벌어지니 특정 유형의 사람을 조심하고, 그런 환경에 처하면 안 된다 알려주고 싶었어. 그러나 피의자 인권으로 얼굴이나 신원도 공개불가지. 내가 하고자 하는 말도 홍보 담당관실에서 막았어. 모방 범죄가 일어나면 안 된다, 세상 민심이 흉흉해진다, 그딴 이유로. 사건 보고서는 대외비로 내부 DB인 범죄 분류 체계 프로그램에만(SCAS: Scientific Crime Analysis System) 올려놓고 땡이야. 감독이나 작가들이 자료를 보고 싶어도 보여주지 못하지. 그게 무슨 도움이 돼, 국민들에게. 오히려 감독들이 상상으로 만드는 영화는 현실보다 잔인해져."

박 피디는 조용히 경청했다.

"이 사건이 실종자 본인의 의도가 아니라 나쁜 남자의 꼬임에 빠져서 그렇게 된 거라고 치자. 제2, 제3의 김미준 사건이 일어나도 경찰은 문서 한 장 브리핑으로 끝이야. 나 같은 민간인이 달려들지. 보다 못해 국민의 알 권리를 위해서. 피해자가 나쁜 사람을 어떻게 만나서 사라졌는지 알려야 예방하지. 왜 입을 다물어. 이것도 내가 경찰 옷을 벗게 된 수많은 이유 중 하나야."

박 피디는 점심을 먹자며 이동을 준비했다. 점심은 동태찌개가 시그니처 메뉴인 식당에서 먹었다. 감건호는 만류하는 박 피디에게 괜찮다고 하면서 소주를 한 병 시켜서 자작했다. 점심에 술을 마신 것은 오랜만의 일이다. 얼큰하게 취하면서 얼떨떨했다. 민수가 고개를 박고 괴로워하는 감건호에게 다가왔다.

"좀 괜찮으세요? 물 좀 드세요."

감건호가 민수를 올려다봤다.

"고, 고마워. 야, 임민수. 고마운 김에 오늘 네가 술값 내라."

감건호의 농담에 민수는 정색했다.

"뭐라구요? 왜 마시지도 않은 술값을 제가 내요?"

"농담이야. 소주 한 병 얼마 한다고. 아 씨. 죽겠네. 아프다."

"제가 충고 한 말씀 드려도 돼요?"

"어? 파하하. 해봐, 후하하."

"진짜, 무례하군요. 사람이 뭐 해주는데 웃는 거 예의 아녜요."

감건호가 부르르 떨다 정신을 차렸다.

"미, 미안, 말해 봐요. 들어봅시다."

"맨날 남한테만 범죄가 어쩌니저쩌니 잔소리 하지 말고 남이 충고하면 들어요. 세상 혼자서만 살아요? 불안은 남에게 털어놔요. 안 그러면 속 앓다 죽어요."

"뭐어?"

"사람은 눈치보다 아픈 거예요. 저도 아버지와 사이 안 좋으면 친구들한테 고민 털어요. 선생님은 왜 주변에 말할 사람 하나 없어요? 우리 엄마도 명절 직전에 스트레스 풀려고, 동네 아줌마들과 어울리죠. 티타임 갖고 대화로 불안 털어요. 다들 그렇게 해요."

"에휴, 시청률 고민을 피디나 스태프한테 털어놔 봤자지, 걱정 끼쳐. 혼자 지는 게 나아."

"펴이나 모르겠어요. 그게 더 걱정 시킨다구요. 저도 반년 전에 민간조사원 되겠다고 아버지와 싸우고 그랬을 때 정신 반쯤 나갔는데 친구들하고 스트레스 풀면서 견뎠어요."

민수는 가락시장 일을 그만두고 조사원 일을 정식으로 시작하려고 변호사 사무실 면접을 보러 다녔다. 하지만 아버지가 전화하는 내용을 옆에서 엿듣고 강력히 말렸다. 꿈이 좌절돼서 속상했지만, 주승이 먼저 PIA 자격증을 따놓으라 충고해서 맘을 삭였다. 결과적으로 자격증은 아직 따놓지 못했지만, 아버지에게 자신이 하고 싶은 일을 피

력한 것은 잘한 거였다.

민수는 고한에 내려와서 밤마다 아버지 전화가 왔으나, 받지 않았다. 휴가가 끝나면 돌아가 용서를 구하려 했다. 어머니의 톡이 간간이 왔다. 아버지 화 풀릴 테니 무사히 집에 돌아오라고 했다. 민수는 알았다고만 톡을 보냈다.

민수는 감건호와 눈을 마주쳤다. 그의 눈은 온순해져 있었다.

"먼저 고민을 털고 소통을 하면 피디님하고 원활할 거예요. 선생님 혼자 다 싸 짊어지니까 미치는 거죠. 소통해요. 방송에서는 사건 전에 소통을 했으면 이런 큰 범죄 안 벌어진다면서 왜 정작 본인은 못해요? 실천하세요."

감건호는 고개를 저으며 넥타이를 확 풀었다.

"이상하게 안 돼. 나는 예전부터 여자친구 사귀다가 실연만 당해. 남들은 차일 때를 안다는데 나는 까이기 10분 전도 몰라. 말해줘야 알아. 눈치를 못 채. 그런데도 심리학 공부해서 범죄자 속내를 들여다본다니 웃기지?"

감건호는 자조했다. 민수는 진지하게 말했다.

"상대방이 질리게 힘든 거 눈치 못 채다가 이별 통보 받은 겁니다. 연락도 거의 안 하고, 본인 말만 일방적으로 하고, 일에 미쳐 살았죠? 지금처럼. 사람은 거의 안 변하니까. 후후, 저도 그런 경험 있어 압니다."

사귀다가도 바빠 메시지 제대로 보내본 적 없고, 구치소 수감자 접견할 때는 아예 연락을 받을 수 없었다. 독신으로 사는 데에는 연애에 정성을 안 들여서다. 사실 실연당할 만했다.

"어릴 적에 부모님 이혼하셔서 새엄마와 살았다."

민수가 잠자코 있었다.

"굉장히 잘해주셨고 나도 조숙해서 잘 보이려고 애썼어. 그러다 보니 소통도 거의 없고 무조건 예스맨이 됐지. 공부도 열심히 하고. 난 성실하고 착한 게 무조건 좋은 건 줄 알았거든. 부모님들이 좋아하겠지 하면서."

"어릴 적에 제대로 소통을 안 배우셨네요."

"그럼 나 어떻게 해야 할까? 인생이 변하려면."

"그동안은 범죄심리학이나 추리 소설처럼 범인이 누구냐, 왜 그런 짓을 했느냐에 초점을 맞췄겠지만, 이제는 순수 문학이나 인문학처럼 범죄 사건을 통해서 인간의 원초적 욕망이나 사회 현상을 보고 사람 자체의 본능과 속성, 본질을 느껴요. 열린 결말로 넓게 결과를 이해하구요."

"고, 고마워. 그런 거 오랜만에 들어본다. 원론적 충고."

"왜 제가 그렇게 말하느냐면, 이제 연쇄 살인범은 씨가 말라서 프로그램 소재도 거의 없잖아요."

"그, 그거야 골목골목마다 CCTV가 있으니 범인도 금방 잡히고, 몸을 사리는 거지."

"그래서 샘의 일거리는 줄어들 거란 말이죠."

감건호도 잘 알고 있었다. 사건 아이템이 고갈돼서 2년 전에 일어난 실종 사건으로 고한에 와서 촬영하는 실정이다. 감건호는 크게 고개를 끄덕였다. 동감의 뜻으로 눈을 맞췄다.

"참, 우리 이 사건 조사하는 거 실전 팁 좀 줘요. 수사 경험이 있으니 팁 알잖아요. 우리 고전 중입니다."

"왜? 잘난 척하고 프로파일링이 어쩌고 날 깔 때는 언제고?"

"좀 도와줘요, 우리도 한계라니까요."

"허 참, 후후. 거봐. 이봐 애송이 탐정들, 김전일, 코난 씨에게 말하는데 수사는 그런 게 아니야. 강력 사건은 그물 짜기식으로 접근해야 하는데, 실종 사건에서는 당일의 행적과 몇 개월 전의 행적도 찾고, 휴대폰 역발신 내역 영장 떼서 알아보고, 메시지 등을 복원해야지. 그리고 가족이나 친구 이웃의 동향이나 알리바이도 필요해. 은행계좌나 보험이나 신용관계 등도 파악해야 하고. 이메일이나 사이버 기록도 포털 업체에 영장 보내 확인해야지."

민수가 반발했다.

"그건 모두 영장 있어야 되고, 지금 2년이 지난 상황에서 알리바이 파악하는 것조차 힘들잖아요."

"그래서 이 사건이 초동이 잘못된 거야. 피해자가 우울증을 앓았다 하니 자해하고 단순 가출로 파악, 그래서 DNA나 족흔 등을 잘 채취하지 않았고, 현장 주변의 CCTV도 거의 없어서 겉핥기식이 된 거지. 누가 미제 될지 알았나?"

"그러니 팁 좀 달라고요."

"그래, 줄게. 나는 프로그램 찍는 거라 직접 수사에는 별 관심 없고 볼만한 영상과 미스터리 흥밋거리에 초점을 맞췄지만 니들은 그렇게 목숨거니까 팁은 주지. 일단 김미준이 다니던 병원이나 친구들을 찾아보고, 목격자 탐문도 해봐. 그리고 이게 제일 중요한데 실종이 아니라 혹시 납치나 불미스런 사건에 관여됐다면 이 근처 우범자나 성범죄자 탐문도 중요해. 하지만 너희들이 경찰이 아니니 접근 불가능. 따라서 너희들은 할 수 있는 최대치가 사이버 수사야. 누구나 접근 가능한 서치를 통해서.

김미준이 사교는 적지만 20대라는 나잇대를 고려. 분명히 SNS 혹은 인터넷 어딘가에 흔적 남겼어. 그걸 찾아내. 그리고 힌트 하나 더! 이건 업체를 끼고 해야 하지만, 아주 중요한 팁인데 '고한 미제 사건', '고한 실종 사건', '고한 실종 미제 사건', '강원도 20대 여성 실종 사건'더 나가서 '김미준 실종 사건'을 주기적으로 몇 백 번 검색하는 IP 주소를 찾아내 봐. 그 사람은 분명히 관련자야. 궁금해서 검색하는 거야. 물론 내 프로그램이 방송되면 '감건호 고한 사건 프로파일링', '감건호의 미제 추적 고한 실종 사건'식으로 트래픽이 더 늘겠지. 안 그래?"

감건호는 여기까지 맨정신으로 말했지만 갑자기 술기운이 확 오르면서 정신이 나가며 상체가 휘청거렸다.

"아 참, 그리고 샘의 여자친구 문제는 정성이 없어서 그래요."

감건호는 머리를 한 대 맞은 거 마냥 충격으로 눈을 감았다. 주저리주저리 속내를 말하다 보니 술이 확 깼다. 모두 맞는 말이었다. 어린 친구가 어떻게 내 인생을 더 잘 아는지 신기했다. 감건호는 민수의 오목조목한 얼굴을 요모조모 뜯어봤다. 말도 잘하고 잘생긴 녀석이었다. 이런 아이를 왜 그리 무시했을까.

자신은 시청자들을 새어머니처럼 생각했다. 떠날까 봐

잘 보이려고 얼굴도 성형으로 튜닝하고 촬영도 기획도 열심히 했다. 하지만 정작 시청자와의 진정한 소통이나 사건에 대한 열정, 진실을 캐려는 선한 의도나 사명감은 줄었다. 겉으로만 잘 보이려 노력했다. 미움받기 싫어 억지로 잘 보이려다 엄한 박 피디나 왓슨추리연맹 회원들이나 스태프들에게 화만 내고 고생시켰다. 그는 본인의 잘못을 깨달았다.

그날 감건호는 민수의 조언대로 시청률이나 신체 컨디션에 관한 고민을 스태프들에게 털어놓았다. 그러고 나서 영상을 몇 개 더 뜨고서 촬영을 무사히 끝냈다.

트라우마가 가져온

갱년기 성장통

밤, 감건호는 숙소에서 늦도록 잠 못 들고 침대에 누워 인생을 돌이켜 봤다. 참 힘든 하루였고, 이제까지 힘들게 살아온 인생이었다. 요즘 머리를 치는 단어는 '지리멸렬'이었다. 삶에 의연하고자 했지만 쫓겼다. 찬연히 빛나는 자리를 원했지만, 심연 속에 가라앉아서 허우적댔다.

우울증 약을 개발하기 위한 동물 실험 가운데 유명한 실험이 강제 수영 실험이다. 쥐를 발이 닿지 않는 수조에 넣고 관찰한다. 한동안 수조 벽을 타고 오르려 하고 허우적대지만, 시간이 흐를수록 쥐는 포기하고 움직이지 않는다. 쥐를 꺼내서 하루가 지나 다시 수조에 넣고 쥐가 얼마나 움직이는지 관찰해 우울도를 파악한다.

감건호는 지금 본인이 실험 생쥐가 된 느낌이었다. 아무리 용을 써도 현실이 바뀌지 않아 움츠러들게 된다. 과거의 기억이 떠올라 머리를 흩뜨렸다.

서울지방경찰청에서 일할 때 한 여성을 담당해 인지면담한 적 있었다. 강남경찰서에서 공조를 요청한 사건으로 게임 산업으로 명성을 얻은 젊은 사업가가 룸싸롱에서 일하는 여성을 따로 불러내 자신의 집에서 성폭행했다.

여성이 유흥업소 직원, 남성이 서울대 출신의 부와 명성이 있는 셀럽이라는 게 그녀에게 불리했다. 게다가 남자는 긍정적 마인드로 청년들의 멘토로서 강연도 백여 차례 다녔다. 여성이 말짱한 정신에 자발적으로 남성의 집에 들어가 같이 술을 마신 것도 불리했다. 남성의 현관문 CCTV에 그녀는 미니스커트에 하이힐, 어깨가 드러난 블라우스를 입은 채였고, 형사들은 여성이 돈을 원해 무고한 것은 아닌지 의심했다. 사업가는 동의한 성관계임을 주장했고, 여성은 성폭행을 당했다고 일관되게 주장했다. 감건호가 여성부터 면담했다.

여성은 차분하게 자신이 당한 일을 진술했고, 감건호도 뉴욕 성범죄 수사관이 쓴 《성범죄 수사 핸드북》 원서뿐 아니라 여러 논문을 읽은 터라 순차적으로 자세하게 면담했다. 성폭력 진술 조사는 아픈 사건을 떠올리게 해 피해자를 불편하게 한다는 세간의 논란도 있지만(심지어 2차 폭력이라는), 무고한 희생자가 나오지 않기 위해 세밀한 질문을 던진다.

여성은 잘 협조했고, 감건호는 여성의 야한 옷차림이 가해자를 도발하지 않는다는 지론을 믿었다. 여성이 술에 취했거나 잠들었거나 혹은 '노우'라고 거절 의사를 밝히면 하지 않아야 한다. 그녀는 분명하게 사업가에게 거절했지만, 사업가는 다짜고짜 그녀를 성폭행했다. 이는 산부인과 의사의 진찰에서 성기 부분의 열상이 발견돼 법의학적 증거로 채택됐다.

하지만 이 사건은 여성의 한 가지 거짓말로 홱 뒤집어졌다. 여성은 자신은 콘돔을 가져가지 않았고 남성이 가져와 사용했다고 했다. 하지만 여성은 자신의 집 근처 편의점에서 일주일 전, 사건에 사용됐던 콘돔을 구매했다. 이부분이 나중에 CCTV로 밝혀졌다. 여성은 당황해서 콘돔을 자신의 핸드백에서 남성이 빼는 것을 못 봤다고 했다. 남성은 여성이 줬다고 진술했다. 재판 과정에서 여성은 꽃뱀이라는 등 무수한 비방을 받으며 큰 상처를 입었다.

감건호가 최면 관련 수사도 여러 건 진행하면서 깨달은 것은 인간의 기억은 한정적이고 편향적이라는 거였다. 성폭행 상황에서 여성은 남성이 자신의 가방에서 콘돔을 빼는 걸 인지 못 할 수 있고, 혹은 진술 시 기억이 안 났을 수 있다. 하지만 편의점 CCTV 영상에서 국민참여재판 배심원들은 여성이 거짓말을 했다고 생각했다. 그들은 그녀의 의상은 야했고, 남성의 집에서 자발적으로 술을 먹었으며 직업도 고려해 불리한 판결을 내렸다.

사례집에도 성폭행 허위 신고 사례가 다수 있기에 피해자의 거짓말은 중요한 위반으로 보았다. 피해자의 거짓말

하나로 재판 과정이 뒤집어질 수 있다.

경찰은 사건의 방법과 경과뿐 아니라 현장의 모든 상황을 숙지해야 한다. 그리고 사용 도구도 조사하고, 피해자나 용의자의 과거 이력과 현재의 병력, 취미나 인간관계 등도 알아야 한다. 그로 인한 선입견을 가져서는 안 되며, 수사에 활용하기 위해서는 재판 과정에서 드러날 자잘한 일들을 미리 알아야 한다.

그녀는 합의금을 받고 한 달 후 자살했다. 감건호는 유가족의 전화를 받았다.

"당신이 우리 연희를 그렇게 가게 했나요? 저는 가슴이 무척 아픕니다……"

유족에게 시달리던 강남경찰서 형사가 참다못해 감건호의 직책을 알려줬다. 그녀의 어머니는 여러 군데 원망의 전화를 돌리다 서울지방경찰청 과학수사계에 전화를 넣었다. 안 받을 수도 있는 전화. 하지만 받았다. 유족을 설득할 수 있다고 여겼다. 그런데 첫말에 그냥 무너졌다. 죄송하다는 말이 입에 붙어 안 나왔다. 자신은 매뉴얼대로 처리했고 그녀의 실수가 모든 걸 어그러뜨렸다고 말했다. 과오를 인정하면 경찰의 체계를 무너뜨리고 혹시 있을지도 모를 재심에서 불리하다.

감건호는 뻔뻔하게 나는 잘못이 없으며, 따님의 거짓말이 재판에 악영향을 끼쳤다고 했다. 그리고 힘내서 긍정적으로 건강하게 사시라고 덕담도 섞었다. 그 후 전화는 없었지만, 그는 한동안 슬럼프에 빠졌다. 수사 공조를 피하고 구치소 수감자를 만나서 심리보고서를 만들어 범죄관련 자료집에 실었다. 통계내서 자료 쌓는 일을 도맡았다. 가끔 자신이 왜 인간의 고통이 응집된 구렁텅이에 있나 회의가 들었다. 아버지가 툭 던진 말이 짚였다.

"네 증조할머니가 무당이셨다."

감건호는 그 말을 경찰에 있을 때 처음 들었다. 모르던 집안 내력이었다. 그는 다른 사람의 고통을 어루만져 주는 사이킥(psychic: 영매)였다. 힘든 일도 남을 위해 짊어지고 왔지만, 이런 날에는 몽땅 던져 버리고 싶었다. 오늘 밤, 고통에 간 그녀의 지친 표정이 또렷하게 떠올랐다.

'김연희 씨, 어머님, 진심으로 미안합니다. 저는 이 말 건네기가 그렇게 힘들었나 봅니다.'

피할 수 없다고 여겼던 과정들이 사실은 자신의 선택이나 잘못으로 만들어졌다. 그는 자책감에 깊이 빠졌다. 감건호는 엎드렸다. 눈물이 나와 베개 커버를 적셨다.

"흐흑흑, 어머니 죄송합니다."

그는 밤새 눈물을 흘리다 말다를 반복했다. 잠은 달아나 버렸다.

그날 밤, 민수가 촬영을 마치고 숙소로 돌아왔다.

"그루밍 기법?"

민수가 큰 소리로 물었다. 진영이 차분하게 답했다.

"응, 그루밍(grooming)은 마부가 말을 빗질해준다는 뜻. 목욕시키고, 말끔하게 꾸미면서 길들이는 조련 과정이야. 어른이 미성년자를 유혹할 때 이 방법을 써. 미성년자들의 비위를 맞추고, 용돈을 주고 손아귀로 끌어들이지. 미성년을 이용해 성범죄를 저지르고 성매매에 이용해."

민수가 주승을 보았다.

"나도 일터에서 어르신들의 신뢰를 잘 얻어. 작업장에서 사람 관계는 정말로 만족하거든. 조련의 왕자라니까. 아버지의 강압적 관계만 제외하곤."

선미가 웃었다.

"임민수! 네가 선한 사람이어서 다행이다."

"상담 실력이 타고났는데 기술로 이용해 범죄에 악용하는 게 안타깝네."

진영이 덧붙여 해설했다.

"실종자 블로그에 드나든 몇 안 되는 사람 중에 여성이 있을 확률은? 모든 가능성을 열어봐. 여성을 꼬드기는데 다른 여성을 이용하는 것만큼 확실한 방법은 없어. 왜냐면 동성에게 친화적이고 경계를 풀지."

주승이 날카로운 눈빛으로 받았다.

"이 사건에 분명히 남자와 다른 여자가 있다는 걸 추정하는 거야?"

"비슷해. 자작극으로 사라지려면 남자 혼자만으로 벅찼을 수 있어. 만약 어떤 잘생긴 남자를 내가 만났다 쳐봐. 엄청 잘해준다면 경계할 거야. 내 성격 잘 알잖아. 너희에게 이렇게 다가간 것도 기적인 거. 김미준 씨도 다르지 않아. 내성적이고, 사람을 기피해. 그 상황에서 왜 저 남자가 잘해 주지 의문이 들어. 그때 남자의 여자 사람 친구가 이 남자는 신원이 확실하고 좋은 남자라고 보증하면 빗장을 풀고 호감 가질 것 같아."

선미가 말을 받았다.

"나도 여성이 왜 남자의 범죄에 동조하는가를 연구한 논문을 읽었어. 패턴이 있대. 첫 번째, 범인은 감정 트라우마가 있는 순진하고 의존적인 여성을 노려. 두 번째, 이 여성들에게 엄청 잘해줘. 선물과 찬사는 기본. 세 번째는

규범을 새로 만들어서 순응하고 희생시켜. 네 번째, 가족으로부터 고립시키고, 마지막 단계는 이 여성을 괴롭히다가 다른 희생자를 찾는 데 이용해."

민수가 놀랐다.

"우와, 우리나라에도 비슷한 사건들 꽤 있었잖아."

"어디나 똑같지. 사람 사는 데는. 그래서 정신과 의사와 환자가 합의하에 관계를 했어도 불안정을 이용한 성범죄로 파악해."

주승이 추론을 했다.

"그렇다면 누군가 그녀의 블로그 글에서 외로운 걸 눈치 챘어. 의존적 성격과 기댈 사람도 없다는 걸 알아냈지. 그가 그루밍 기법으로 실종자를 길들여 이런 사건을 벌였다?"

선미의 물음에 주승이 이어 답했다.

"근접해."

"김미준은 인간관계가 좁아. 모윤정을 찾아봤지만 사이버상에서 실명으로는 없었어."

주승은 고개를 끄덕였다.

"실종자를 찾기 위해서는 징검다리를 한 단계씩 건너야지. 모윤정은 여기 사는지 행정복지센터에 가서 취재진 도움으로 알아보자고. 감건호가 협조를 해줄지 모르겠지만."

"저번에 실종자 어머니가 다른 데로 간 지 꽤 됐다고 했잖아?"

"다시 돌아왔을지 모르니까. 본가가 여기 있는지도 모르고."

"사실 클로징 뜨면서 감건호 아저씨와 교감이 됐어. 그 아재가 수사 기법을 좀 알려줬는데, 일단 주변 탐문을 더 해보고, 사이버 서치를 계속해보래. 가능한 데까지. 마지막으로 '고한 실종 사건'등을 키워드로 수십 번을 검색하는 사람은 관련자일 확률이 높다는군. 그런데 우리도 여태까지 자료 찾느라 그랬고, 작가나 피디님도 여기 해당돼. 게다가 그 IP 주소를 어떻게 찾을지도 모르겠고. 좀 홀드하자."

민수의 말에 모두 수긍했다.

"그건 내가 알아보라고 시킬 친구들은 있는데. 일단 알았어."

주승이 상황을 정리했다.

다음 날 주승과 선미는 박 피디가 준 정보로 실종자가 다니던 병원을 탐문하기로 했다. 민수와 진영은 감건호의 허락을 받아 취재진과 함께 행정복지센터를 방문했다. 박 피디가 사무실에 갔고 민수와 진영은 1층 로비에서 기다렸다.

"고합읍이 추리마을로 지정돼서 로비에 추리 소설이 많네."

"이 작가 나 되게 좋아하는데."

민수와 진영이 대화하는데 박 피디가 로비로 왔다.

"어떻게 되셨어요?"

박 피디가 고개를 저었다.

"전출한 지 4년이 넘었다는데요. 성인이 돼서 여기를 빼서 어디론가 옮겼대요."

"어디로요?"

"이것도 힘들게 알아냈어요. 현주소는 알려줄 수 없대요. 취재 협조 공문도 안 먹혀요. 일단 본인이 가족에게도 접근을 막아놨대요. 개인정보라 알려줄 수 없대요. 본가도 재작년에 이사해 청주로 나갔어요."

민수가 무심코 말했다.

"어떻게 해볼 수가 없네요."

"감건호 선생님은 어디 계세요?"

진영의 말에 박 피디의 표정이 살짝 어두워졌다.

"편찮으셔서 숙소 계세요."

민수가 놀랐다.

"아파요?"

"그건 아닌데, 컨디션이 안 좋대요."

"멘탈 무너진 거 같던데요."

"저도 그런 모습은 같이 일한 동안 첨 뵈어서요."

"피디님, 그럼 어떻게 하죠?"

"모윤정 씨, 인터넷으로 찾아보죠. 외주업체에 그런 거 전문으로 하는 분들 있어요. 일일이 대조해보는 무식한 방법을 써서도 알아내요. 여기서 일정 마치죠. 그동안 우리가 힘들게 했는데 함백산도 둘러보고 하세요."

"거긴 가봤으니, 우리 하이원 리조트에 내려주세요. 가보고 싶어요."

박 피디는 차를 운전해 진영과 민수를 리조트에 내려주었다. 그들은 넓은 대지에 들어선 화려한 리조트의 전경과 수많은 사람에 놀랐다.

"민수야, 어디 가보게?"

"강원랜드. 한번 가 보고 싶었어."

"어? 카지노?"

"우리 성인이야, 들어갈 수 있어."

"그렇지만."

"가보자."

민수가 이끄는 대로 진영도 따라갔다. 자동매표기에서 만 원 지폐를 넣고 표를 샀다. 강원랜드 그랜드 호텔의 로비를 지나 입구로 들어가니 웬만한 컨벤션 전시장보다 훨씬 넓은 수천 평의 카지노 객장이 나왔다. 진영은 007 영화에 나오는 화려한 드레스와 턱시도의 손님들을 상상했지만 남녀노소 평범한 사람들이 수천 대가 넘는 게임기 앞에 앉아 있었다. 슬롯머신에 앉아서 지속적으로 레버를 내리는 아줌마가 있었고, 블랙잭이나 바카라 테이블에서는 수십 인의 사람들이 모여서 게임을 했다. 젊은 여성 딜러가 카드 쇼잉과 셔플과 라운드 선언을 하고 배팅을 받았다. 플레이어들의 칩들이 곳곳마다 쌓였다. 딜러가 배팅을 종료하고 카드를 뽑자 플레이어들이 숨을 일시에 참았다. 진영이 민수의 귀에 속삭였다.

　"누가 이기는 거야?"

　"블랙잭은 2장 이상 카드에서 합계가 21을 만들어야 블랙잭이야."

　사람들의 탄식과 환호성이 교차했다. 탄식이 압도적으로 컸다. 딜러는 수백 개의 칩을 자신 쪽으로 당겨 가져갔다. 세 명의 사람이 돈을 딴 것 같았다. 그들에게는 딜러가 칩을 배당률에 따라 지급했다.

민수는 진영과 함께 게임을 보고 중앙으로 이동했다.

"민수야, 아까 봤어? 플레이어들은 딜러가 따는 수백 개의 칩은 보지도 않고 오로지 돈을 딴 세 명의 칩을 보더라. 우리는 딜러가 딴 수백 개의 칩이 아까워서 보고 있었는데."

"그건 그래. 다들 몰입하다 보니 판단이 조금 힘든가. 어, 음료수 공짜다. 콜라 마시자."

음료수를 제공하는 바로 가서 탄산음료를 마셨다. 수천 명의 사람이 주변을 둘러보지 않고 게임에 몰입하는 건 진기한 광경이었다.

"아마, 연예인이 지나가도 모를 거야."

"누가 옆에서 기절해도 모를걸?"

"내가 언제 저렇게 집중했나 되돌아보게 한다."

민수의 말에 진영은 웃었다.

"잘 구경했다. 가자."

한편, 주승과 선미는 병원에 가는 중이었다. 차창 밖으로 고한의 아름다운 풍광이 보였다. 산을 배경으로 아파트들과 오래된 집들이 어우러졌다. 과거와 현재의 모습이 겹쳐져 보였다.

"다른 시골과 여기는 분위기가 정말 달라."

"과거의 영화가 있기 때문이지. 탄광에서 나오는 돈은 이 마을로 흘러들어서 사람들을 풍요롭게 만들었어."

"유흥업도 같이 번성하고. 학교를 많이 지었다면 지금도 사람들이 많이 유입되는 곳일 텐데."

"폐광산과 폐공장 등이 곳곳에 있고, 또 전시관으로도 변신했어. 리조트가 서고 문화 시설이 됐지만 아직도 마을에 흘러내리는 특색 있는 기운이 느껴져."

"특색 있는 기운?"

선미가 물었다.

"꿈틀거리는 기운. 활발하게 살아 움직이는 생동감, 그렇지만 죽은 듯이 누운 고요 속의 생명력."

이런 말을 주고받으며 병원에 도착했다. 5층 건물은 지은 지 50년은 넘어 보였지만 최근에 단장을 한 듯이 벽면은 베이지색 벽돌로 마감돼 있었다. 주승과 선미가 로비로 들어가니 내부 시설은 바깥처럼 새 인테리어는 아니었다. 지방 도시에 있는 중간 크기의 병원에 온 듯했다. 로비에 할아버지, 할머니 수십 인이 TV를 보면서 각 과의 진료를 기다렸다. 선미는 프런트에서 김미준을 진료했던 의사를 문의했다. 간호사가 안 가르쳐 주자 주승은 전선자의 위임장을 찍은 사진을 내밀었다. 사진 파일은 박 피디에게 미리 받아두었다. 간호사가 신경과 진료실 앞에서 기다리라고 했다.

잠시 후 간호사가 나와서 이름을 불렀다. 주승과 선미가 들어가자 키가 190㎝가 넘고 체구가 큰 30대 후반의 젊은 의사가 맞았다. 그는 진료실 중간의 작은 소파와 테이블을 가리켰다. 진료실은 제법 넓었다.

"여기 앉읍시다. 실종 사건으로 경찰이 몇 번 다녀갔는데 도움이 크게 못됐죠. 저는 안타까워서 누구든 다시 오셨으면 했죠. 저는 신경과 과장 서경식입니다. 감건호 선생은 어디에 계시죠?"

선미는 자신들은 추리 카페 회원으로 감건호 일을 돕고 있으며, 그는 다른 데서 조사한다고 했다.

"여기에는 나이 드신 분이 선생님으로 계실 것 같았는데요."

선미의 질문에 서경식이 미소를 지었다.

"저 먼저 계시던 분은 여든이 넘으셨죠. 저는 정선군 보건소에 공중보건의로 근무하다 여기가 마음에 들어 정착했습니다."

"특별한 이유가 있으세요?"

"후후, 뭐 도박 중독돼 그런 건가 의심하는 분들도 계셨지만, 카지노는 1년에 두어 번 가서 분위기만 보고 옵니다. 여기 젊은 공무원분들 하고 술도 하고, 같이 산불 감시도 하고 재밌게 살아요."

주승이 진지하게 물었다.

"김미준 씨가 이 병원을 다녔다고 해서요."

"제가 줄 수 있는 게 수면유도제 정도죠. 시내 정신과 있는 병원으로 가서 심리 검사와 진단을 받으라고 했어요. 진찰을 해도 정신 질환이 의심됐지 신체 질환은 아니었죠. CT 사진과 심전도 검사, 그리고 각 부위의 초음파에서 이상이 없었습니다. 가슴이 답답하고 숨쉬기가 어렵고, 자꾸 몸이 처지고 머리가 아프고 망상에 빠지고 마음이 들뜬 증세였죠."

"다른 병원서 진료 이어갔는지 알아볼 수 있나요?"

"경찰에게 들었는데 다른 병원은 안 갔대요. 처방 약도 동일 성분만 알아보지 다른 처방 약은 몰라요."

"그럼 다른 병원에서 수면유도제 처방 받았는지 알아볼 수 있을까요?"

"의료법 위반이라 그렇기는 한데, 긴급한 사안이니까. 잠깐 저만 볼게요."

서경식이 컴퓨터를 유심히 살폈다.

"그 약은 처방 기록 없습니다. 피부과나 성형외과에서 비보험 진료나 수술을 받는다면 기록을 안 남기기도 하죠. 정신과 기록도 남기지 않으려고 보험 적용받지 않고 약 타는 분도 계시고. 기록이 전부는 아닙니다."

"도움받을 수 있는 게 없을까요?"

"잠깐만요. 차트 좀 읽고요."

주승은 진료실 안을 둘러봤다. 고급스러운 장식은 하나도 없었다. 노인들이 선물로 줬을 법한 두툼하고 큰 늙은 호박, 꽈리 고추 말려놓은 장식, 리본으로 엮은 보리 등 농산물로 만든 장식들이 곳곳에 있었다. 서경식을 보니 가운 밑의 바지는 허름했고, 슬리퍼는 해졌다.

"차트에 이렇게 써놨네요. apathy, generalized anxiety disorder가 의심된다."

"무감동이나 범불안장애를 생각하신 겁니까?"

"네, 함부로 진단 내릴 수 없지만 구석에 이렇게 의심된다고 적어놨죠. 피로했고, 표정이 굳었고, 손이 떨리고, 긴장 증세인 가슴 통증과 호흡 곤란이 나타났으니까. 공황장애로 발전할지 모르니 어서 정신과에 가보라 했죠."

그가 잠시 머뭇거렸다. 주승은 뭔가 얘기가 나올 성 싶었다.

"어머니가 많이 걱정하셔서 최대한 사건 조사에 공들이고 있어요. 더 말씀해주실 것은 없나요? 김미준 씨가 진료 와서 어떤 말을 했죠? 사소한 거라도 좋아요."

"그게 저……."

"제작진에게 비밀 엄수할게요. 방송 안 타게요."

"개인적 이야기를 좀 했어요. 힘들고 어디론가 도피하고 싶다고. 저한텐 그런 감정이 안 드느냐고 물었죠. 환자분이 의존해서 부담돼 말을 흐리고 피했죠."

대화가 무겁고 긴장감이 흘렀다.

"한 번은 저한테 개인적으로 손편지를 줬죠. 오빠 같은 감정을 느낀다면서 병원 밖에서 만나서 커피 하자고 했어요. 유혹하는 말도 있었죠. 전 연락 안 했어요."

선미가 물었다.

"그런 일이 흔한가요?"

"그렇지는 않은데, 오해하는 분도 계세요. 의료진은 사명과 직업의식으로 진료하는 겁니다."

"편지를 볼 수 있을까요?"

서경식은 고개를 저었다.

"돌려줬어요. 다음 진료 왔을 때. 서운한 눈으로 노려

봤죠. 그게 마지막 진료 날이 됐고, 더 이상 오지 않았어요. 그러고 나서 6개월 정도 있다가 그 사건을 기사로 접했죠."

"아까 형사님들이 찾아오셨다고 했잖아요?"

선미가 질문을 던졌다.

"그랬죠. 그런데 그건 시사 프로 소개되고 나서 뒤늦게입니다."

"사건 이후 어떤 마음이 드셨나요?"

주승이 물었다.

"미안했죠. 뭔가 안 좋은 일이 있을 거 같았죠. 안정된 상태가 아니어서요."

"진료 차트에 다른 정보는 없을까요?"

서경식은 컴퓨터를 자세히 보다 고개를 들었다.

"그다지요. 참, 저에게 엽서 하나 보내준 게 있어요. 어떻게 알았는지 제 생일날 엽서를 보냈는데, 그거 보여드릴게요."

"그때가 언제인가요?"

"마지막 진료 보고 두 달쯤 있다가요. 형사님에게도 보여드렸지만 읽고 돌려주셨어요."

서경식이 서랍을 뒤져서 엽서를 하나 꺼냈다. 선미가

받았다. 주승은 몇 가지 더 질문했다. 선미가 엽서 앞뒤를 허락받고 카메라로 찍었다. 주승과 선미는 병원을 나와 주차장으로 갔다.

"주승아, 이것 봐. 엽서가 컬러렌즈 체인점에 비치된 광고 엽서야. 내용은 서경식 선생님한테 고맙다, 생일 축하한다는 내용뿐이지만 이 엽서를 얻은 데는 다비다 컬러렌즈 체인점이야."

"전국에 체인점이 몇 개야?"

"엽서에 나와 있네. 전국 15개. 서울에만 6개. 여기 정선군에는 없어."

"엽서 보낸 게 실종 전이지. 서울부터 조사해볼까?"

"응. 서울 와서 누구 만나다가 렌즈 체인점에 들렀을 수 있어. 혹은 그녀에게 선물로 렌즈를 보냈다가 광고 엽서까지 끼어 있을 수도 있고."

"전화해보자."

주승은 주차장 벤치에 앉아서 엽서에 적힌 전화번호를 서울부터 차근차근 돌렸다. 그는 김미준과 모윤정 이름을 대고 고객리스트에 있는지 확인했다. 직원은 확인해줄 수 없다고 했지만, 주승은 직원의 휴대폰으로 위임장 사진을 보내며 정중히 부탁했다. 서울의 3개 지점에서는 없다고 했고, 1개 지점은 끝까지 확인 불가했다. 다섯 번째 반포 지점에 전화를 걸었다. 선미가 전후 이야기를 하고 김미준, 모윤정 이름 확인을 부탁했다. 직원은 잠시 기다려달라고 했다.

"있네요. 모윤정 씨가 있습니다. 확인되셨나요?"

선미는 깜짝 놀라 고맙다고 하고 끊었다.

"아, 다시 물어보자. 모윤정이 언제 마지막으로 방문했는지."

선미는 다시 가게에 전화를 걸었다. 직원은 2년가량 지났다고 대답했다. 전화번호나 주소도 부탁했지만 직원은 그것은 안 된다고 했다.

"모윤정이 이 체인점 근처에 살았던 것 같아."

"아이디어 얻었다. 주승아, SNS에서 모윤정, 반포 지역, 만항재 초등학교나 출신 학교, 고한 관련으로 한번 훑어보자. 실명 계정 못 찾아냈지만, 누군가 이름을 올렸고 반포와 연관됐다면 걸리는 게 있을 거야."

그들은 근처에 있는 삼탄아트마인으로 이동해 카페에서 식사를 했다. 그리고 커피를 마시며 노트북으로 검색했다.

"모윤정과 관련 정보 넣어도 잡히지 않는데."

한참을 알아보던 선미가 외쳤다.

"이거, 이거, 김미준 페북 계정은 찾았어. 맞는 것 같아. 그 렌즈 가게 이름, 실종 전에 사용하던 휴대폰 번호, 그리고 블로그 아이디로 여러 개 조회해 봤는데 이것 같아. 가명으로 가입했어."

주승이 패드를 보면서 심각한 표정을 지었다.

그들은 여인숙으로 돌아왔다. 1시간이 지나 민수와 진영도 돌아왔다. 네 명이 앉아서 회의를 열어 서로 알아낸 정보를 교환했다. 그중에 주승과 선미의 정보에 일단 집중했다. 주승이 설명했다.

"김미준의 페북 친구는 30여 명. 그중에 의미 있는 댓글을 달거나 자주 공유를 하는 사람은 10여 명. 그리고 그중에 남자는 3명."

진영이 반론을 펼쳤다.

"남자로 한정해도 될까? 페북도 여자 사진 거는 남자도 있어. 게다가 실종 사건 관련자가 남자라고 단정하면 다른 용의자를 놓치잖아."

"모든 관련성을 열어야 되지만, 그래도 합리적인 판단으로 일단 우리가 접근할 수 있는 계정으로 들어가서 가능성이 높은 사람을 선별해야지."

주승의 말에 민수가 정리했다.

"좋았어. 주승이가 추린 세 명을 보자. 일단 '민동수'계 정은 건국대 대학원생, 타임라인을 훑으면 단순하게 인터 넷으로 연결된 사이 같음. 친밀하기보다 댓글을 달아주고 서로 '좋아요'눌러주는 사이. 실제 만난 적 없을 확률 무지 하게 높음."

선미가 이었다.

"내가 분석한 '나이스 가이'계정은 실명이 아님. 반말을 댓글에 써서 친해 보이나 이 사람은 누구에게나 반말을 섞 어 씀. 그리고 댓글도 많고 '좋아요'도 많이 눌렀지만 결국 본인 미장원에 오라고 추천하는 정도. 이 사람은 영업하 려고 다른 계정에도 댓글 달아."

주승이 의미심장하게 말했다.

"의미 있는 건 이 사람이야. 먼저 김미준의 블로그로 돌 아와서 댓글 이거부터 봐봐."

주승은 댓글을 보였다.

−girl8

힘을 내세요, 그 외로움을 보듬어주는 누군가 나타날 겁니다.

산상의 화원이라 만항재 말씀하시는 건지요.~~

주승이 말을 이었다.

"사이버 언어를 리딩하는 건 가능해. 주로 말끝에 ㅋㅋ, ㅎㅎ, **, ^^, ~~, ^^;, :) 등의 이모티콘을 붙이는 사람과 안 붙이는 사람으로 나뉘고, 이모티콘도 사용하던 걸 계속 쓰지. 이 의문의 남자는 쉼표나 마침표를 꼬박꼬박 붙이고. ~~ 이모티콘을 잘 써. 밝고 친근하고 다정한 느낌이 들어. 철자법에 익숙한 지적인 분위기도 풍기고. 진짜 시그니처 특징은 바로 이거."

주승은 손가락으로 .~~을 가리켰다.

"진짜 특이하지? 마침표에 ~~를 붙이다니. 보통은 마침표 없이~~를 붙이는데. 블로그 댓글에 girl8 아이디로 댓글 달 때 그렇게 했지. 그래서 난 이 페북 계정을 의심하고 있어."

"이거? '친절한 사람'이라는 계정?"

민수의 물음에 주승이 고개를 끄덕였다.

"응, 정확하게 마침표에~~를 붙이는 사이버 언어 습관이 일치해. 특이하지. 이런 사람 많이 없어. 문장 끝에 .~~를 붙여. 친구들은 200명가량, 내가 프로파일링을 해봤는데 현황을 보면 주로 셀카를 찍어올리는 20대 초중반 여성들, 화장을 짙게 하고 화려한 얼굴로 포토샵을 한 사람들이 많아. 그렇지만 그들 중에 오프라인에는 친구가 그다지 많지 않고 사귀는 사람들이 제한돼 있으며 정보는 많이 공개된 여성들 같아."

"페북을 보고 그 사람들이 오프 친구가 적은지 어떻게 알아?"

"페친 수도 적고 단체나 행사 사진이 거의 없어, 얼굴 셀카만 올리거나 집에서 소품이나 요리한 걸 찍은 사진만 올려. 친구나 외부 활동이 적고 학교에서는 아싸(아웃사이더) 같은 존재일지도. 추정에 불과하지만. 친절한 사람 계정은 이런 여성들에게 집중적으로 댓글을 달아. 달콤한 말들로."

"그루밍 기법이 잘 먹힐 대상자를 선별한다는 거군."

"응. 외모, 성격을 칭찬하고, 어떤 책과 영화를 좋아하는지 페북 타임라인으로 파악을 하고 슬슬 그런 주제로 접근해."

"어떻게 하지?"

"진영이 네가 미끼가 되는 건 어때?"

선미가 진지하게 말했다. 진영이 깜짝 놀랐다.

"뭐어?"

"그래도 네가 화장을 하면 화려한 얼굴이고 페북도 비공

개 계정이잖아. 타임라인에 올린 글도 별로 없고. 나는 타임라인에 대학생 시절, 간호사 제복부터 동료들 사진, 병원 등 외부 활동이 너무 많아. 다 삭제할 수도 없고 친구도 500명이 넘고.”

진영은 난처했다.

“하, 하지만 그건 좀.”

“진영이 쪽이 친절한 사람의 관심을 끌 거야. 친구와 교류가 많지 않은 여성.”

민수가 덧붙였다.

“시도하자. 어떤 식의 대화를 나누는지, 실종과 연관이 있는지 성향을 파악해야 해. 친절한 사람의 페북 타임라인에 댓글을 달면서 접근하자. 그리고 진영의 타임라인에 셀카 올리면서 반응도 살피고.”

주승이 심각하게 말했다.

“진영아, 너무 부담되면 하지 마. 전적으로 너 의견 따를게.”

진영이 고민하다 잠시 후 말했다.

“김미준 씨 어머니 떠올렸어. 도와드리고 싶어. 할게.”

선미가 파우치에서 화장품을 꺼내서 진영에게 메이크업을 해줬다. 그들은 화장실에 같이 들어가 옷을 바꿔 입었다. 선미의 베이지색 니트는 목 부분이 파여서 진영의 목이 시원하게 드러났다. 선미는 진영의 머리를 위로 높게 묶어서 당고머리로 만들었다.

"우와~, 사람이 달라 보인다."

민수가 놀랐다. 진영은 쑥스러웠다. 선미는 세심하게 메이크업을 마무리했고, 진영은 부끄러워 고개를 숙였다. 선미는 진영의 사진을 몇 컷 찍어서 쇄골이 잘 드러나는 사진을 올렸다.

"됐다."

주승은 진영에게 '친절한 사람'페북에 댓글을 몇 개 달자고 했다. 친절한 사람의 타임라인에 플라워 카페에서 아이스커피를 마시는 사진이 있었다. 그 밑에 '카페가 어딘가요. 집 근처면 가보고 싶어요.'라고 올리게 시켰다. 진영은 주승이 써준 대로 다른 타임라인에도 댓글을 올렸다.

밤새도록 기다렸지만 메시지는 오지 않았다. 그날은 마감하고 방으로 흩어져 취침했다. 다음 날도 아무런 메시지나 댓글이 올라오지 않았다. 그런데 오후에 친절한 사람으로부터 친구 요청이 왔고, 댓글이 올라왔다.

"심심하면 올래요? 여기는 회사 근처 플라워 카페랍니

다.~~"

친절한 사람은 카페의 위치를 웹 지도 스크린샷으로 보여줬다. 카페는 신사역 근처였다. 민수가 요청을 수락하고, 얼른 메시지를 보냈다.

진영: 가보고는 싶은데, 부끄럽고 그래요. 직접 본다는 게 좀.

친절한 사람: 알고 있어요.~~ 진영 씨는 날 좋아하지 않을지도, 넘 예뻐요. 난 어울리지 않아요.

진영: 아, 아뇨. 저 그런 사람 아니에요.

친절한 사람: 솔직하게 말해도 될까요.~~ 진영 씨, 너무 섹시해요. 이런 말 하면 부끄부끄지만.~~ 그리고 얼굴은 청순하고. 아마도 친구도 따라다니는 남자도 많죠?

진영: 전혀요. 소심하고 아웃사이더라 친구 거의 없어요.

민수는 진영 대신 상대방과 친밀한 대화를 다정하게 나눴다.

친절한 사람: 내 사진 보내줄게요. 얼굴 보여드리고 싶어요.~~

남자가 사진을 보냈다. 첫 사진은 바닷가를 배경으로 하얀색 면 티셔츠를 입고 페도라를 쓰고 해맑게 웃는 사진이었다. 오른손으로 아이스커피를 들고 왼손으로 셀카를 찍었다.

"생각보다 멀쩡하다."

선미가 외쳤다. 뚜렷한 이목구비와 선한 인상, 씩 웃는 밝은 미소까지 한마디로 훈남이라고 생각할 얼굴이었다. 나이는 30대 초중반 정도, 엄친아(엄마 친구 아들)처럼 공부 잘하고 능력 좋고 잘생기고 쾌활한 느낌이었다.

민수는 빠르게 메시지를 보냈다.

진영: 저는 이렇게 환한 세상에 속한 사람이 아녜요. 다크한 모습이 있고, 성격도 내성적이고 의존적이라 결정 장애도 있어요.

진영이 따졌다.

"민수야, 내가 그 정도야? 정말 저런 성격이야?"

"아니, 지금 설정 중. 백퍼 뻥이니까 걱정 마. 도발 중이야. 결정적 증거 확보를 위해서."

갑자기 사진이 왔다. 이번에는 친절한 사람이 거울을 보고 찍은 사진으로 벌거벗은 상반신에 쇄골까지 나온 사진이었다. 어두운 조명, 벌크업 운동으로 잘 다듬은 근육, 무언가를 갈망하는 표정, 게다가 이글거리는 눈빛. 약간 분위기가 묘했다.

선미가 웃었다.

"이걸 어떻게 판단해야 해? 너무 카드를 빨리 꺼낸다. 여기서 여성들 절반 넘게 도망가."

주승이 심각했다.

"거르는 거지. 외향적이고 다른 데 소통할 사람은 갈 길 가고, 기댈 데 없는 사람만 남겨 관리해. 그루밍 기법상 여러 명은 케어가 힘들어. 소수의 특정인만 남기를 원하지."

그때 메시지가 왔다.

친절한 사람: 사진이 불편한가요, 미안해요. 지금 거울 보고 찍었어요.~~ 이게 내 본모습인지도 몰라요.~~ 어둡고 쓸쓸한 모습.~~ 사람들은 나의 밝은 면만 보고 좋아하는데,~~ 나는 사실은 혼자 이런 표정을 짓죠. 불편하시면 얼른 지워요. 정말 미안해요.~~

진영이 외쳤다.

"완전 몰입된다. 쥐었다 놨다 밀당이 대단해."

주승이 인상을 썼다.

"한둘에게 쓴 수법이 아냐. 사람들은 여성의 성적 욕망이 없다고 오해하지만 이 사람은 달라. 그걸 적절하게 이용해. 내면의 은밀한 어둠을 공유하자며. 만약 실종자가이 남자에게 넘어갔다면 충분히 그럴 만한 과정을 겪은 걸거야."

민수가 잠시 손을 쉬었다.

"이거, 대본을 아예 써둔 거 같지? 수법이 일정해. 전혀망설임 없이 제 타이밍에 그 말들과 사진들이 딱딱 나오지. 뭐라 보내지?"

"만나자고 해. 네가 근무하는 가락시장으로 오라고 해.다 같이 가보자."

"그건 아닌 것 같아."

선미가 주승의 말을 잘랐다.

"의심할 거 같아. 앞서 대화들이 사람이 낯설고 힘든데왜 벌써 만나자고 해, 말도 안 돼. 기다려."

그날 더 기다렸지만 메시지는 거기서 그쳤다. 민수가메시지를 보냈으나 연락은 없었다. 게다가 페북 메신저앱서 확인해보니 현재 페북 활동을 하지 않았다.

"이제 어떡하지?"

진영이 걱정하는데 선미가 외쳤다.

"잠깐만! 이 남자 타임라인 사진 중에서 여기 거울에 비친 다리 봐봐. 종아리에 문신."

"어? 정말."

남자가 얼굴을 자르고 찍은, 스트라이프 티셔츠와 하얀 반바지에 로퍼를 신은 사진에 유리문이 있었다. 거기에 남자의 종아리가 비쳤다. 종아리에 푸른색 문신이 있었다.

"문신 도안 보고 인스타 같은 데서 문신 시술 업자 작품 찾아내 볼까? 도안은 개성적이고 같은 게 거의 없어."

"좋았어. 문신 좀 스크린샷으로 찍어서 확대해볼게."

주승은 남자의 사진을 스크린샷으로 찍어서 크게 확대하고 색 보정을 통해 선명하게 했다. 종아리에 있는 문신은 월계수에 창이 가로지르는 형상이었다.

"월계수나 창 같은 고딕 문양을 사용하는 사람 찾아봐."

"오케이."

주승과 민수, 선미와 진영은 각자의 노트북이나 휴대폰, 패드 등으로 모두 인스타나 페북, 혹은 포털에 문신이라는 단어를 써서 문신업자의 작품을 검색했다. 한참이 지났다. 주승은 이미지 검색으로 포털에서 찾기도 했다. 진영이 외쳤다.

"어? 앗! 이 사람 인스타 계정 문신하고 분위기가 비슷하지 않아? 도안 중에 이게 느낌이 비슷해."

주승이 계정을 살피고 심각한 표정을 지었다.

"강남역이네? 일단 내일 저녁으로 예약 잡고 가보자. 예약 메시지 보내."

"알았어."

주승 일행은 짐을 챙겼다. 주승은 급한 일이 있어 모두 서울로 올라간다고, 박 피디에게 메시지를 줬다. 박 피디는 그동안 감사하다며 전화를 걸었다. 그들은 여인숙에서 나와 트렁크에 짐을 싣고 탔다. 주승은 차를 빠르게 몰았다.

다음 날 저녁 강남역 명성 오피스텔 1102호에는 간판이 없었다. 벨을 눌렀지만 기척이 없었다. 문이 살짝 열려 있었고, 안에서 은은한 명상 음악이 흘러나왔다.

"계세요? 아까 연락드린 사람입니다."

어제 메시지로 예약을 잡으려 했으나 예약이 꽉 차 있다고 답이 왔다. 그래서 문자로 이런저런 사정으로 문의드릴 게 있어 방문한다고 해 약속을 잡았다.

"들어오세요."

여성 목소리가 들렸다. 진영과 민수가 안으로 들어가니

벽에 침대가 있고 그 위에 등을 내놓은 남성이 문신을 시술받았다. 해골에 칼이 꽂혀있는 문신이었다. 남자는 고통에 괴로워했다. 신음과 함께 몸을 살짝 떨었다.

"부드럽게 릴렉스하세요. 몸을 저에게 맡겼다고 생각하세요. 안전하게 통제해서 시술하니 위험하지 않아요."

여성의 조용한 목소리에 남자는 떨림을 멈췄다. 민수는 침을 꼴깍 넘겼다. 피부로 그 아픔이 와 닿았다.

"좀 쉬세요, 저는 손님을 잠깐 뵐게요."

타투이스트는 커튼을 쳐서 손님을 가렸다. 이어 도구를 정리하고 다가와 상담 테이블로 안내했다. 그녀는 나이를 짐작하기 어렵지만 30대 정도로 보였다. 긴 생머리에 가냘픈 몸매, 그리고 하얀 얼굴과 갸름한 턱과 눈은 무척 고상한 분위기를 풍겼다. 하얗고 디테일이 거의 없는 긴 원피스를 입었다.

진영은 불 켜진 향초에서 짙은 머스크 향을 맡았다. 정신이 살짝 혼미할 정도의 강한 향이었다.

"앉으세요."

"죄송해요, 저희로서는 급한 일이라 왔어요."

"문자로는 사진 속 문신을 한 남자를 알아야 한다고요?"

"네, 맞습니다."

민수의 말에 그녀는 고개를 살짝 끄덕였다.

"제가 디자인한 독특한 월계수에 고딕 분위기의 창을 문신해 달랬죠. 기억나요. 저는 월계수 대신에 해골 문양 바니타스를 권했고요. 해골에 무기를 더하면 인생의 덧없음과 불멸을 뜻해요. 그런데 그 손님은 굳이 월계수를 원했어요."

"어떤 사람이었죠?"

타투이스트는 저어하는 눈빛으로 진영을 봤다.

"정말, 제가 하는 일이 공익에 도움이 돼요?"

"네. 저희는 경찰은 아니지만 실종된 여성을 찾고 있어요."

진영의 간곡한 부탁에 그녀는 고개를 끄덕이고 말을 이었다.

"30대 정도 되는 남성분이에요. 키는 중간 정도 한 175? 그리고 날씬하고 세련된 옷을 입고 왔어요. 명품 카디건 같은 거 말이죠."

"얼굴은요?"

"글쎄요. 피부가 하얗고 단정한 얼굴인데."

"혹시 이 얼굴 맞나요?"

진영이 페북의 사진을 보여줬다. 타투이스트는 고개를 갸웃했다.

"사진이 작네요."

진영이 스크린샷을 불러와 확대했으나 그녀는 확답을 못 했다.

"모르겠어요. 리터치도 안 받아서 그날 딱 한 번 봤죠. 여러 번 나눠 시술해야 하는데 시간이 없다고 해서 그날 최대한 다 했어요."

"전화번호 남겼죠?"

민수가 다급하게 물었다.

"아뇨. 작년 일이라 번호도 다 지웠고. 통신사 조회해야 해요. 그런데 사무실 같은 일반 전화번호였던 거 같아요. 그게 특이해 기억했고. 이름도 안 남기고요. 그런 고객들이 있어요. 문신한 걸 감추고 싶어 하죠."

진영이 한숨 쉬었다. 민수가 물었다.

"월계수 대신 해골을 권했다고 했죠. 왜 그러신 거죠?"

"그분이 시술 사진 중에 의술의 신 아스클레피오스의 지팡이 사진을 보고 오셨어요. 아스클레피오스는 지팡이로 사람을 치료하죠. 지팡이와 월계수를 어깨에 새긴 의사의 문신을 보고 지팡이 대신 창을 새긴다고 했죠. 저는 공격의 의미인 창과 평화의 상징인 월계수는 안 어울린다고 했죠. 그런데 강하게 의견 줘서 시술해드렸죠."

"이 분을 찾을 길은 없을까요? 통신사 명세를 떼 주실 수 없나요?"

타투이스트는 고개를 저었다.

"예약이 꽉 차있고, 그렇게 고객의 정보를 노출하는 건 아니라고 생각해요. 죄송합니다."

그녀의 말과 눈빛에 단호함이 서렸다. 무슨 말을 해도 'No'일게 분명했다.

"잘 알겠습니다. 하지만 맘이 바뀌시면 연락주세요."

민수는 명함을 남기고 진영과 일어났다. 오피스텔을 나오면서 진영이 물었다.

"민수야, 여기서 막히는데 이제 어쩌지?"

"모르겠어. 하지만 모르면 찾거나 알아보면 되는 거야. 어떻게든 방법을 찾아보자."

"그래. 길은 있겠지. 분명히."

이때 민수의 휴대폰으로 문자가 왔다. 방금 전 타투이스트였다.

이 도안을 보내드려요. 더 이상은 곤란해요.

월계수에 창이 가로지르는 정밀 도안 사진이었다.

"그래도 유리에 희미하게 비친 거보다는 이게 낫다."

진영은 일 보러 다른 곳으로 갔고, 민수는 주승의 아지트로 갔다. 민수는 타투이스트를 찾아간 일을 말했다. 주승은 컴퓨터로 사건을 알아보느라 아지트에 있었다. 선미는 나이트 근무였다. 민수는 말없이 게임을 했다. 잠시 후, 주승이 게임을 하던 민수에게 커피와 초콜릿을 건넸다.

"피곤하지? 당 보충해."

민수는 게임 창을 닫고 초콜릿을 먹었다.

"있지. 회의가 든다. 이렇게 찾아도 단서가 손에 잡히지 않으니."

주승의 말에 민수가 허심탄회하게 웃었다.

"야, 우리 카페에서 오프라인 이벤트로 크라임씬 할 때 생각나? 왜, 경찰서 세트를 우리가 직접 용접해서 만들었잖아. 내가 사비 들여서 경찰복 모조리 빌려오고, 너는 마포경찰서 사정해서 방문해 사진 찍어서 세트 그대로 재현하고 선미랑 진영이가 페인트로 칠해서 빈 폐가 하나를 경찰서로 만들었잖아."

"기억나지. 엄마한테 혼났어. 쓸데없는 데 시간과 돈 낭비한다고."

"후후, 그런데 카페 회원들 엄청 기뻐하고 돌아가고. 우리는 세트 철거한다고 1톤 트럭 빌려서 구류장 철창 모두 떼 내고 분리하고. 두 달 동안 주말마다 용접한 건데 결국 고물상에 팔아넘기고, 쓰레기 처리하느라 돈은 또 들고. 그랬지."

"열정 없이 지금은 못할 일이야. 그때는 카페에 무한 사랑을 쏟았지."

"주승아. 힘내자. 조금만 더 애쓰면 김미준 씨 찾을 거야. 고한에서 시간이 남아 진영이랑 강원랜드 카지노에 구경 갔는데 잃은 사람은 돈 딴 사람의 칩을 부러운 듯 보더라. 우리는 객관적으로 칩을 딜러가 가져가는 걸 안타깝게 봤는데. 사람들은 모두 자기 입장에 빠지면 빅 픽처를 못 봐. 고릴라 탈 쓴 사람이 농구 시합 중간에 지나가는데 아무도 못 본 실험 알잖아. 숲을 봐야 해."

주승이 갑자기 손을 튕겼다.

"민수! 떠올랐어, 지금."

"응?"

"낚아볼까? 다른 방향으로? 그 사람 페북서 단서 하나 건진 것 있어. 낚을 만한."

"어떻게?"

"일단 내가 한번 해볼게. 더 진척되면 말할게."

주승은 노트북에 얼굴을 들이밀고 집중했다. 민수는 민수대로 서치를 하면서 시간을 보냈다.

친절한 사람은 깊은 생각에 빠졌다. 최근에 여러 가지 것들이 뒷덜미를 잡아끌었다. 그래서 SNS로 뜬금없이 댓글 다는 낯선 사람들을 은근하게 떠봤다. 이유 없이 그러지 않을 거였다. 까닭을 알아내려면 특단의 조치가 필요했다. 흘러가는 대로 순종하는 건 싫었다. 적극적으로 나서야 일이 풀렸다. 저쪽이 낚싯줄을 던지는 건지, 알아야 했다.

다음날 밤, 어둠이 내린 판교역은 넥슨, 엔씨소프트, 안랩, 한글과 컴퓨터 등의 여러 아이티 회사들이 환하게 불을 켜고 있어 별 무리처럼 빛났다. 선미는 천천히 판교역을 나가 광장으로 걸어갔다. 주승이 나와 있었다.

"여기에 언제 연락한 거야?"

선미에게 주승이 답했다.

"친절한 사람 정보란에 디제잉에 관심있단 걸 봤어. 디제잉 파티를 초등학교 동창 친구가 주기적으로 하는데 일단 그 남자에게 초대장을 보내라고 했어. 친절한 사람이 관심 있다고 했어."

"주승아, 그거 되게 안 먹혀. 안 오면서 관심 표기한 사람 많아."

"아니, 그래도 가봐야지. 동창한테 부탁할 것도 있고."

선미와 주승이 판교역 광장에서 기다리는 동안 민수와 진영도 도착했다. 그들은 판교타워 11층의 루프탑 카페 입구에 도착했다. 일렉트릭 음악이 흘러나왔다. 민수는 파티장에 들어가기 전에 셜록 홈스 모자를 썼다. 주승과 선미, 진영도 루팡의 실크햇이나 파이퍼 담배나 돋보기 등을 꺼냈다.

"준비하라 해서 가져는 왔는데. 이게 다 뭐야? 할로윈도 아니고."

"파티 테마를 정하는데 이번에 SF 코스프레가 콘셉트래."

"우리는 추리 콘셉트인데?"

"할 수 없지. 행사 때 쓰던 거 써야지. 언제 의상을 준비해."

카페는 클럽처럼 어둠 속에 사이키 조명이 돌아가고 있었고, 올드팝이 흘러나왔다.

"어? 이 음악 영화 〈마션〉에서 나온 아바 노래인데?"

"맞아."

민수의 말에 진영이 맞장구쳤다. 이들은 구석에 앉아

스텔라 맥주와 논알콜 칵테일 피나콜라다와 고르곤졸라 피자를 시켰다.

"우와 아이티 회사들 돈 많네? 어떻게 여기를 통으로 빌려서 이래? 지원받아?"

주승이 민수에게 고개 저었다.

"아니, 자기들끼리 회비 6만 원씩 걷는대. 매달."

클럽에는 해리포터, 스타워즈의 다스베이더, 츄바카, 스톰트루퍼 등의 캐릭터, 스타트랙의 함장과 승무원, 그리고 아이언맨이나 파워레인저 등의 다양한 캐릭터들이 가볍게 춤추고 있었다. 음악이 중간에 멈추자 모두들 손을 위로 들고 다 같이 이렇게 외쳤다.

"우리에게 정체되지 않은 과학 기술을 허락하시어 인간의 가능성에 의한 내일의 환희를 증명케 해주소서. 아멘!"

진영이 조심스레 민수에게 물었다.

"강남에 있는 클럽도 이런 분위기야?"

"노! 아니? 전혀 달라. 나 또 이런 건 처음 보네. 여기 진짜 덕후들인데? 우리가 밀린다."

츄바카가 털을 휘날리면서 이들의 테이블로 다가왔다. 그는 모자 탈을 쓱 벗고 땀을 닦으면서 주승에게 손을 내밀었다.

"어이, 주승! 우리 셜록! 드디어 오셨구만. 그렇게 오래
도 안 오더니."

재형은 몸을 일으켜서 빙글 돌면서 츄바카의 몸짓을 해
보이더니 외쳤다.

"안녕. 난 엔지니어 임재형. 세상은 3가지 사람들이 있
지. 여자, 남자 그리고 우리 같은 엔지니어. 보다 높은 세
상에 있는 그 누구보다 특별한 최고의 엔지니어가 되고 싶
다! 이건 처음 오는 분들께 우리가 꼭 하는 말. 후후. 난
쓰리디 디자이너지만 엔지니어야. 기술을 체계적으로 디
자인에 응용하지."

"재형아, 여기는 우리 왓슨추리연맹 친구들. 그리고 여
기는 디제잉 동호회 회장 임재형."

서로 인사를 나누고 주승이 조심스레 재형에게 물었다.

"그 초대장 보낸 사람 왔어?"

선미가 주변을 훑었다.

"모르는 사람이 많기는 한데, 돌아다니면서 슬쩍 물었
지. 다 여기 판교 게임 회사 직원이거나 회원의 개인 친구
들, 그리고 SF 협회 사람들. 없지 싶다."

주승이 이맛살을 찌푸렸다.

"어떻게 도와줘?"

"너희들 해킹이나 스누핑 같은 거 잘하지."

"불법적인 건 그렇기는 한데. 일단 불러볼게. 꾼들이 모인 날이거든."

재형은 벌떡 일어나 털을 휘날리며 디제잉 박스로 다가갔다. 음악이 어느새 엑스파일 음악으로 바뀌었다. 재형은 호그와트 학생 복장의 남녀들에게 휴대폰과 패드, 노트북을 꺼내 들게 하고 카페 바깥의 옥상 정원으로 불러냈다. 왓슨추리연맹도 디지털 기기를 들고 나갔다.

"자아, 여기 페북의 이 사람의 신원을 털어야 하는데 도울 수 있지?"

재형의 말에 안경을 낀 어리게 보이는 여자가 손을 들었다. 미성년처럼 어려 보이지만 아마도 회사원들이라 나이들은 20대 중반 이상일 거였다.

"나 빅데이터 담당이라 프로그램 돌려도 되는데. 사장님 알면 죽어."

"그럼 위험한 거는 말고. 해보자."

"어? 이 남자 지금 페북 한다. 녹색불 들어왔잖아. 그리고 너네가 접근한 한진영 계정에 들어왔는데?"

주승의 노트북을 보던 재형이 이렇게 말했다. 주승이 궁금해 물었다.

"그걸 어떻게 알아?"

"페북 첫 페이지에 6명이나 9명 친구 뜨지. 그게 아마도 들어와서 염탐한 사람 같은 거야. 정확하게 알고리즘은 모르지만."

"확실한 거야?"

"그럼 우리끼리 실험해 봤어. 내가 이 친구 페북 계정 들어가 보면 좀 있다 거기에 뜨더라구. 솔직히 유튜브나 페북이나 하루에 1억 개 이상의 영상이나 사진이 올라가는데 그 서버는 아마 이 판교 절반 땅만 한 방공호를 파서 슈퍼컴퓨터 수천 대를 돌리지 않을까 싶은데. 왜 엠마 왓슨 나오는 영화(〈더 서클〉)에 그딴 컴퓨터 방공호 나오거든. 하여간에 알고리즘은 페북 본사의 비밀이지."

"어! 전화번호 하나 잡혔다."

호그와트 남학생이 요술지팡이를 들고 외쳤다.

"어떻게 찾은 거죠?"

민수의 질문에 남학생은 안경 너머로 보며 씩 웃었다.

"전방위로 서치해봤어요. pagerank(웹페이지 링크 숫자를 분석해 매기는 랭킹) 방식을 제가 좀 더 세분화해서 서치했는데 물품 발송한 서류가 잡혔어요. 제가 손하고 눈이 좀 빨라요. 이제 이 사람 카카오스토리를 쥐도 새도 모르게 들어가 볼게요. 이 번호를 제 번호에 저장하고 친구 추가 저장, 그리고 추가 친구를 차단한 후에 일단 다시 번호를 지울게요. 다시 차단을 풀고 친구로 등록하면 그 사람 카톡 주소록에 제가 안 뜨고 저는 그 사람의 아이디와 카카오스토리를 볼 수 있죠. 간단해요. SNS상의 모르는 사람 짝사랑할 때 이렇게 많이 해요."

남학생이 여러 가지 것을 검색해보고 알려줬다. 친절한 사람의 카카오톡 아이디는 healing mentor(힐링 멘토)였다. 진영이 외쳤다.

"헐, 대박. 김미준 씨 블로그에 댓글 달아준 사람 아이디야."

카카오 스토리를 검색해보니 속옷 상품 사진이 있었다.

"속옷 쇼핑몰 하시나? 아님 여자 분이 맘에 들어 할 만한 상품 사진 올린 건가?"

이번에는 호그와트 여학생이 손을 들었다.

"여기, 여기요. 저도 페북 계정 컴퓨터로 열어봤는데 검색에 방금 그 전화번호 넣고 친구 탭 누르니까 사용자가 등록한 다른 친구 목록이 뜨네요. 비공개 설정이 아니라서 나와요."

추리연맹은 얼른 자기들의 디지털 기기로 추가로 페북

친구들을 검색하면서 연계섬을 찾아 나갔다.

"어 지금 친절한 사람 여기 와 있어!"

진영이 외쳤다. 진영은 친절한 사람의 페북 계정을 감시 중이었다.

"어디 어디?"

민수가 진영의 휴대폰을 보자마자 소리 질렀다.

"여기 인테리어랑 저기 디제잉 박스 그리고 츄바카, 해리포터들 춤출 때 뒤에서 찍었어."

"봐요, 좀."

재형이 민수에게서 휴대폰을 받아 주승과 유심히 보았다.

"이 각도에서 찍은 사람 혹시 없어? 인스타나 페북이거나 다른 데 올린 사람 없어? 트위터나."

호그와트 남학생이 손을 번쩍 들었다.

"이거 내가 찍은 거야. 인스타에 올렸는데."

"팔로워 몇 명이야? 살필까?"

"팔로워 300명, 공개 계정이라 누구나 봐. 그리고 검색도 가능하고. 인스타 요즘 다섯 개까지 가짜 계정 아이디 만들 수 있어서 찾아도 무의미해."

남학생의 말에 민수가 한탄했다.

"아, 미치겠당. 우리 상대로 장난질 쳐?"

주승이 손을 들었다.

"아, 아냐. 낙담할 일 아냐. 이 남자 문신 문양을 우리가 알아내서 가게까지 갔는데 남자 신원은 파악 못 했어. 종아리 문신 좀 봐봐. 그런데 만약 인스타 어딘가에 그 문양을 올렸다면?"

재형이 고개를 끄덕이며 츄바카 옷을 허리 아래로 내리고 청바지 주머니에서 껌을 꺼내 돌렸다.

"한번 검색어와 단어 복합적으로 써서 이미지 검색해볼까?"

진영, 선미와 호그와트 학생들이 고개를 끄덕이면서 손에 든 전자 기기에 손가락을 가져갔다. 재형이 주승이 보낸 문신 사진을 단체 톡방에 올리고 크게 외쳤다.

"그림 따서 검색 창에 넣고, 보조적으로 검색어는 창, 문신, 월계수, 고딕 문양 등등 알아서 하고. 먼저 찾는 사람한테 블루문 쏜다."

환호성을 짧게 올린 호그와트 학생들이 역동적으로 손가락을 움직이며 얼굴을 기기에 대고 검색을 했다. 한 10분이 흐르자 여학생이 손을 들었다.

"찾았어! 이 문신. 정확해. 두 군데."

주승과 재형, 민수, 진영과 선미가 다가갔다. 인스타는 두 군데였다. 하나는 이미 찾아간 분신 가게의 인스타였고, 다른 하나는 속옷 상품 사진이 가득한 쇼핑몰 계정이었다. 지난해 포스팅에 남자가 종아리 문신을 찍어 올린 사진이 아이스커피 사진과 바닷가 사진 등과 함께 있었다.

"정확해!"

민수가 외쳤고 재형은 블루문 맥주를 호그와트 학생들에게 돌렸다. 주승은 재형에게 감사하다고 했다. 민수가 인스타 계정 사진 중에 하나를 클릭했다.

"이 남자, 돈 개많은가 보다. 롤렉스 오이스터 퍼페츄얼 중고도 천만 원 넘게 줘야 해. 이거 착장하고 찍은 거 봐. 손 모양 보니까 맞지. 어디서 훔친 사진은 아닌 것 같고."

주승의 눈빛이 빛났다.

"명품 시계 사고파는 게 유행이잖아. 진영아, 선미야. 모두 중고나라나 명품 쇼핑몰 다니면서 이 시계 사거나 판 적 있는지 주소나 전화번호 뜨는 거 있음 알아봐."

"어, 알았어."

모두들 다시 기기를 가지고 검색을 했다. 재형과 디제잉 동호회 회원들은 옥상 정원에서 카페 안으로 들어갔다.

15여 분 후, 민수가 빙고를 외쳤다.

"대박 사건! 이 남자, 이 시계 사면서 주소 남겼어. 이

름은 장영호. 회사가 신당동 195번지 도로명 주소는 서치
하니까 퇴계로 73길 55. 여기 195번지는 현성 건물이야."

주승이 소리 질렀다.

"내일이라도 가 봐야 해!"

다음날 오후, 휴가를 낸 주승과 민수는 신당동에 위치
한 현성 건물에서 만났다.

"이 남자가 정말 관련이 있는지 어떻게 알아보지?"

주승이 결연한 얼굴로 말했다.

"우리는 경찰도 아냐. 아마추어 추리 카페 회원일 뿐이
야. 탐정도 아니고. 솔직하게 프로그램 찍다가 조사왔다
고 말하는 게 나아."

주승과 민수는 건물로 들어갔다. 주소에 적힌 사무실을
들어갔다. 책상과 의자 그리고 컴퓨터가 놓인 자그마한
사무실이었다. 키가 작고 얼굴이 약간 험상궂게 생긴 남
자가 다가왔다. 남자는 눈이 작고 눈동자가 작았다. 어떻
게 봐도 호감 가는 인상은 아니었다.

"무슨 일이시죠?"

"여기, 장영호 씨 계십니까?"

"제가 장영호인데요."

"네?"

남자는 인스타나 페북에 나온 사진과 정말 다른 인물이었다. 아무리 포토샵을 조작해도 같은 인물일 리 없었다.

"무슨 일로 오셨죠?"

주승과 민수는 긴 이야기를 단숨에 할 수 없어 작은 미팅룸으로 들어가 장영호에게 프로그램을 찍게 된 계기와 실종 사건을 조사한 과정 등을 설명했다. 장영호는 긴 이야기를 듣고 나서 고개를 저었다.

"무슨 말을 하는지 모르겠군요. 난 그 블로그나 페북, 인스타 주인도 아닐뿐더러 시계를 산 적도 없는데요. 내시계는 이거요. 애플 워치. 뭐 하러 그런 비싼 시계를 사지? 내가? 게다가 그 사진도 나 아니고. 누군지 모르겠지만 나를 사칭한 건가, 아니면 뭐 주소라든가 그런 게 잘못 입력된 거요?"

주승은 난감했다. 사진을 도용하고 각종 SNS 계정을 사칭하는 건 흔한 일이다. 주승은 혼란스러웠다. 모든 걸 인터넷 정보에 의존하니 사실관계 확인도 안 되고, 경찰처럼 구속영장을 받아서 포털이나 SNS 계정 개인정보를 확인하는 것도 불가능하다.

"이거 뭐 개인정보보호법 이런 데 다 걸리는 거 아냐?

젊은 학생들 같은데. 이런 데 얽히지 말고 그만 일 보러 가. 쯔!"

장영호는 말을 거세게 했다. 뒷말에 확 끊는 게 보통 성질난 게 아니었다. 민수는 뭔가 더 물어보려는 주승을 이끌고 나왔다. 장영호가 먼저 일어나서 더 있을 수도 없었다.

근처 카페에 들어갔다.

"주승아, 더 접근하는 건 무리야. 저 사람 말도 맞아. 이렇게 인터넷으로 과다하게 조사한 건 개인정보보호법에 어긋나."

"그렇지만, 우리의 한계가 보이는 게 안타까워. 어떻게든 단서를 잡으려 해도 어려워."

"감건호와 언론도 못한 일이야. 주소도 막아놔서 모윤정 집도 모르는 판국이야. 일단 화 식히고 조금은 물러나 보자."

민수는 씩씩대는 주승을 일단 달랬다.

아침부터 비가 와 스태프들은 대기 상태였다. 감건호는 영상을 고한에서 거의 다 떴다. 마지막으로 고한에서 내레이션 배경 영상 부분 하나만 촬영하면 된다. 그리고 서울에서 김미준이 다니던 간호학원이나 친구들을 알아봐 인터뷰하면 촬영 일이 얼추 끝난다.

비가 오면 사람들이 싱숭생숭하고, 기분이 가라앉는다는 속설이 있다. 감건호는 이런 비과학적인 말을 잘 믿지 않았지만, 심리학자로서 검증해보고 싶었다. 장마철에 꾸준히 다니던 헬스클럽에 매일 나갔다. 결과적으로 이 속설은 틀렸다. 체육대학생들, 주부들, 보디빌더들은 모두 빠지지 않고 나와서 헬스 기구를 겁나게 열심히 돌렸다. 비는 심신이 건강한 사람들에게 영향을 안 미치는 건가 싶었다. 자신도 컨디션이 별반 다르지 않았다. 비가 와서 활동은 제약되지만, 할 일은 다 했다.

다른 점이 있긴 있었다. 클럽 소속의 트레이너는 아니지만, 추종하는 대학생들 몇을 가르치는 30대 초반의 보디빌더 한 명이 그날따라 특이한 행동을 보였다. 평소 하지도 않던 트레드밀을 경사 70도로 설정하고, 오른손으로 전화하면서 미친 듯이 뛰고 있었던 것이다. 감건호는 그 남자의 허리 아래 춤 문신이 뭔지 궁금했는데(샤워할 때는 안경이나 렌즈를 빼서 잘 안 보였다), 바이크 타면서 남자를 뒤에서 찬찬히 살펴보니 뜻 모르겠는 레터링과 주홍 당근 문신이었다. 조용히 웃음이 나왔다. 운동을 끝마치고 건너편 커피숍에 가서 아이스커피 한 잔과 참았던 웃음을 터뜨렸다.

운동 후에 들르는 단골 커피숍의 60세에 가까운 바리스타 누님은 그만 보면 칭찬했다. 그날도 누님은 이렇게 말했다.

"감건호 씨, 젖은 머리로 들어오면서 아이스커피 한 잔요, 할 때 넘 귀여워요. 당신은 세계적인 스타 방송인이 될 겁니다."

누님은 얼굴 처짐으로 봐서 나이가 실감되지만, 청바지에 티셔츠를 입은 맵시에 긴 생머리는 훨씬 젊게 보였다. 장마철이었지만 그날 하루를 개운하게 시작했다.

오늘은 아침부터 날씨보다 기분이 더 꾸물거렸다. 비가 쏴아 쏟아지니 가라앉았다. 그동안 한 번도 안 나가봤던 베란다로 나갔다. 푸른 산이 눈앞에 쫙 펼쳐있었다. 전망이 좋았다. 초록 산에 비가 좍좍 내리니 시원했다. 자고 나가기에 바쁘고 프로그램만 생각하니 전망을 볼 여유도 없었다.

눈시울이 붉었다. 장중한 산은 항상 푸른데, 인간사의 자잘한 일들은 왜 이토록 괴로운가. 민수의 조언으로 어찌어찌 촬영도 하고 잘 회복되는가 싶더니 과거 트라우마가 떠오르자 그대로 녹다운됐다. 잠자려 누웠지만 상념으로 머리가 어지러웠다.

잤다가 일어났다. 아침을 걸렀다는 걸 깨달았다. 휴대폰을 보니 박 피디의 연락도 없었다. 별일이 없으니 다들 쉬는 모양이었다. 조금 배고팠지만 나가기 싫었다. 그냥 침대에서 리모컨으로 TV를 켰다. 홈쇼핑 채널을 봤다. 중견 탤런트가 화장품을 정성 들여 소개했다. 낯선 브랜드에 저렴한 화장품이었지만 성심성의껏 설명했다. 감동했다. 저렇게 사건에 열의 있게 임한 게 최근에 있었는지 더듬어봤다.

여현정 조언대로 행정센터도, 실종자의 사이버상의 흔적도 찾으려 했다. 하지만 박 피디에게 일임했다. 그리고 체크하지 않았다. 그는 일생 안 하던 일을 했다. 손에서 일을 놓았고, 지쳐 쓰러졌다. 스태프와 회의 시간에도 다른데 정신 팔다 방으로 왔다. 머리에는 앞으로 이 일 때려치우면 뭐해 먹고 사나, 온갖 오사리잡놈의 상념들이 들어왔다. 그러다 보니 머리도 슬슬 아팠고 온몸도 쑤셨다. 밥도 거르고 물만 마셨다. 것도 목이 마를 때만.

뭐라도 사 먹으려 지갑이 어디 있나 찾아봤으나 없었다. 지갑에게 전화를 걸 수도 없고, 손만 뻗다 말았다. 식사는 포기했다. 일이 잘 돌아가나 걱정됐지만, 그 왓슨 뭐 시기인지 하는 애들이 해결해주기 바라며 눈을 감았다.

공 팀장은 학원의 문을 열고 들어갔다. 프런트에 장영 호가 앉아 있었다. 그녀가 고개를 들어 알아봤다.

"어? 지난번에 학원 알아보러 오지 않았어요? 등록하시 게요?"

공 팀장이 궁금한 표정을 지었다.

"네, 그 전에 남자 간호사는 전망이 어떤지 상담 드려도 될까요?"

장영호는 경계심을 풀었다.

"수업시간이라 한가해요, 상담실로 들어오세요."

장영호는 프런트 뒤의 문을 열고 서류를 챙겨 들어갔다.

"앉으세요."

자그마한 상담실에는 커피포트와 커피잔, 둥근 테이블 과 의자가 있었다.

"커피 한 잔 드릴까요?"

"네, 감사합니다."

장영호는 포트의 스위치를 올리고 물이 뜨겁게 되자 잔 에 믹스를 넣고 물을 따랐다.

"저는 임미소 상담 실장이라고 합니다."

장영호가 명함을 내밀었다. 공 팀장은 당황했지만 아무 렇지도 않은 듯 받았다.

"이름이 예쁘시네요, 본명이신가요?

장영호는 공 팀장의 얼굴을 뜯어봤다. 공 팀장은 얼굴을 밝게 하고 입가에는 환한 미소를 걸었다. 누가 봐도 긍정 적이고 선한 인상이었다. 장영호가 솔직한 얼굴이 됐다.

"저어, 아녜요. 여기서 가명으로 명함 박아야지 나중에 쓸데없는 전화와도 거를 수 있죠. 사실 별의별 사람 다 있 어요."

공 팀장은 학원에 대해 문의했다.

"이것저것 관련해서 인터넷으로 찾아봤어요. 그런데 전 망을 듣고 싶어요. 여자분들이 태반이신데, 저도 취업 가 능할까요?"

그녀는 서류를 열어 프린트를 건넸다.

"그럼요, 작년에 저희 학원 수료하신 분이 남자분이 15 분 계셨는데 모두 취업하셨어요."

"어느 병원에 취업하셨나요?"

"요양병원에 3분, 일반 개인병원에 4분, 정신병원에 4 분, 재활전문병원에 3분, 종합병원에 1분 취업하셨네요.

여기 보세요."

공 팀장은 서류를 훑었다.

"중간에 관두신 분은 안 계세요?"

"거의 안 관두세요. 용감하게 도전하셨는데요. 성비가
안 맞는 직장에."

"여성분들은요."

"남녀 불문하고 집안이나 개인 사정상 관둔 분 계세요."

"제가 왕따 당하지는 않을까요?"

"전혀요, 그런 분위기 아니에요. 운동하시지 않아요?"

"네, 매일 헬스에서 근력 운동 2시간 넘게 합니다."

"무슨 걱정이세요. 체력이 되시는데요. 왕따가 아니라
실습이 힘들거든요. 빡센 데로 돌기도 해요."

공 팀장은 이야기를 어떻게 끌고 갈까 하는데 그녀가 슬
그머니 수강신청서를 내밀었다.

"신청해 보세요. 결제는 다니시다 차차 하셔도 돼요."

인센티브를 받는지 적극적으로 권유했다. 그녀는 타 직
업군 대비 간호조무사 취업률과 월급 내역 등을 꼼꼼하게
제시해 보였다.

"그럼 일단 신청서 쓰겠습니다."

공 팀장은 펜을 받아서 서류를 기입했다.

고한의 밤, 마시막 촬영 날이었다. 감건호는 저녁에 인터뷰 영상 몇 개를 피디와 모니터링하고 식사를 조금 하고 방으로 돌아왔다. 그러다가 문득 예전에 미제 사건 현장에 가봤던 생각이 났다. 굴다리 안에서 살해된 20대 여성. 형사들이 몇 년을 고생하던 사건 범인을 잡고 싶었다.

감건호는 현장에 가는 게 두렵지 않았다. 베테랑 형사는 일이 오래되다 보면 무감각해지기보다는 피해자에 감정 이입되어 신체에 고통을 느꼈다. 혹은 현장에 발을 디디기 전에 온몸이 굳는 등 공포를 느꼈다. 감건호는 그런 현장 공포증은 없었다. 다만 현장에서 나는 각각의 독특한 냄새는 별로 좋아하지 않았다. 비릿한 피 냄새거나 부패 냄새였다. 100개 현장이 모두 다 다르듯이 냄새도 달랐다. 가끔은 비슷한 냄새도 있었다. 그런데 어떤 때는 그 냄새를 맡으러 일부러 다시 현장을 재방문했다.

밤, 홀로 범행이 일어났던 시각과 비슷한 시간에 그 굴다리를 찾았다. 굴다리 초입부터 피해자 느낌으로 뒤를 쳐다보면서 겁에 질리기도 했다. 온몸에 소름이 돋으면서 뒤를 쫓는 발걸음 소리에 귀를 집중해보며 피해자를 연상했다. 이번에는 그 뒤를 쫓는 범인이 되어봤다. 피해자를 쫓으면서 혹시라도 실수가 있을까 조바심치면서 쫓는 그

범죄 심리.

감건호는 재킷을 들어 걸쳤다. 그리고 택시 앱으로 택시를 불렀다. 목적지는 김미준의 집이었다. 몇 분 후 리조트 정문에 도착한 택시를 타고 김미준이 실종된 집에 도착했다. 기사에게 한 30분 정도 기다려 달라고 했다. 기다리는 요금은 정산해 준다고 했다. 감건호는 아파트를 돌아보았다.

김미준의 집에서 나와 계단으로 이동해서 주차해둔 차를 타고 어디론가 가는 그들. 그리고 중간에 전화로 거짓주문을 넣는다. 아니, 김미준이 아파트에 있을 때 넣었을 수도 있다. 감건호는 공중전화 박스를 가봤다. 그 안에 들어가 수화기를 들었다. 김미준의 집이 보였다. 감건호는 택시로 돌아왔다. 기분이 묘하면서 활력을 찾았다. 예전 필드에서 뛰던 감각이 되살아났다.

"기사님, 만항재로 갑시다."

만항재에서 감건호는 택시를 돌려보냈다. 여기서는 조금 더 길게 수색을 해보고 싶었다. 짚이는 곳이 있었다. 박 피디에게 나중에 듣기로 왓슨추리연맹은 만항재에서 감건호와 동선을 달리해 수색했는데, 동굴도 있다고 했다. 감건호는 그때 그린가 보디 했는데, 조금 걸렸다. 만약 시신을 이곳 어디에 유기했다면 동굴처럼 음습한 공간일 거라고 여겼다.

둑방길, 간척지, 배수로, 굴다리, 그리고 창고나 허름한 공사장 뒤쪽 등은 범인들이 시신을 감추려고 하는 장소들이다. 감건호는 지도 앱으로 동굴 위치를 찾아냈지만 이 어둠 속에서 찾기가 쉽지 않았다. 하지만 그 근처로 향하려고 애썼다. 습한 공기, 밤 기운이 도처에 가득했다. 곤충과 짐승이 내는 소리, 쏴쏴거리는 바람에 걸린 나뭇잎소리들이 낮에는 반가웠지만 이 밤에는 무서웠다. 감건호는 중간에 바위와 나무 밑동에 걸려 넘어질 뻔하며 동굴 방향으로 향했다.

안테나가 사라졌다 생겼다 했다. 기지국에서 보내는 신호가 안 잡힌다는 거다. 겁이 덜컥 났다. 그래도 어딘가에 홀려서 발은 어둠속으로 계속 들어갔다. 심장이 쫄깃해지면서 소소리바람 소리가 거세게 들렸다. 귀신이 우는 듯한 소리가 났다. 여기서 귀신이 출몰한다는 얘기도 인터넷 어디선가 본 것 같은데, 겁났다. 이때 휴대폰 벨소리가 났다. 감건호는 심장이 쪼그라들어서 거의 죽을 뻔했다. 박 피디였다.

"어디세요? 벨 눌러도 문 안 열어주셔서요."

"아, 아. 박 피디. 현장에 잠깐 와 봤어요."

"현장이라뇨?"

"아, 아냐. 신경 쓰지 마. 현역 시절 생각나서. 그래 그
리로 갈게요. 걱정 마요."

감건호는 어둠 속에 홀로 수색은 안 되겠다 싶어서 일단
빠르게 산을 내려갔다. 그리고 언젠가 시간을 내서 다시
와 보리라 생각해 보면서, 앱을 열어 택시를 불렀다.

다음날 일찍 감건호 일행은 서울로 왔다. 이후부터 며
칠째 프로덕션에서 촬영 영상을 편집기사, 박 피디와 편
집했다. 감건호는 주로 본인 얼굴 위주로 끌어갈 것을 집
요하게 요구했다. 박 피디가 절충안을 내면서 왓슨추리연
맹의 촬영분도 균형 있게 가자고 했다.

"알았어, 대신 저거 저거 손 떨리는 거 어느 감독이야?
보정 좀 해봐요. 아무리 무겁다고 장비 가볍게 드는 경향
있다지만 너무하잖아. 저 씬은 컬러그레이딩으로 화면 톤
업 해봐요. 얼굴 그늘진 거 봐요, 귀신 나와요."

약간의 실랑이가 있었지만, 그런대로 잘 편집됐다. 뭣
보다 고한읍의 아름다운 풍광이 들어가서 현장감이 살아

있었다. 폐광에서 찍은 영상도 좋았다. 김건호가 힘들어
하는 장면에 민수가 다가가 살피는 장면을 편집기사가 감
건호 지시로 삭제하려 했다. 근데 박 피디가 인간적이라
고 했다. 감건호는 망설이다 그대로 두기로 했다.

"참, 간호학원 알아봤어요?"

"그게 저 원장님이 바뀌었어요. 올해 초요. 그래서 전혀
몰라요, 2년 전 학생들을요."

"찾아가는 거 어떻게 한다? 가서 헛발질하는 거 촬영 뜰
까?"

"지금 편집 분량 보니, 시간 비는 게 별로 없어요. 자막
으로 처리하는 게 나을 것 같아요."

"그럼, 그렇게 하지. 일단 편집에 신경을 더 쓰자. 거,
거기요, 기사님. 네, 그 부분 길게 붙여 봅시다. 아까 전
선자 씨 인터뷰하는 장면 뒤로요. 네, 그렇게요. 맞습니
다. 그래야 제가 사건을 정리하는 과정이 자연스럽죠."

감건호는 깐깐하게 관여했다.

공 팀장은 며칠 후, 간호학원에 또 방문했다. 장영호는
코팅한 시간표와 수강증, 그리고 교재 일부를 건넸다.

"교재는 또 있는데 교재비 따로 내셔야 해요. 문자로 안

내해 드릴게요."

"네, 알겠습니다. 실장님, 그럼 다음 주 월요일 오후 7
시에 수업 맞춰 나올게요."

"그러세요. 공영태 님. 참 그때 신청 서류 입력하다 주
소 보니 저랑 가깝더라구요. 저도 반포 살아요."

"이거 보통 인연이 아닌데요. 어? 저 책 저도 읽었어요."

공 팀장은 책상 뒤 서가에 놓인 에세이집을 가리켰다.
유명한 작가가 본인의 이혼과 관련한 아픔을 잔잔하게 표
현한 책이었다. 공 팀장은 읽지 않았지만, 내용은 간밤에
조사해 대충 알았다.

"에세이랑 배경 사진이 멋지더라구요. 감동 받았어요."

"제주도 한담 해변 사진들이요? 정말 끝내주죠. 작가님
이 여성 팬들만 많다던데, 아니네요. 남자도 있네요."

장영호는 슬슬 얼굴에 웃음기를 띠었다. 공 팀장이 학
원생이 되니 친근한 모양이었다.

"저기, 더 질문할 것도 많은데 학원에 관해서요. 오늘
커피 한잔 할 수 있을까요?"

공 팀장은 아주 조심스럽게 물었다.

장영호가 웃음기를 거뒀다.

"제가 임미소라 불리는 이유 말씀드렸잖아요."

"죄송합니다, 정말. 그럼 이만 갈게요. 수업 때 뵈어요."

공 팀장이 학원을 나가려 했다.

"저 그럼 1시간만요. 아래 커피숍에서 기다릴래요?"

뒤에서 그녀의 말이 들렸다.

공 팀장은 회심의 미소를 지었다. 뒤돌아서는 웃음을 거두고 공손히 인사를 했다.

"그럼, 톡 주세요."

장영호는 고개를 끄덕였다.

공 팀장은 정탐정에게 보고했다. 정탐정은 정보를 캐라고 한 후, 자신은 우서영 사건을 조사하러 간다고 했다. 공 팀장은 건물 근처에서 노트북을 보면서 1시간 넘게 초조하게 기다렸다. 연락이 없었다. 안 나올 수도 있었다. 아무리 학원생이라지만 낯선 사람이다. 1시간이 훌쩍 지났다. 공 팀장이 포기하고 일어나는 순간 톡이 왔다. 장영호였다.

어디예요? 배고프지 않아요? 커피 대신 식사해요.

잠시 후 그녀는 공 팀장과 호프집에 앉아서 프라이드치킨을 주문했다.

"날도 갑자기 더워지고, 목도 타고 오랜만에 치맥하고 싶었어요. 마침 허기지고요. 공영태 님은 왜 간호사가 되려는 거죠?"

"남에게 서비스하는 직업을 가지고 싶어요. 의료직으로요. 의사나 정식 간호사 되기에는 이미 늦고 공부도 엄두안 나서요."

"좋죠. 사실은 저도 이 학원을 다니다 말고, 현재는 사무직으로 알바 뛰어요. 자격증 따야 하는데 미뤘어요."

공 팀장은 눈치를 살폈다.

"본명은 뭐죠? 말해주기 싫으면 안 해도 되는데. 임미소 실장님."

"사실, 그 이름 잘 안 붙어요. 들어도 어색하고. 저는 희귀 성씨인데, 모윤정입니다. 모윤숙이라고 유명한 시인하고 이름이 비슷해요."

공 팀장은 눈이 커지고 표정이 굳는 걸 고개를 숙여 감췄다. 코를 그릇에 박고서 강냉이를 집어먹었다. 어마어마한 대박이었다. 감도 못 잡았던 실마리 하나를 건졌다. 실종자 서류에 친구로 모윤정이 적혀 있었다. 제대로 번지수를 찾았다.

"공영태 님은 여기 오기 전에 뭐 공부하셨어요?"

"저는 대학원 다니다 왔어요."

"전공이 뭔데요?"

법무대학원 탐정법무 전공이라고 사실을 밝힐 수는 없었다.

"문학 전공이요, 작가가 되려고 했는데, 잘 안 풀렸죠. 겸해서 일하려 합니다."

"어머나, 그래서 책을 많이 읽으셨군요. 요즘 책 읽는 사람 많지 않아요."

"작가라 하면 많은 사람이 고민도 털어놓고 그러더군요."

공 팀장은 슬슬 포석을 깔았다.

"일반 작가는 아니고 김성종 선생님이나 히가시노 게이고 같은 추리 소설가입니다."

"넘 멋지다. 어떻게 쓰는 거죠? 처음에요."

"추리는 첫 시작이 살인으로 모티프를 잡죠. 그래서 말인데, 관심이 많죠. 모윤정 씨는 어떻게 생각하세요. 시사 프로 안 보세요? 〈그것이 알고싶다〉 같은 거요."

"글쎄요, 잘 모르겠어요."

"보통은 〈그것이 알고싶다〉 무섭다고 안 보는 분도 계시죠. 무얼 제일 두려워하세요? 작가들은 이런 거 인간 탐구하려고 맨 먼저 물어보기도 해요. 윤정 씨는 뭐가 두

렵죠?"

공 팀장은 은근하게 물었다.

"음⋯⋯. 고양이."

"보통은 고양이 귀여워하잖아요."

"그랬는데 바뀌었어요. 험한 냄새를 맡았거든요. 고양이 사체에서 부패한 냄새 같은 거⋯⋯."

"부패 냄새요?"

모윤정이 갑자기 시선을 돌리고 주문했다.

"여기, 500cc 하나 더요. 나눠 마셔요. 주제가 무겁다. 다른 얘기 해요."

공 팀장은 모윤정의 행동 언어를 살폈다. 시선을 맞추지 못했고, 웃음기가 사라졌다. 눈빛이 불안하고 자신감 없어 보였다. 무슨 생각에 빠졌는지 말도 없이 침울했다. 시선을 허공에 두고 과거를 돌아보는 모습을 보였다. 가방을 끌어안고 배를 당기고 웅크렸다. 공 팀장이 보기에 피의자가 진술하고 싶지 않을 때 보이는 전형적인 방어적 자세였다. 긴장을 풀어야 했다.

"고민 있으세요?"

"왜요, 그렇게 보여요?"

"네. 갑자기 어두워져서. 안 좋은 일 떠올랐나 봐요."

"아, 사실. 좀 취했어요. 날이 더워 그런가. 이 정도로 끄떡없는데. 그냥 친구한테 미안했던 게 생각나서요."

"그냥이란 단어가 어디 있어요. 그분이 생각난 건 이유가 있겠죠."

공 팀장은 심드렁하게 말했다. 모윤정이 긴장이 풀리며 질문을 던졌다.

"영태 씨라고 불러도 되죠? 저는 윤정이라고 부르세요. 오빠던데요. 서류 보니까. 사실 추리 소설 모티프 그런 얘기 들으니 떠올랐어요, 현실은 소설보다 비정해요. 걔가 지금 어디로 갔는지 몰라요. 초등학교 때 친했는데. 중고등학교도 같이 다니고."

"그럼 실종됐다는 겁니까?"

"그게 저, 그래요."

"궁금해요, 작품 소재도 많이 찾는데 조금만 들을 수 없을까요. 불편하시면 안 해도 돼요."

"불편하지는 않은데 미안하죠, 미준이한테. 아주 많이요."

공 팀장은 손바닥에 땀이 흥건히 났다.

"왜 미안해요?"

"우리가 갑자기 왜 이런 말을 하죠? 제가 그쪽이 많이 편한가 보다."

"속상한 얘기는 말하면 훨훨 날아가요."

"남자친구 얘기 할까요?"

공 팀장은 그녀의 빈 잔을 채웠다.

"스포티한 영태 씨랑 완전 반대. 마른 근육질이고 센스 있고, 스타일 중요하고, 슈트 빨 끝내주는 남자."

공 팀장은 주의 깊게 들었다.

"성격은 완전 개차반, 진상. 나쁜 남자. 무서워……. 남자 보는 눈이 바뀌었어요. 이제는 건강하고 확 트이고 털털한 사람에게 기대고 싶어요."

"남자들이 진국이라고 하는 남자도 별롭니다. 술과 친구 좋아해요."

공 팀장의 말에 모윤정은 웃었다. 둘은 친밀한 대화를 더 나눴다. 호프집이 문을 11시에 닫자, 모윤정은 그를 학원으로 이끌었다.

"아 좀 어지럽네. 같이 커피 마셔요, 학원에서. 아무도 없어요."

공 팀장은 말없이 뒤따랐다.

학원에 도착하자 모윤정은 문을 비밀번호로 열었다. 모윤정은 술 취해 비틀거렸다. 공 팀장은 스위치를 찾아서 불을 켰다. 모윤정이 공 팀장에게 은근하게 기댔다. 공 팀장은 그녀를 부축하고 정수기에서 잔불을 컵에 따라 건넸다.

"의자에 앉아요. 정신 차려요."

모윤정이 의자에 앉았다. 정신 차리려 애썼다.

"사실은 드릴 말씀이 있어요. 먼저 저는 이런 사람입니다."

공 팀장은 PIA 자격증을 보여줬다.

"이, 이게 뭐죠?"

"김미준 씨에 대해 물으러 왔어요."

모윤정의 얼굴이 하얘졌다.

"진지하게 듣고 싶어요."

공 팀장은 입을 다문 그녀를 설득했다.

"도와주세요. 미준 씨 어머니도 아시잖아요. 어머니가 애가 타십니다. 제발 도와주세요."

"저는 몰라요, 서울 와서 미준이 만나지도 않았어요. 정말이라고요."

모윤정은 방어적 자세로 공 팀장과 시선을 마주치지 않고 초조했다. 입술이 파르르 떨리고, 손도 떨었다. 목이 탄 듯 침을 삼켰다. 공 팀장은 탐정 일을 공부하면서 범죄 심리학을 공부해, 피의자가 진실을 감추려 할 때의 비언어적 특징을 알았다. 모윤정의 행동을 종합해볼 때, 그녀는 실종에 관련이 있을지 모른다. 그리고 상당히 심적으로 흔들린다.

공 팀장은 인지면담기법과 리드 기법으로 이야기를 끌어내려 마음먹었다. 인지면담기법은 사건 참조인에게, 리드 기법은 용의자에게 사용하는 인터뷰 기법이다. 공 팀장은 두 기법을 섞어 모윤정을 캐기로 했다.

"불안해하지 마세요. 미준 씨에게 무슨 일이 일어났는지 아는 대로 말해주세요. 친구잖아요. 나쁜 일을 할 리 없잖아요. 다만 어떤 일이 벌어졌는지 알고 싶어요. 가족을 위해서요."

모윤정이 머뭇거리며 허공을 봤다. 공 팀장은 정보를 억압해서 거짓을 꾸미는 것으로 판단했다. 모윤정은 얼굴이 창백해지고 손을 떨었다. 그리고 시선을 피하고 눈을 불안하게 굴렸다.

"있는 사실 그대로 말해주세요. 미준 씨는 2년 전 집에서 사라졌습니다. 많은 혈액이 방바닥에 뿌려져 있었죠. 저는 가족의 의뢰로 알아보고 있어요. 부탁입니다. 친구로서 도와주세요. 나쁜 일이 있었더라도, 사정이 있을 겁니다."

"저, 저는 몰라요."

"2년 전 실종 전을 물어볼게요, 그럼. 그건 괜찮죠? 두

분이서 연락이 있었나요?"

모윤정은 뜸을 들이다 대답했다.

"네."

"어떤 말을 나눴죠? 이 학원도 같이 다녔죠?"

"아, 아뇨. 미준이가 먼저 다니다 내려갔고, 저는 그 후 다녔어요. 알바로 일한 지 얼마 안 돼요."

"미준 씨가 사라지기 전 어떤 대화를 했죠?"

"미, 미준이는 다, 다시 서울로 오고 싶, 싶어 했어요."

모윤정은 입술 양쪽 가장자리에 힘을 주었다. 이는 말이 새나가지 않으려고 입술에 힘을 주는 것으로 입술 압착 현상이라고도 한다. 공 팀장은 부드럽게 풀어줘야 된다 여겼다.

"물 드세요. 진정하세요, 학원생으로 가장해 접근한 거 미안합니다. 거듭 죄송해요."

모윤정이 물을 마시면서 마음을 풀었다. 입술이 자연스러워졌다.

"대화 후에 어떻게 됐죠?"

"그, 그 남자가 도울 수 있다고 말, 말을 해, 했어요."

"그 사람이 아까 말씀한 남자예요? 저와 반대라고 한 남자요."

폐쇄적인 답을 요구하는 질문은 위험했다. 공 팀장은 승부수를 띄웠다.

"맞, 맞아요."

모윤정이 훌쩍거렸다. 잠시 후에 공 팀장이 달랬다.

"말하기 힘드시죠. 이해해요. 그렇지만 도와주세요. 그 남자가 어떻게 도왔죠?"

"죽은 것처럼 만들고 떠, 떠날 수 있다고……."

모윤정은 손으로 입을 막았다. 공 팀장은 실마리를 잡았지만 그녀가 꺼리는 주제를 잠시 우회했다.

"미준 씨와 그 남자는 어떻게 만났죠?"

"처, 처음에는 인터넷에서 그리고 제가 소개로, 우리가 고한에 가서 만나고 미, 미준이가 서울도 오고……."

"그렇게 해서 돕기로 말이 됐나요?"

"네. 그래요. 도우려고 내려갔어요."

"언제요?"

"그, 그날……."

"눈을 감아보세요."

모윤정은 공 팀장의 부드러운 말에 눈을 감았다.

"그날의 기억을 떠올려 보세요. 날씨는 어땠죠?"

"날씨……, 맑았어요. 바람도 조금씩 불어 선선했어요."

"아침에 식사는 무얼 먹었죠?"

"오빠가 집으로 일찍 왔어요. 같이 나가서 오빤 24시 해장국집서 아침을 먹었지만 저는 한 숟갈도 뜨지 못했어요. 입이 바짝바짝 타서요."

사건 행적을 밝히는 인터뷰의 핵심은 물건을 잃어버렸을 때 장소를 머릿속으로 탐독하는 것과 동일하다. 사건 당일 아침에 일어나 날씨를 살피고 식사를 하고 행동을 개시하는 걸 모조리 복기한다. 그날의 감각과 환경을 되살려 본다.

"식사 후에 무엇을 했죠."

"오, 오빠가 차를 운전하고 제가 탔어요."

"오빠가 그 남자입니까? 이름이 뭐죠?"

모윤정은 머뭇거리며 발을 불안하게 떨었다. 이름을 대는데 저항하는 걸로 보였다. 공 팀장은 우회했다.

"좋습니다. 차를 가지고 어떻게 했죠?"

"고한에 갔어요."

"고한 어디로요?"

"미준이네 집."

"미준 씨가 있던가요?"

"네, 문 열어줬고, 우리가 준비해간 걸로 방을 어지럽혔어요."

"준비해간 게 뭐죠?"

"수, 수혈하는 팩과 주사바늘. 미준이는 스스로 피를 뽑고, 오빠가 송곳으로 팩을 찔러 바닥에 뿌렸어요. 점점이."

"그다음에는 무슨 행동을 했죠?"

"오, 오빠 옷에 피가 묻어서, 미준이가 엄마 옷을 꺼내줬어요. 그리고 셋이 아파트를 나왔어요."

"그리고 무슨 일이 있었죠."

"오, 오빠가 공중전화로 식당에 전화 걸어 거짓 주문을 했어요."

"자세하게 말해주세요."

"어머니가 도중에 올까 봐……. 식당에 백반 두 개 여인숙으로 가져다 달라고 거짓말했어요."

"그래서, 또 무슨 일이 있었죠?

그녀는 거기서 입을 다물었다. 그가 보기에 모윤정은 실종 자작극에 가담한 범죄자였다. 공 팀장은 거짓말탐지기 검사관이었던 존 리드가 개발한 리드 기법을 쓰기로 결심했다. 리드 기법은 용의자임을 확신하지 않으면 쓸 수 없다. 핵심은 범인이 범행을 부인하든 말든 끝까지 밀어붙이고, 답변을 이끌어낸다. 무리하게 쓰면 생사람을 잡는다. 하지만 공 팀장은 김미준의 행방을 알기 위해 마지막 끈 모윤정을 놓칠 수 없다. 막판이었다.

"제가 이제까지 판단하기에 실종 자작극에는 당신이 많이 도왔죠. 미준 씨 어디 있죠?"

"아, 아녜요. 난 몰라요."

"아까 말하고 다르잖아요. 발뺌하셔도 저는 안 믿어요."

공 팀장이 세게 나갔다. 모윤정이 잠깐 위축됐다.

"사실대로 말해주세요. 오빠라는 분 말고 다른 분이 연관됐나요?"

"그, 그건 아니……. 오, 오빠가 시켰어요."

모윤정은 이 상황이 싫었다. 언젠가 경찰이 찾아올지 모른다 마음 태운 게 벌써 2년이 넘었다. 깊게 잠든 적이 없었다. 누군가 자신의 얼굴을 알아볼까 긴 머리도 자르고 남자처럼 입었다. 힐을 단화로 갈아 신었다. 예전의 자신을 지웠다. 모윤정이 눈을 감았다.

"저는 충분히 이해합니다. 이유가 있겠죠. 저라도 미준 씨를 도우려고 그렇게 했을 거예요."

공 팀장은 리드 기법 9단계 중에 1단계 피의자가 범인이라는 것, 2단계 피의자와 공통 화제 개발을 했다.

"당신은 주 범인이 아니죠. 오빠라는 사람이 주범이죠."

공 팀장은 차근차근 들어갔다. 피의자를 유리하게 설명했다. 모윤정의 동공이 불안하게 흔들리면서 처음으로 시선을 맞췄다.

"당신이 그럴 사람이 아니잖아요."

공 팀장은 다가앉아 어깨에 손을 지긋이 올렸다. 갑자기 모윤정이 손을 밀치고 일어나려 했다.

"아무래도 사람 잘못 봤어요. 저 말하지 않을래요."

리드 기법 3단계에 들어갔다. 피의자의 부인을 통제하는 것. 공 팀장은 고개를 저으며 손으로 모윤정의 어깨를 눌러 다시 앉혔다. 강한 어조로 상대방을 후달리게 해서 답변을 끝까지 얻어내야 한다.

"이제까지 말들로 비추어 당신이 아니라고 해도, 저는 당신이 실종에 깊게 관련돼 있는 것으로 봐요. 아닌가요?"

"그, 그래요. 맘대로 생, 생각해요."

모윤정이 물을 마시려는데 공 팀장이 약간 거칠게 컵을 뺏었다.

"제 질문에 먼저 답해요."

모윤정이 위축됐다. 4단계 반대 논리로 제압한다.

"당신이 연관 안 됐다고 합시다. 하지만 저는 연관됐다고 생각해요. 일부러 김미준 씨에게 해를 끼친 건 아니라 생각합니다. 그 남자가 관련됐어요. 당신이 부인해도 그렇게 믿어요."

모윤정의 어깨가 파르르 떨렸고 입술이 살짝 열렸다. 눈에는 눈물이 고였다.

"이 방 못 나갑니다. 진실을 말하기 전에는."

공 팀장은 강수를 뒀다. 문 앞에 의자를 끌어다 뒀다. 한정된 공간 안에서 진실을 말하면 풀려난다는 압박을 가했다. 모윤정은 한숨을 내쉬었다. 이런 식으로 실랑이를 한 지 2시간이 흘렀다. 질문과 답변이 도돌이표처럼 오갔다.

"김미준 씨를 제자리에 돌려보내려면 지금이 가장 빠른 시기입니다. 자수하면 처벌이 가벼워져요."

모윤정이 눈빛이 흔들리며 애타게 봤다. 도움을 바라는 눈이었다.

5단계, 피의자의 관심을 이끌어내고 동조했다. 모윤정의 눈꺼풀과 손끝이 부르르 떨렸다. 마음이 동요했다.

"힘드시죠. 털어놓으세요. 마음의 짐을요. 그게 용서받는 겁니다. 미준 씨 그 후 어디로 갔고 지금은 어디 있어요? 어머니가 애타하세요."

모윤정은 과거를 떠올렸다. 그녀는 부모가 이혼 후 떠나자 할머니 손에서 자랐다. 방학 때는 할머니가 농사에 바빠서 점심을 굶었다. 미준이네 식당에서 밥을 먹었다. 친구가 없었던 미준은 모윤정과 어울렸다. 한 번은 깊은 산속에 올라갔는데, 허름한 옷차림의 아저씨가 다가와 같이 놀자고 했다. 모윤정은 겁이 나서 어쩔 줄 몰랐는데, 미준이 손을 세게 잡아끌어 산을 부리나케 내려왔다. 훗날 되돌아보니 미준이 자신을 구해준 셈이었다. 중고등학교를 같이 보냈고, 서울에서도 가끔 만났다. 간호학원도 그녀 소개로 다녔다. 그런데 그녀를 깊은 구덩이에 밀어 넣었다. 미안했다. 진심으로.

잘못을 빌 기회를 바랐다. 어쩌면 지금, 이 남자가 기회를 만들지 모른다. 모윤정은 눈물을 흘렸다.

"미, 미안해요. 미준이……. 그, 그렇게 돌려…… 돌려 보내서…… 미, 미안해요."

"돌려보낸다뇨? 어디로요?"

공 팀장은 촉이 발동했다. 뭔가 잡아챘다.

"미준 씨 지금 살아있습니까, 죽었습니까?"

모윤정이 숙연해졌다.

"왜 말씀을 못 하시죠? 2년간 돈도 안 찾고, 연락도 없고, 봤다는 사람도 없어요. 살아는 있습니까?"

술에서 확 깬 모윤정이 소리를 질렀다.

"나, 나가요. 어서요! 나도 몰라요."

"진정하세요."

모윤정은 주변의 물건들을 던지면서 나가라고 소리를 바락바락 질렀다. 공 팀장은 어쩔 수 없이 나올 수밖에 없었다. 모윤정은 공 팀장이 나가고 한참 울다가 어디론가 전화를 했다.

"나, 나야. 눈치챈 것 같아. 어떻게 하죠?"

건너편에서는 말을 조곤조곤 이었다. 모윤정은 통화하며 고개를 끄덕였다. 그리고 눈물을 끝도 없이 흘렸다.

사라진

그녀를 찾아라!

다음날 공 팀장은 우서영을 미행 중이었다. 모윤정의
진술을 끝까지 캐내는데 실패해, 정탐정이 다른 방법으로
김미준의 행방을 알아보는 중이었다. 공 팀장은 저녁부터
우서영을 따라다녔다. 우서영은 학원을 나와서 이자카야
에 남자와 들어가 술을 마셨다. 공 팀장은 그 옆에서 술을
마시는 척하다 그들이 나오자 계산을 치르고 몇 미터 간격
을 두고 뒤를 쫓았다. 그들은 아파트 놀이터로 들어갔다.
공 팀장은 놀이터 뒤쪽 담벼락에 숨어 지켜봤다.

우서영이 남자에게 키스를 하고 막무가내로 껴안으려고
했다. 남자가 우서영을 말리고 잡는데 우서영이 버럭 소
리를 지르면서 때렸다. 공 팀장은 추이를 살폈다. 남자가
우서영의 팔목을 잡고 가볍게 흔들었다. 우서영이 비틀거
렸다. 그가 뭐라고 우서영에게 소리지르며 겁박했다. 공
팀장은 더 이상 안 되겠어서 끼어들었다. 그는 달려가 남
자의 손을 잡고 버럭 소리를 질렀다.

"여학생, 그만 괴롭혀!"

그 남자는 압구정동에 사는 남학생이었다.

"아저씨 누구예요?"

"나 그냥 지나가는 사람이다. 왜!"

"아이 진짜! 씨발!"

우서영은 공 팀장과 남학생을 당황해서 쳐다보다가 빠르게 달려 놀이터를 나갔다. 공 팀장과 남학생이 뒤쫓았다. 그녀는 도로가에서 택시를 잡아타고 사라졌다.

공 팀장은 남학생에게 담배를 권했다.

"피우냐?"

"안 피워요."

공 팀장은 망설였다. 절대로 탐정은 정체를 드러내서는 안 된다. 하지만 정탐정의 허락을 안 받고 지금 이 사건을 어떻게든 진척을 시켜야 김미준 사건으로 다시 넘어갈 수 있다. 공 팀장은 승부수를 띄웠다.

"우서영 맞지? 여학생 이름?"

남학생이 거센 얼굴로 공 팀장을 노려보았다.

"누구예요?"

"나. 우서영 학생 어머니가 부탁해서 알아보는 사람. 나랑 얘기 좀 하자. 어디 커피숍이나 아님 술 한잔 할래? 대학생 맞지?"

"저 고등학생입니다. 술 담배 안 해요."

"그럼 너 서영이 친구야? 난 직업상 이름 밝히기는 그렇고 공 팀장이라 불러. 형이라고 해. 이름이 뭐야?"

공 팀장은 근처 편의점 밖 테이블에 앉아 음료수를 사서 남학생에게 건넸다.

"강동수요, 서영이란 중학교 동창이고 학원 같이 다녀요."

"왜 서영이 괴롭히는 거야? 둘이 사귀는 사이야? 그렇다면 어머니께 인사라도 드려."

"그런 거 아니에요. 단지……."

"단지, 뭐?"

"서영이가 방황하기에 그냥 따라다녔어요. 클럽이고 포장마차고 가면 안 되는데. 자꾸 학원 빠지고 그래서……."

공 팀장은 강동수의 초조한 듯이 두 손을 주먹 쥐고 침을 넘기고 눈빛이 흔들리는 데서 감을 잡았다. 뭔가 숨기는 게 있다. 결정적인 것. 그리고 어른들이 알아서는 안 되는 자기들만의 것.

이럴 때는 큰 사건이 터지기 전에 막아야 된다. 이건 확실하다. 공 팀장은 고등학교 때 자신이 태권도 유단자라는 걸 알고 질금질금 건드리던 일진의 딸랑이 녀석을 아직도 잊지 못한다. 그 녀석은 매번 공 팀장에게 일진 짱과 붙어서 정정당당하게 결투를 하라고 놀려댔다. 그 녀석이 1년 넘게 건드려서 한 번 주먹을 날린 적이 있는데, 그때 부모님이 모두 학교에 불려 오시고, 결국 아버지는 피해자 부모 앞에서 무릎을 꿇었다. 그 이야기를 그 녀석을 통해 들었다. 공 팀장은 아버지에게 내색도 못 하고 몇날 며칠을 앓고, 말도 없이 학교와 태권도 도장을 오갔다.

가슴이 아팠다. 다시는 주먹을 대련 외에는 날리지 않았다. 그 사건을 합의금과 사과로 마무리 지은 부모님 덕분에 대학에 갈 때 불이익 받지 않았다. 그때 아버지는 이런 말씀을 하셨다. 무슨 일이든 크게 터지기 전에 사건을 파악하고 마무리 지으면 된다고. 그 말씀에는 무릎을 꿇는 행동도 있다.

공 팀장은 본능적으로 캐물었다.

"서영이, 돕고 싶지? 그럼 그 일 덮어버리면 안 돼. 알려야 해. 부모님한테. 어른들이 개입해서 해결해야 해."

"안, 안돼요! 서영이가 창피하다고 했어요. 안 된다고! 절대로!"

"그러다 큰일 나! 서영이 어떻게 되면 니가 책임질래? 덮는다고 해결되는 거 아냐. 일을 제대로 처리하고 해결해야 끝난다고. 니들 선에서 해결될 일 아냐. 무슨 일이야?"

"저랑 서영이 다니던 학원 샘……."

공 팀장은 차분히 뒷말을 기다렸다.

"인기 많은 샘이거든요. 시험 문제도 잘 찍어주고. 근데

서영이한테 유독 잘해줬는데, 어느 날 학원에 남아 보강
하면서 서영이 몸 만지고 사진 찍었대요. 그래서 그걸로
협박하다가 서영이 만나서 또 그렇게 되고 결국…….”

"뭐? 너 이 말 진술해줄 수 있지. 서영이 위해서.”

강동수는 고개를 저었다. 눈가에 눈물이 비쳤다.

"서영이가 원하지 않으면요? 네? 나를 미워하면요. 저
개 좋아한단 말예요.”

"그런 건 내가 알아서 할게. 어른들하고 상의해서. 이건
경찰 조사 들어가야 해. 이렇게 니들끼리 감추고 있다가
는 서영이 더 엇나가고 어떻게 나쁜 맘 먹을지 몰라.”

강동수는 눈물을 흘렸다.

"도, 도와주세요. 우리 너무 무서워요. 그리고 서영이
자꾸 죽는다는 소리 하고, 술 먹고 막 나가고 무서워요.
나마저 외면하면……. 어떻게 될까 봐서.”

"걱정 마. 나 전화 좀 하자. 그리고 녹취 좀 뜨자. 지금
그 말들.”

공 팀장은 정탐정에게 전화를 걸어서 사건을 설명했다.
정탐정은 처음에는 정체를 대상자 친구에게 드러낸 것을
나무랐지만, 이렇게 된 이상 형사 사건으로 넘기고 부모
에게 실체를 알려야 한다고 했다.

공 팀장은 강동수의 말을 녹취하고 진술서를 적어서 사인을 받았다. 그리고 녹음 파일과 진술서를 찍은 사진을 일단 정탐정에게 보냈다. 그리고 강동수에게는 이 일을 우서영에게 절대로 말하지 말라고 당부했다. 공 팀장은 일단 우서영 사건에서 손을 떼고 정탐정에게 넘겼다. 이제 성추행 등의 형사 사건 정보가 잡힌 이상 경찰서 조사받는 것은 우서영의 부모와 의논하고 정탐정이 적극적으로 도울 일이다.

그날 밤, 공 팀장은 김미준 사건을 검색했다. 모윤정의 말에서 걸리는 말이 있었다. 그녀는 현재 더 이상 공 팀장의 전화를 받지 않았다. 차단한 것 같았다.

"미, 미안해요. 미준이…… 그, 그렇게 돌려…… 돌려보내서…… 미, 미안해요."

모윤정의 이 말이 귓가에 잔상으로 남았다. 분명히 뭔가 뇌리를 툭툭 쳤다. 뭔가 있다, 뭔가.

공 팀장은 미친 듯이 인터넷을 김미준 사건 관련 키워드로 검색하다가 유튜브 동영상 하나를 열었다.

20대 정도로 보이는 남자 두 명과 여자 두 명이 나와서 감건호와 프로파일링 대결을 벌인다는 프로그램 예고편

영상이었다. 프로그램은 김미준 실종 사건을 다룬다고 했다. 다다음주에 방송된다고 안내가 나오면서 영상이 끝났다. 왓슨추리연맹이라고 소개하는 청년들을 보고 공 팀장은 뭔가 번득였다. 자신도 1년 전에 추리 게임을 풀고 여러 가지 미제 사건 관련 자료를 들여다보느라 가입한 추리 관련 카페였다.

공 팀장은 얼른 왓슨추리연맹 카페로 들어갔다. 카페에서 미제 사건 게시판에서 아이디 prettygirl88의 글을 읽었다. 공 팀장은 운영진이 프로파일링한 건가 의아했다. 그런 만큼 글이 무척 신빙성이 있고 설득력이 있었다. 공 팀장은 이들에게 정보를 제공하면 뭔가 서로 공조를 할 수 있다는 생각이 들었다.

셜록이나 콜롬보처럼 혼자서 단독으로 수사하고 생각하는 시대는 끝났다. 형사들도 팀 작업으로 분업해서 수사 실적을 높게 쌓는다. 모든 정보를 오픈해서 공정하게 수사하는 시대다. 탐정도 일을 나눈다. 공 팀장은 정탐정이 바쁜 틈에 김미준 사건은 날아가 버릴 것이라 확신했다. 실종에다 미제이다. 방송이 끝나는 순간 다시 김미준은 모두의 머리에서 사라진다. 그리고 오로지 가족의 아픔으로 남는다. 공 팀장은 정탐정이 처음 일을 맡길 때를 떠올렸다. 가족을 위해 공익을 위해 하는 일이었다.

여기서 관둘 수 없었다. 뭐든 해봐야 했다. 쪽이 팔리든 거절당하든 메시지가 씹히든 무조건 뭐든 해야 한다. 만약 이런 맘으로 여성에게 대시를 했으면 연애도 했을 것이다. 하지만 공 팀장은 오로지 사건 탐구와 어려운 사람을 돕는 일에 매진했다. 적극적인 한 발자국은 누군가의 목숨을 살릴 수 있다.

공 팀장은 카페 운영자에게 자신의 신분을 밝히고 김미준 사건을 조사 중에 막혔는데 서로 도울 수 있는지 문의하는 쪽지에 휴대폰 번호를 남겼다.

병원에서 일하다가 짬이 난 선미가 쪽지를 읽고 주승에게 전화를 했다.

"주승아, 내가 추리 문제 올리려고 운영자 계정 들어갔는데 이런 쪽지가 왔어. 이름은 공영태이고 공 팀장으로 불러달래. 직업은 탐정. 정탐정 밑에서 고한 미제 사건 조사하다가 막혔지만 단서가 있다고 만나자는데."

주승은 선미가 보내는 전달 쪽지를 보았다. 전화번호가 나와 있었다.

"주승아, 어떻게 하지?"

"만나자고 쪽지 보내. 내 번호나 니 번호 남겨도 되고. 그리고 기다리자. 다짜고짜 이쪽에서 전화하면 갑자기 변심해 마음 돌려먹을 수 있어."

"알았어."

그날 오후에 공 팀장은 쪽지를 보고 주승에게 전화를 걸었다. 간단하게 인사를 한 후 본론으로 들어갔다.

"고한 실종 사건에 관해 단서가 있다고요?"

"네, 맞아요. 아주 중요한 일입니다. 정탐정 님은 현재 서울에서 다른 중요한 사건에 관여해서 시간이 없는데 저는 이 사건을 좀 더 파보고 싶어요. 혹시 정보가 있는지 해서요."

"저희는 지금은 의심 가는 사람을 추정해 났지만 증거가 없고 사이버상의 단서라 확실치 않습니다. 그 중요 단서라는 게 뭐죠?"

"혹시 모윤정 씨를 아시나요?"

주승은 공 팀장이 사건의 중요 지점에 도달했다는 촉이 왔다.

"네? 그분을 찾았나요?"

"찾은 정도가 아니라 저는 면담도 했어요. 비록 끝까지 듣지는 못했지만 걸리는 게 있습니다. 그분 말이 다시 돌려보냈다는 말에서 끝났는데 그게 훅 걸렸어요."

"고한 생각하신 거 맞죠?"

주승의 말에 공 팀장은 소스라치게 놀랐다.

"아시는군요?"

"거기서 프로그램 찍고 서울 와서 의심 가는 남자 추적
했으니까요."

"안내해주세요, 그럼. 같이 갑시다. 수색해 봅시다. 경
찰은 꿈쩍 안 할 테니까. 카페 회원들은 여러 명이니 도와
주세요."

주승은 내일이 토요일이니 모두 시간이 가능하다고 했
다. 공 팀장과 약속을 잡았다. 그리고 단톡방에 내일 고한
에 가게 됐다고 공지를 올렸다. 감건호에게도 연락을 했
다. 민수와 외근 중인 진영은 오케이 답을 줬고 선미는 당
직을 어떻게든 바꾼 다음 연락 준다고 했다. 선미가 저녁
늦게 된다고 톡을 올렸다.

다음 날 아침 일찍 주승은 선미, 민수, 진영을 태우고
공 팀장을 약속 장소에서 픽업했다. 공 팀장은 캐주얼한
복장에 백팩을 메고 나왔다. 덩치가 큰 편인 공 팀장이 보
조석에 앉았다.

"여기 명함 드릴게요. '청년탐정'이라는 탐정 사무소를 차렸지만 아직 의뢰인도 거의 없고 시작 단계입니다. 친구들도 지금 주야로 알바 등으로 바빠서 도와달랄 수가 없고 무엇보다 왓슨추리연맹이 정보를 가지고 있어서 쪽지를 드린 겁니다."

"잘하셨어요. 어제 감건호 프로파일러한테 현 상황을 알리고 고한 수색에 동참해달라고 부탁했지만 올지는 모르겠어요. 저희는 SNS나 인터넷상으로 추적을 했는데 의심가는 주소를 찾았어요. 그러나 확실치 않습니다. 상대방이 관련 없다고 했고, 페북 계정 사진과 얼굴도 달랐어요. 오히려 공 팀장님의 말, 다시 돌려보낸다는 그 말이 무척 걸립니다."

주승의 말에 공 팀장이 답했다.

"네. 모윤정 씨가 자신과 어떤 남자가 김미준 씨를 고향 집에서 빼내는 자작극을 꾸미고 서울로 갔다고 했는데 뭐가 틀어졌는지 다시 돌려보냈답니다. 거기서 말을 그쳤어요."

"그럼 자작극이라는 진술을 들은 거군요."

"네. 모윤정이 오빠라고 부르는 그 남자와 김미준 씨에게 해를 가한 건지 의심스럽죠."

말을 나누는 동안 차는 어느덧 서울을 빠져나가서 광주-원주 고속도로를 달렸다. 차가 그리 막히지 않았다. 아침에 서둘러 아직은 한산했다. 대화에 집중하다 중앙고속도로에 들어섰다.

한편 그 시각, 정탐정은 우서영 어머니가 의뢰한 사건에 대해 결론을 내렸다. 남자들은 우서영과 친구 관계였다. 우서영은 그들과 무관한 일로 방황하면서 엇나갔다. 일탈 행동 원인은 우서영이 다니던 학원 강사의 성추행 등 성폭력 때문이었다. 정탐정은 그동안 우서영의 친구들을 패스트푸드점에서 만나서 탐문했고 정보를 얻었다. 강사의 뒷조사를 해보니 예전 학원에서 추문이 있었다. 하지만 일타 강사로 능력이 뛰어나 끊임없이 대치동에서 일했다. 정탐정은 강사의 신원을 알아내서 의뢰인에게 통보했다.

우서영의 어머니에게 정보를 주고 다음날 오전 일찍 경찰서에 같이 가자고 했다. 만약 우서영이 안 간대도 신고하자고 했다. 그리고 강동수의 녹취 파일과 진술서를 증거로 가지고 가자고 했다. 우서영 사건은 그렇게 마무리되어갔다.

범죄자의 최후는

각각 특색이 있다

어제 감건호는 저녁에 가편집을 마치던 중, 주승이 선화로 한 말이 귓가에 계속 맴돌았다. 흘려들었지만, 김미준의 흔적을 찾겠다는 확신이 들었다. 첨에는 아마추어 탐정들의 치기로 여겼지만 귓가를 뭔가 잡아끌면서 등골이 서늘했다.

만약 김미준을 가족에게 돌려보낸다면. 그보다 더 보람찬 일이 있을까? 프로그램은 물론 초대박을 칠지도 모른다. 감건호는 늘 정식 업무와 직접적 관련 없는 일을 실행할 때 두 가지 의미를 부여했다. 일석이조라면 맘이 편했다.

두 가지 이상의 의미를 지니면 그 일은 해야 한다. 형사들이 셜록처럼 혼자서 일하는 건 정말 거짓이다. 오히려 홈스의 독단적 수사는 진짜 용의자를 배제하기 십상이고, 그럼 그 사건은 물 건너가 미제가 된다. 사건 말미에 형사들은 수사에 결정적 정보나 아이디어를 제공한 사람, 범인의 신체에 완력을 써서 잡은 사람, 그리고 수갑을 채운 사람 등으로 나뉜다. 이들이 범인 체포의 공적을 논할 수 있는 형사들이다.

자, 누구에게 가장 큰 공을 돌릴까? 프로파일러는 맨날 아이디어만 주고 일이 해결돼도 뒷전이다. 강력계 형사들이 제압하고 수갑을 채워 해결사가 된다. 오늘 감건호는 처음으로 사건 결말에 관여하자 맘을 먹었다. 현직에서는 거의 없던 일. 늘 형사 뒤에서 지켜보던 일을 해보고자 했다.

범인을 직접 잡는 일.

감건호는 곰곰이 생각했다. 추리연맹 애들의 말은 정말 맞다. 지리적 프로파일링에 의하면 범죄자들은 집 근처나 직장 근처의 가까운 장소를 범죄 장소로 택한다. 처음에는 집보다 조금 먼 곳에서 성범죄를 저지르지만 갈수록 안 잡힌다는 심리 상태로 집 근처의 아는 곳에서 범죄를 저지른다. 그리고 시신도 선친의 묘소나 고향 집 근방 혹은 출퇴근길 등에 유기하곤 한다. 한 마디로 인간의 범죄 패턴은 방향성을 지닌다. 비슷한 행태를 하기에 프로파일러라는 직업이 존재하고, 그들의 범죄 성향을 파악하고 통계를 낸다.

미국처럼 땅이 넓은 곳은 시신 유기할 데가 많지만 한국은 감시 카메라가 곳곳에 있다. 유기하려는 범죄자들은 어디나 맘이 불편하다. 그러니 마음 편한 곳을 찾아가서 시신을 유기하는 걸지도.

"김미준을 고한 마을에 돌려보냈다는 단서를 준 사람이 있습니다."

수승이 전화로 한 말이 귀에 어른거렸다. 경찰들이 실종이라고 판단해서 놓친 단서들. 집 근처의 어딘가. 놓친 곳이 있다. 분명히. 군경이 합동 수색했어도 놓친 곳. 거기 어디일까?

밤, 감건호는 처음으로 오래전 직장 동료들에게 자존심을 낮추고 전화를 걸었다. 현직의 그들이 돕지 않을 수 있다. 그 세계에서 감건호는 바보 된 지 오래다. 아니면 연예인 내지는 사짜 프로파일러로 보인다. 하지만 그들도 감건호가 제복에 대한 국민의 신뢰와 공익을 위해 한 번만 도와달라면 도와줄 것이다. 언론의 힘을 빌려 그들에게 한 번만 호소해보자.

감건호는 전화를 두 통 돌렸다. 하나는 지리적 프로파일링 프로그램을 만든 후배 프로파일러. 그리고 다른 한 명은 경찰 수사견 폴의 아빠 형사였다.

후배 프로파일러는 지금 은평구에서 벌어진 무동기 범죄자 면담을 앞두고 있다면서 프로파일링 프로그램으로 가장 근접한 시신 유기 장소를 세 곳 찍어준다고 했다. 폴 담당 과학수사팀 형사는 마침 경찰특공대에 위탁한 폴이 전지훈련 겸해서 정선 훈련소에 있다면서 본인이 내려와 도와준다고 했다. 감건호는 약속을 잡았다. 그리고 얼른 피디와 스태프들에게 전화해 일정을 하루 빼달라고 했다. 카메라는 붙이지 않을 생각이었다. 형사가 정식으로 허락을 받기 힘드니 비공식으로 해 달랬고 촬영은 안 된다고 했다.

감건호는 고한 터미널에서 서 형사와 경찰견과 만났다. 구리빛 얼굴에 건장한 체격의 서 형사는 폴의 목줄을 잡아당기고 얼굴을 부드럽게 쓰다듬었다. 폴은 독일산 셰퍼드로 허벅지까지 오는 크기에 입과 귀가 시커멓고 무섭지만 한편 순하게 꼬리를 흔들며 복종했다.

"아이구 오랜만이다. 폴"

감건호가 폴을 쓰다듬었다.

"그나저나 서 형사를 부르기는 했는데 2년 전에 죽었다고 가정한다면 백골화 시신인데 찾을 수나 있을까?"

"케이스 바이 케이스인데. 땅 속이면 힘들고. 그런데 만약에 습하고 공기 잘 안 통하는 데 있으면 반은 유해가 남았을 수 있잖아. 옷도 두꺼운 거 착용했다면 유해가 오래 가고. 그럼 찾을 수 있어."

"믿는다."

"폴이 어떤 수사견인데? 몇 년 동안 시신과 성분이 같은 인공 시료를 냄새로 찾게 하고 보상으로 공을 던져 놀아줬다고. 하루에도 그 훈련만 일고여덟 시간 이상도 해. 호수에 버려진 시신도 반나절 만에 찾아낸 적도 있지. 호수 속 시신의 냄새가 수증기를 타고 올라온 것도 귀신같이 맞췄는데. 충주호 사건 알지?"

"뭐? 충주호 40대 남성 채무 관계 살인 사건, 폴이 해결한 거야?"

"그럼! 얼마나 기특한 녀석인데. 냄새가 동물에게 얼마나 큰 영향을 미치는 줄 알아? 임신한 암컷 쥐에게 다른 수컷의 냄새를 맡게 하면 유산한다는 실험 보고도 있어. 인간도 냄새의 영향을 크게 받지. 그걸 감추려 향수를 사용해 냄새를 없애. 호르몬 변화로 인한 약점을 노출하지 않으려고. 내가 산책시킨다고 데리고 나오긴 했는데 잘못되면 니 탓이야."

"알았어. 내 톡톡히 보답할게. 경찰견 특집 한 번 가자!"

"그건 됐고, 수색지가 어디 어디야?"

"다할 수는 없고 후배 프로파일러가 뽑아줬는데? 왜 강주연 알지?"

"강 형사 알지."

"일단 김미준 아파트에서 가깝고, 종종 산책하러 간 만항재 주변은 나중에 훑자. 왜냐면 가장 시간을 들여야 해. 이렇게 가정해 봐. 김미준과 어찌어찌 하다 크게 싸움이 나. 그러다 죽여. 그게 아파트 근처야. 어떻게 하지? 근처 숲속에 유기해야지."

"거기 야생화 축제한다고 여름에 사람들이 바글바글한데 어디다가 유기한대?"

"안 가봤구나. 함백산, 거기 천상의 화원인가 야생화 공원만 딱 조성했지, 그 고개 넘어가면 그냥 깊은 산이야. 등산로도 없어. 평일에는 우리 촬영팀만 있었다니까. 유기하고자 하면 충분해."

"좋아. 알았어. 다른 데는?"

"강 형사가 꼽아준 데가 일단 위쪽 하이원 리조트나 더 위 정선 동강은 아닐 것 같대. 아주 큰 관광지이고 밤에도 사람들 차량이 오가니까. 그리고 내가 수색할 범위도 아니고. 좁혀보자면 김미준 집 근처인데, 폐광산 같은 석탄 유물보존관을 가보라 했는데 그건 강 형사가 안 가봐서 몰라. 거기도 관광지라서 도저히 숨길 데 없어. 내가 촬영해 봤잖아. 폐광지도 막혀 있고. 무엇보다 거긴 안 돼. 나 폐소공포증 있는지 원."

"아! 알았어! 감건호 그래 어디야? 우리 폴 심심해한다."

폴이 코를 킁킁대며 몸을 씽씽댔다.

"똥 마려운 거 아냐? 비닐과 젓가락 준비했어? 똥 누이고 내 차에 태워."

"감 프로. 뭔 소리! 얘는 수색 일에 들어가면 종일 각성돼서 밥도 안 먹고 대소변 안 봐. 인간보다 낫다구. 그 집중력이!"

"아, 알았어. 갈 데는 그래서 정암사 부근이야. 오가면서 절을 봤을 텐데 익숙하니 거기 뒷산에 어디 시신을 유기할까 이런 맘 먹을 수도 있잖아."

"결국 만항재와 부근 정암사네. 니가 익숙한 데 아냐?"

"서 형사. 나도 이게 최선이야. 내가 경찰도 아니고. 오늘 밤에 올라가서 당장 편집 또 봐야 해. 가편집만 해놔서."

"아, 알았어. 빨리 가. 나도 폴 복귀시켜야 해. 만항재부터 가!"

왓슨추리연맹은 공 팀장과 사북석탄유물보존관을 뒤졌다. 폐광산, 폐공장이 많고 지역이 외져서 상대적으로 무엇을 숨기려면 숨기겠단 생각이 든 민수 의견을 따랐다. 하지만 넓은 지역을 훑어도 이렇다 할 게 없었다. 공 팀장이 고개를 저었다.

"죄송하지만 여기는 그래도 관광지라 주말에 사람들이 찾을 거고 관리인이 있어 아닐 것 같아요."

민수가 머리를 긁적였다.

"미안해요. 제가 틀려서."

"아, 아뇨. 결정된 것도 없고 모두들 제가 모윤정 씨 말 꺼내 이렇게 왔는데 헛수고 될까 미안합니다."

공 팀장의 말에 주승이 일단 쉬자고 제안했다. 모두 지쳐 차 주변 바닥에 옹기종기 앉았다. 주승은 공 팀장에게 다가갔다. 공 팀장은 휴대폰으로 포털 지도를 열어 여기저기를 살폈다.

"단서도 부족하고 수색할 곳도 넓고 어쩌죠? 다른 단서는 없을까요? 모윤정 씨와 그래도 가장 말을 많이 나눴잖아요."

"에세이 책을 좋아하고, 김미준 씨와 초등학교 때 친했다, 그리고 나쁜 남자한테 얽혀서 고생했다 그랬죠. 그 나쁜 남자가 일을 도모했고, 자작극으로 피를 뿌렸고······."

이 부분에서 공 팀장은 좀 더 자세히 주승에게 말했다.

"그리고 공중전화로 가짜 주문 전화를 해서 사건을 흐렸고······. 그렇게 돌려보내서 미안했다 그랬습니다."

주승이 다그쳤다.

"그런 거 시차적인 거 말고요. 이미 자세히 들었어요. 좀 더 뭔가 훅 던졌는데 걸린 거 없었어요? 사건과 관련 없는 거요. 그런 게 단서일 때 있잖아요."

"고양이가 무섭대요. 고양이 죽은 냄새 맡은 적이 있어서. 부패 냄새가 그렇게 험했다고."

"고양이요?"

"네."

"걸리는 데 있어요. 모두들 차에 타요! 어서!"

주승의 말에 추리연맹과 공 팀장이 후다닥 차에 올랐다. 주승은 시동을 걸고 액셀러레이터를 밟았다. 차가 빠르게 전속력을 달려서 만항재로 향했다.

주승의 차가 만항재에 도착했다. 주승은 차를 만항재 주차장에 두었다. 산속 청량한 바람이 땀을 말렸다. 주승은 앞장서서 공 팀장과 왓슨추리연맹을 안내했다. 현실은 비정한데 울창한 수목과 들꽃은 아름다웠다. 햇살이 나뭇잎들 사이를 뚫고 들어왔다. 눈앞의 광경은 태고의 낙원이었다.

40~50분 걸었을까. 함백산 산줄기와 이어지는 깊은 산속, 인적도 없고 길도 나지 않은 우거진 나무와 잡초들이

그득한 곳에 발길을 디뎠다. 나뭇가지들이 주승의 뺨을 할퀴었다. 해도 들지 않는 빡빡한 숲속, 그들은 드디어 덩굴로 감춰진 동굴 앞에 도착했다.

공 팀장은 미국제 맥라이트 플래시를 벨트에 고정해 두 손이 자유로웠다. 이때 공 팀장에게 전화가 걸려왔다. 정 탐정이었다. 우서영 사건 관련해서 증언이 필요하다면 해야 했다. 공 팀장은 플래시를 민수에게 건넸다.

"들어가서 먼저 수색하세요. 저는 이 전화 꼭 받아야 합니다."

공 팀장은 밖에 있고 왓슨추리연맹이 동굴 안으로 들어 갔다. 천장 구멍으로 햇살이 간간이 들어왔다. 어디선가 물소리가 났다. 바깥보다 온도가 몇 도 이상 떨어져 서늘 하다 못해 한기가 들었다. 주승은 귀기가 서린 듯 등골이 쭈뼛 섰다.

"고양이 무덤인가가 어디야?"

"더 들어가야 돼. 분명히 한 20여 분은 간 듯했어. 초행 이고 어두워서 천천히 간 것 같지만."

"어, 어디선가 퀴퀴한 냄새가 나."

진영이 코를 들썩거렸다. 높다랗게 올라간 천장에 구멍 이 뚫려 햇살이 들어오고 물이 떨어졌다.

"분명히 이 부근이야."

"저깄다."

선미가 맨 뒤에 있다 휴대폰으로 불빛을 비췄다. 검은 터럭이 뭉쳐 올라온 것이 보였다.

"고양이 무덤이 맞네!"

민수가 외쳤다. 주승과 일행은 고양이 무덤을 살폈다.

감건호는 만항재 주차장에 도착해 차를 세웠다. 서 형사가 코를 킁킁대며 고개를 절레절레 젓는 폴을 달래며 말했다.

"폴이 다른 애들 비해서 먹을 것에 대한 욕심은 덜한데, 시신을 찾고 보상으로 공을 주는데 그건 되게 갈망해. 애지금 흥분해서 빨리 찾으면 좋겠는데."

서 형사는 폴을 쓰다듬어 안정시켰다.

"금방 풀어줄게, 폴. 수색하는 섹터 어떻게 잡을 거야, 넓게 잡으면 힘들어."

"동굴 위주로 하자고. 여기서 걸어가. 외져서 그곳에 감췄을 확률이 높다고 강 형사가 제시했어."

"근데 이렇게까지 하는 이유가 뭐야? 수사나 경찰이라면 지긋지긋해하면서 나갔잖아?"

"공익과 미준 씨 가족을 위해, 그리고 나 자신을 위해. 다들 나보고 사짜 아가리 프로파일러니, 프로쓰레기러니 말 많잖아. 좀 더 나은 놈이 되라 자극한 애들이 있어. 왓슨추리연맹이라고."

"왓슨? 셜록 말고?"

"그래. 셜록처럼 혼자서 디리 수사해봤자 뭐 나와? 왓슨처럼 공조하는 맘이 있어야 형사지. 혼자서 뭐 됩디까?"

"하여간 넌 입 터는 건 타고 났어."

서 형사가 폴을 달래서 내렸다.

"야, 감건호. 출세했다. 이런 외제차 타고."

"아이구. 연비 낮아서 선택한 거야. 지프라 이런 험한 지형도 잘 타. 평소에는 촬영차 얻어 타요. 어? 저 차 낯익은데? 왓슨 걔네들 온다더니."

감건호는 휴대폰으로 주승에게 전화를 했다. 하지만 받지 않았다.

"이거 전화 안 받네? 폴 컨디션 괜찮지? 갈까?"

"사람의 후각을 만 배나 앞서. 걱정 마. 동물의 사체와 구분되는 시신 부패 냄새는 독특함이 있는데 폴은 귀신이야."

감건호는 앱을 열어서 동굴 방향으로 앞장서고 서 형사는 폴을 이끌고 뒤따랐다. 시간이 지나 동굴 입구에 가자,

서 형사가 폴의 목줄을 풀었다. 그리고 명령을 폴의 눈을
보고 큰 소리로 내렸다.

"찾아!"

폴이 아주 빠르게 동굴 속으로 내달렸다.

"저러다 잃어버린 적은?"감건호가 걱정스레 물었다.

"전혀. 수색하다 없으면 일정 시점에서 핸들러에게 되
돌아와. 찾으면 컹컹 짖고 내가 올 때까지 기다리지."

"찾아내면 소시지 주나?"

"아니, 먹을 거 탐하면 큰일 나. 그건 좀 지나서. 공 던
지고 물어오는 거 좋아한다니까."

왓슨추리연맹은 동굴 안에서 한참 수색했으나 소득이
없었다. 어둠 속에서 뱅뱅 돌았다.

"주승아, 힘들다. 잠깐 쉬어."

민수의 제안에 진영은 생수를 꺼내 목을 축이고 선미에
게 건넸다. 주승은 미간에 주름을 잡고 바닥에 앉았다.

"이제 모바일 네트워크도 안 잡히네. 배터리 나가려 해.
휴대폰 꺼 놓을게."

"걱정 마. 공 팀장님 플래시 있잖아."

"이런 식으로 찾는 건 무리야. 입구로 나가서 도움을 청

하자. 벌써 한 시간도 넘게 지났어."

민수의 제안에 주승은 고개를 저었다.

"여기에 없다는 걸 확인해야 해."

"하지만 끝이 안 보여."

이때 개가 컹컹 짖는 소리가 동굴 안에 요란하게 메아리
쳤다.

"이게 무슨 일이야?"

진영이 놀라 벌떡 일어났다. 일행도 모두 일어서는데,
커다란 셰퍼드 한 마리가 빠르게 동굴 안으로 다가왔다.
개는 큰 소리로 컹컹 짖었다.

"엄마야!"

민수가 뒤로 물러났다.

"니들 왔슨 맞지?"

감건호가 켐 라이트를 비추면서 크게 외쳤다. 서 형사
가 플래시를 들고 비췄다.

"눈 부셔요!"

"감건호 프로파일러 님!"

민수가 감건호에게 반갑게 다가갔다. 폴이 짖는 걸 서
형사가 말렸다.

"이 친구들이구만!"

"과학수사견 맞죠?"

"응 체취견. 이름은 폴."

일행이 폴에게 다가갔다. 폴은 잠시 멈추고 서 형사가 지시하는 데로 자리에 앉았다.

"아직 못 찾은 거야?"

"네. 길도 잃어버릴 것 같아 막막했어요. 나가려 했는데……."

"니들도 참, 미치겠다. 이렇게 단독 행동 하다 위험해. 아무리 떼로 다녀도."

"잠깐. 감 프로 조용해 봐!"

폴이 갑자기 코를 킁킁대며 꼬리를 크게 앞으로 뒤로 흔들며 들썩였다. 그리고 돌아온 방향 쪽으로 이끌었다.

"아까 거기 고양이 사체로 가려는 거 아냐?"

서 형사가 크게 고개를 저었다.

"쉬잇. 집중하게 둬. 한번 잘못 탐색한 데 가지 않아. 다른 냄새를 맡은 거야."

폴은 고개를 들썩이며 빠르게 이동해 이들을 이끌었다. 동굴 천장이 뚫려 물이 떨어지는 곳까지 다시 돌아왔다. 폴이 고양이 무덤으로 가려다가 다시 몸을 돌려서 종유석들 아래의 석순 뒤로 코를 킁킁대며 몸을 들이밀었다. 폴은 컹컹 짖으며 무언가를 지키듯이 서 형사를 불렀다. 그리고 좁디좁은 구석에 들어가서 조용히 앉았다. 서 형사가 다급하게 달려갔다. 서 형사가 외쳤다.

"굿 보이! 잘했어! 폴! 옳지! 옳지!"

감건호가 얼른 갔다. 공을 보상으로 주고, 높은 하이톤의 목소리로 칭찬하는 건 마약이나 시신을 발견했을 때이다. 무언가 폴이 찾아낸 것이다.

감건호와 추리연맹이 구석으로 갔다. 서 형사가 지켜보다 비켰다. 썩은 옷가지가 보였다. 민수가 플래시 빛을 비추니, 스웨터 같은 옷 속에 유해가 설핏 보였다. 부분적으로 백골화가 진행돼 살에 묻힌 다리뼈가 드러났다. 얼굴뼈에는 살점 없이 머리카락이 있었다. 동굴 안의 습기와 공기가 차단된 환경 속에서 절반은 유해로 남은 것이다.

"아!"

그들은 아쉬움의 탄식을 뱉었다. 그렇게 찾던 김미준이 여기에 있었다. 어머니를 생각하면서 부디 살아있기만을 바랐는데. 진영은 눈물을 글썽이면서 휴대폰을 들었다. 신호가 잡히지 않았다.

"신호가 안 잡혀!"

"112와 정선경찰서에 동시에 신고해야 해."

감건호가 말했다. 서 형사는 주머니에서 공을 들어 던졌다. 폴이 꼬리를 살랑살랑 흔들면서 공을 물고 와 컹컹 짖었다.

"폴이 고양이 사체 냄새와 교란해서 처음에 실수한 거야. 이제 나가. 내가 지킬게."

"아냐. 폴 데리고 일단 나가. 흥분할지 모르니."

주승이 심각한 얼굴로 말했다.

"이런 일은 제가 익숙해요. 제가 지킬게요."

"저도 남을게요."

민수와 진영, 선미도 자원했다. 감건호가 고개를 끄덕였다.

"오케이, 신고만 하고 빨리 돌아올게. 그리고 폴과 서 형사는 이제 복귀해도 좋구."

"어구, 왜 그래. 폴 실적 하나 올려야지. 일단 나가자구."

감건호와 서 형사가 개를 이끌고 동굴 입구로 향했다.

한편, 공 팀장은 전화를 받았으나 곧 수신이 끊겨서 신호를 잡기 위해 울창한 숲을 헤치고 걸어나왔다. 전화가 터졌다.

"공 팀장!"

"네, 정탐정 님."

"추리 카페 운영진들과 고한에 내려간 거야?"

"네. 여기 고한 만항재입니다."

"일단 여기 상황은 나한테 맡겨. 아직 증거를 형사들이 살펴보는 단계이고 학원 강사가 잡아떼니까, 확실한 증거 채집이 필요해. 우서영이 전화를 안 받고 해서 그 남학생 증인 연락처 알지. 나한테 알려줘. 부탁해."

"네, 알겠습니다."

공 팀장은 전화를 끊고 정탐정에게 연락처를 보냈다. 그리고 주변을 둘러봤다. 동굴이 어느 방향인지 잠시 헷 갈렸다. 이때 공 팀장은 자신의 눈을 의심했다. 모윤정이 나무들 사이에서 나와 그에게 천천히 다가왔다.

"아, 아니!"

"공 팀장님, 진실을 말해드리려 따라왔어요."

"네?"

모윤정은 휘청거리며 공 팀장에게 걸어왔다. 그는 모윤 정을 부축했다. 그녀는 눈물을 글썽였다.

"미, 미준이를 꼬여내 이용해 먹을 대로 이용하고……. 저는 너무 무서웠어요. 사람이 사람을 그렇게 할 수도 있 구나. 저는 같이 갔을 뿐이에요."

모윤정은 기억을 떠올렸다.

그 남자를 속옷 피팅 모델을 하면서 알게 됐다. 그의 외모와 매너, 직함과 외제 차 등에 홀렸다. 그를 사귀었지만 파렴치한이었다. 피팅 모델이라면서 아주 야한 속옷을 입히고, 얼굴을 노출시켜 홈페이지에 올렸다. 나중에 모윤정이 난리를 쳐서 사진을 내렸다. 외국인 모델을 써서 섹시한 속옷을 입혀 판매를 시작했지만 매출이 지지부진했다. 남자는 고객의 리얼한 착용 샷 후기를 올렸으면 좋겠다고 아이디어를 냈다. 모윤정이 친구들을 섭외했지만, 모두 남자의 속내를 알고 도망갔다.

결국 모윤정은 남자에게 김미준의 정보를 건넸다. 남자가 먼저 인터넷으로 접근하고, 모윤정이 우연처럼 해서 미준에게 그를 소개했다. 그녀에게 속옷도 보내고 자발적인 착용 샷을 수십여 장 포토 후기에 올리게 했다. 사이트는 방문자 수가 늘었다. 남성들 가는 커뮤니티에서 소문이 났고, 여자친구에게 선물하는 속옷으로 알렸다. 갑자기 판매량이 급증하자, 남자는 아예 김미준을 서울로 부르기로 했다. 김미준은 어머니가 절대로 허락 안 할 거라 했다. 남자는 실종 자작극 아이디어를 냈고, 주사기와 수혈팩 등을 들고 모윤정과 내려갔다. 모윤정은 김미준에게 서울서 못다 한 공부도 하고 정식 속옷 모델도 하라고 했다. 돈 많이 벌 거라고 꼬드겼다.

모윤정은 이미 남자에게 종속됐다. 남자는 그녀의 나체 사진과 성관계 동영상을 인터넷에 뿌린다고 협박했다. 시키는 대로 할 수밖에 없었다. 결과적으로 방안에 수혈팩 가득 모은 혈액을 흩뿌리고 셋이 차에 올라 도망쳤다.

남자는 김미준을 신상품을 입혀서 여러 사진을 찍었다. 그리고 일반인 고객들이 올린 것 마냥 여러 명의 아이디로 올렸다. 사이트는 대박이 났다. 자발적으로 포토 후기를 올려서 포인트를 쌓는 고객들이 늘었다. 사이트 이용자 수가 대폭 늘자 배너 광고가 많아졌다. 전체 매출액이 크게 늘었다. 성인용품 광고료도 올려서 받았다. 사이트는 저절로 돌아갔다.

어느 때부턴가 김미준은 자신의 사진이 부끄럽다고 내리라고 했고, 정식으로 수백만 원의 월급을 요구했다. 그때부터 남자는 김미준을 찡찡대면서 생활비만 축내는 사람으로 봤다.

사실 이 둘의 사이가 벌어진 데는 모윤정도 한몫했다. 남자는 사업이 잘되자 김미준과 모윤정을 동등하게 대했다. 모윤정은 남자를 빗어날 기회였지만, 기반 없이 독립하는 게 두려웠다. 남자가 친구에게 살갑게 구는 걸 보자 모윤정은 둘의 아킬레스건을 각각 건드렸다.

김미준에게는 남자가 곧 자신과 결혼할 거라고 했다. 그가 널 버릴 거라는 뉘앙스를 풍겼다. 김미준은 남자에게 배반감을 느꼈다. 하지만 모윤정과 김미준은 둘 다 잘 알고 있었다. 남자는 자신들과 결혼하지 않을 거라는 것도.

남자는 김미준을 사귀는 것처럼 하다 이용만 했다. 김미준도 어렴풋이 눈치챘을 것이다. 남자에게 새롭고 괜찮은 여친이 생겼다는 걸. 하지만 두려워서 둘 다 입 밖으로 내지 못했다.

관계 중독증.

모윤정은 심리학책에서 이 단어를 읽은 적이 있었다. 데이트 폭력에 시달리는 여성이 왜 남성을 못 벗어나는가를 설명하는 단어였다. 책에 여성들은 폭력의 주체인 남성에게서 애정 관계가 끊기거나 악화되는 걸 두려워한다고 설명했다.

버림받는 것.

모윤정은 이미 부모에게 당한 일이었다. 다시는 느끼고

싶지 않았다. 남자에게 행동을 고쳐달라고 말해봤자 고쳐
지지 않고 관계는 개선되지 않았다. 남성은 모윤정이 그
럴 때마다 다른 여자와 데이트하는 모습을 SNS로 보였다.
그녀는 불안해져서 버림받을까 매달리며 떠나지 못했다.

모윤정은 결단을 내렸다. 김미준을 남자에게서 떼내고
자신도 떠나려 했다. 아니, 그 새로이 사귀는 여자를 떼내
려 했다. 먼저 김미준을 떼놓고 그렇게 하리라 맘 먹었다.
남자에게는 김미준이 쇼핑몰을 천박하게 여기고, 커뮤니
티 게시판에 자신이 피해자라는 식의 글을 올린다고 했
다. 남자는 사업에 지장이 있을까 봐 전전긍긍했다.

이런 식의 대치 상태가 이어졌다. 남자는 오피스텔에서
나가라고 했지만, 김미준은 버티며 돈을 요구했다. 서울
에 정착할 수천만 원을 바랐다. 그러던 중에 김미준을 찾
는 전단지가 페북에 돌았고, 남자는 사지에 몰렸다. 김미
준은 그걸 보고 신고당하고 싶지 않으면 돈을 달라고 했
다. 사이가 극으로 악화됐다. 마침내 그 끔찍한 일이 벌어
졌다. 이간질로 비극이 되었다.

이때 기억에서 나온 모윤정이 정신을 차리고 어디론가
마구 달렸다.

"모윤정 씨!"

공 팀장이 그녀를 찾으며 숲속을 헤매는데, 뒤에서 누군가 가격했다. 공 팀장은 바닥으로 쓰러졌다. 누군가 그의 손에 든 휴대폰을 멀리 던졌다. 공 팀장이 정신을 차리려는데, 그가 구둣발로 공 팀장의 머리를 짓이겼다.

"정도껏 해라. 사건 터는 것도. 개나 소나 난리 치고 지랄들이야! 좆도 씨발 것들아! 경찰도 아니면서 왜 이 난리냐? 뭐 떼돈이라도 버냐? 이 쌍놈의 새끼들아. 좀 짜지라면 짜져. 왜 이러는데!"

그녀의 울먹이는 소리가 공 팀장에게 들렸다.

"그만 둬. 끝났어. 여기 미준이 있는 것 다 아서. 제발 가족들 품에 돌려보내. 그간 죄책감에 나 죽으려고 했어. 흐흑……."

"씨발! 죽으려면 너 혼자 뒈져! 난 여기 이 자식 처치하고 동굴 안에 또 밀어 넣으면 끝나. 너도 그렇게 해줄까? 돕지 않을 거면 짜져 있으라고. 그만 처울고. 재수 없으니까! 이 년아!"

한희중은 기억들이 영화의 몽타주 씬처럼 스쳐갔다. 과거를 돌이켰다. 아버지의 폭력으로 10대 후반에 집을 나왔다. 지방에서 올라와 서울에서 이만큼 정착하기까지 많은 사연이 있었다. 쪽방에서 친구와 돈을 보태 월세를 내면서 살았다. 좁아터진 방에서 모로 누워 잠을 자면서 내일 먹을거리를 걱정했다. 피시방 알바, 편의점 알바, 술집 웨이터, 호프집 삐끼, 노래방 보도실장까지 단순 아르바이트에서 유흥업 종사자가 됐다. 깔끔한 외모와 말솜씨가 여성들을 상대하는 데 유리했다.

인터넷 쇼핑몰도 열었다. 홍콩 특A급 짭을 판다고 중고 장터에 광고 사진을 올렸다. 고객을 판매자와 연결해 마진만 먹었다. 유흥업소에서 알던 여성들에게 파니까 수입도 꽤 올렸다. 그러나 경찰에 신고 들어가 벌금을 맞기도 했다. 쫄딱 망하고 휴대폰 매장에서 최신 아이폰을 싸게 준다며 온갖 요금제를 입혀서 바가지 씌우는 일도 했다. 이후에 투자 회사에 들어가 재무 설계 일을 하면서 하루 종일 여성 고객을 찾아다니며 투자금을 모았다. 회사에서는 화려한 양복, 명품에 외제 차 리스해 인스타에 사진 올려 바이럴 마케팅으로 투자자를 모으라 했다. 그는 처음에 정식 회사원이 된 것처럼 들떴다. 하지만 이들이 다단계로 투자자를 모아 돈만 받고 고객 문의에 나 몰라라 하는 식으로 원금을 돌려주지 않는 걸 봤다. 사기성 일이었다. 이마저 기본 수입 없이 인센티브 바라며 허세 부리다 끝났다. 이성을 유혹하고 비위를 맞춰서 하는 억지 계약도 지쳤다. 거기서 배운 거는 비싼 시계는 사람들에게 이미지를 포장해 보일 수 있다는 거였다.

뭐든 오래 할 일은 아니지만, 그래도 자본과 학력 없이 들어간 일들이다. 하지만 떳떳한 일은 아니었다. 한희중은 음지에서 살 수 없다는 생각에 배달 대행 업체에서 퀵 서비스 기사를 하다가 회사를 차렸다. 전화로 주문을 받아서 컴퓨터에 보내는 사람과 받는 사람 이름과 각자의 전화번호와 주소를 정확하게 입력했다. 주문 시 추가 입력을 했는데 '부재 시에는 경비실에 맡겨주십시오.'나 '집 앞에 놔둬 주세요.'등의 상세한 문장을 매일 수백 건씩 입력했다. 대기타는 기사들이 없을 때 콜이 오면 직접 뛰었다. 1시간에 3건을 배달해서 수수료를 3,000원가량 받으면 거의 1만 원이 시급이었다. 이것저것 떼면 남는 게 없었다.

마지막으로 대출금을 어머니에게 부탁해서 동대문 시장에 속옷 가게를 차려서 재미를 본 후에 쇼핑몰을 냈다. 대표였지만, 부장 직급으로 일했다. 처음에는 적자였다. 하지만 처음으로 남에게 자랑스러운 일을 시작했다. 명품 시계도 오메가와 태그호이어에서 시작해 까르티에를 차다가 팔고 롤렉스를 찼다. 롤렉스도 중고시장에서 사고팔면서 조금씩 업그레이드했다. 그 재미는 쾌감을 줬다. 동시에 신분도 조금씩 업그레이드되었다.

지방 가난한 집안의 학력 없는 사람에서 사회적으로 인정받는 회사의 대표, 그리고 번듯한 여자친구도 만났다. 사회인이 되었고 유흥업소 친구에서 번듯한 직장을 가지고 대학을 나온 사람들로 싹 물갈이했다.

적자를 만회하고자 김미준을 이용했다. 그녀를 꼬여내 잠깐 사귀었고, 덕을 봤다. 하지만 그녀는 점차 짜증내면서 돈을 요구했다. 그리고 도리어 협박하면서 사귀는 여자에게 성관계 영상과 사진을 보낸다고 했다. 이제까지 사업을 성공적으로 이끌고 번듯한 대기업 다니는 여자친구도 만들고 결혼을 앞뒀는데 무너질 수 없었다. 그는 페북에 떠도는 실종 전단 글을 보며 마음을 먹었다.

자신이 납치범이 될 수 없었다. 모윤정과 함께 김미준에게 비밀리에 수면제를 먹여 고향에 보내려 했다. 단지 그것뿐이었다. 처음에는 피크닉 가듯이 시작했다. 날도 화창했고, 기분도 좋았다. 김미준은 부산에 놀러 가자는 소리에 차에 올랐다. 전날까지도 안 좋은 관계였으나 그녀는 여전히 버림받는 걸 두려워했다. 김미준에게 수면제를 커피에 타서 줬고, 그녀가 잠들자 차를 돌려 고한으로 향했다. 불안감보다는 스릴을 느꼈다. 그러나 도중에 김미준이 깨어나 차 밖을 살피더니 안 돌아간다고 저항했다.

한희중은 달랬지만 그녀는 흥분했다. 갑자기 날이 서늘해지고 차가 국도변으로 빠졌다. 어두운 굴다리를 지나 한적한 논밭에 도착했다. 농기구 등 쓰레기들이 가득한 곳에 차를 세우고 한희중은 내렸다. 뒷좌석으로 갔다. 김미준이 안 간다고 발악을 하자 달래다가 몸싸움이 일어났고, 김미준은 한희중에게 인생을 망가뜨려 준다고 고함을 쳤다.

"음악 크게 틀엇!"

한희중이 모윤정에게 외쳤고, 모윤정은 음악을 틀고 자동차 밖으로 나갔다. 모윤정은 귀를 두 손으로 막고 몸을 구부리고 보닛에 기대앉았다. 그는 그 긴박한 찰나, 스키장에 처음 가봤을 때를 떠올렸다. 리프트를 타고 상급자코스에 오르는데 고소공포증으로 죽을 것 같았다. 숨이 막히고 불안하고 손잡이를 붙들다 차라리 뛰어내리고 싶은 욕망을 느꼈다.

불안을 일격에 해소하는 방법. 다 끝내기.

더러운 과거를 일시에 날려 새롭게 시작하기.

그는 시계를 1초 봤다. 롤렉스 오이스터 시리즈까지 왔는데 여기서 시계가 없던 시절로 돌아갈 수는 없다. 한희중은 김미준의 목을 두 손으로 눌렀다. 그녀의 버둥거림이 끝나갈 즈음 동공이 풀리는 순간 그는 김미준과 눈을 마주쳤다. 김미준과 사이좋던 도움을 받던 사귀던 때를 떠올랐다. 반대로 지겹고 떼버리고 싶고, 짜증나는 때도 같이 떠올랐다. 돈으로 사람을 사서 관계가 끝나면 사라지는 식으로 만나야 했다. 조금의 마음을 주면 이렇게 힘들게 한다.

그때 선득한 걸 느꼈다. 언젠가 이 손맛을 다시 느끼고 싶은 순간이 올 것 같았다. 불안을 끝내고 싶은 순간에 느끼고 싶을 게다.

그는 그렇게 그녀를 제압하다 목을 졸라 숨지게 했다. 만항재 숲속 동굴에 그녀를 방치했다. 그녀를 제자리에 되돌리려 한 게 사달을 냈다. 하지만 그럼으로써 마음의 동요와 불안은 잠재웠다. 주변의 여성들은 그에게 금전적 이득을 줬다. 그는 한 번도 고맙거나 미안하다고 여기지 않았다.

과거로 돌아갈 수 없었다. 지금의 부와 위치를 유지해야 했다. 외제 차 할부금도 중형 아파트 집세도 내야 했다. 그리고 많은 사람의 신망을 잃고 싶지 않았다. 지금은 모윤정과 함께 김미준의 시신을 치우러 왔지만, 공 팀장이 동굴서 나오는 걸 발견하고 뒤따랐다. 그리고 모윤정에게 유인하라 시켰다. 이제는 모든 걸 덮어야 할 때다. 진실을 아는 자를 실종자로 만들자.

한희중은 오래전 기억을 떠올렸다.

왓슨추리연맹 카페는 원래 가입돼 있었다. 유명한 미제 사건을 분석해 올려놓았다. 그리고 김미준을 죽이고 열흘 정도 지나 게시판에 자작극이라 주장하는 글을 올려 물타기 했다. 그녀를 죽인 비밀을 감싸 안고 모윤정이라는 폭탄을 두고 있는 건 숨 막히는 일이었다. 밤길에 누군가 스치는 듯 지나가도 나를 잡으러 온 형사가 아닌지 의심스럽고 두려웠다. 신경과민에 체력이 떨어지고 잠이 안 와 수면제를 먹었다. 그런데도 잠이 오지 않았다.

다리 뻗고 잘 수 없다가 추리 카페에 실종 자작극이라는 글을 올려 사건의 방향을 흐리게 하니 살 것 같았다. 불안감이 툭 다른 물꼬로 터져 흘러갔다. 고름이 분출됐다. 스스로 암시를 걸었다. 자신은 죽이지 않았다고. 실종은 자작극이고 그녀는 살아있다고. 하지만 모윤정이 걸렸다. 그동안 시간이 잘 지나갔다. 사업도 괜찮았고, 생활도 좋았다. 결혼도 목전이었다. 모윤정에게 그냥저냥 돈이나 대줬다. 비밀유지비로.

그런데 민간조사원 공영태라는 사람이 사무실로 찾아왔다. 그는 바짝 정신을 차렸다. 이렇게 된 바에야 이들이 어느 정도 캐냈는지 알아야 했다. 모윤정이 머무는 오피스텔의 주소를 대줬다. 어차피 숨겨봤자 언젠가는 알아내고, 경찰도 올지 모른다. 그전에 이쪽에서 선수를 쳐야 했다.

장영호라는 어릴 적 친구는 이름을 쉽게 빌려줬다. 사업하는 한희중이 본인 이름으로 부동산을 얻기 꺼리면 이름을 몇백에 빌려줬고, 다달이 얼마간 챙겼다. 한희중은 입주자 서류에도 장영호를 적었다. 장영호는 평소에 한희중의 회사에 나와 귀찮은 대부업자들이 찾아오면 대표라고 상대하거나 택배 상자를 포장하는 잡일도 했다. 한희중은 친구 이름으로 빌린 오피스텔을 알려줬고, 그들은 모윤정을 조사했다.

모윤정은 그간 실종 사건으로 경찰에 조사를 받은 적 있었으나 잘 넘어갔다. 그는 모윤정이 민간조사원들에게 진실을 감추는지 알고 싶었고 여차하면 공영태도 죽일 셈이었다. 모윤정도.

그런 와중에 SNS상에서 장난치면서 대화를 주고받다가 이상한 생각이 들었다. 예감이 안 좋았다. 그리고 인터넷상으로 누군가 디제잉 파티에 초대하는 등 여러모로 낚시하는 느낌이 들었다. 거기에 장난으로 사진을 도용해 응해주었다. 뭔가 떠보려다 일단 페북에 포스팅을 중지했다. 그런데 아니나 다를까 회사에 낯선 이들이 찾아와 장영호를 내보냈는데, 여러 인터넷 단서를 들고 와 김미준의 행방을 묻는 등 사건이 벌어졌다. 그러다 결국 모윤정이 단서를 불어서 꼬리가 잡혔다.

한희중은 허탈했다. 모든 게 무너질 지경이다. 어쩌다 이런 사건에 연루됐는지 돌아봤다. 과거의 일을 떠올렸다. 이웃 담벼락에 면한 일자 모양의 텃밭에 부모님은 상추, 고추, 깻잎과 채송화 등의 식물을 심어 농사지었다. 하루하루 다르게 햇빛과 물로 자라는 생명의 신비로움은 그의 마음을 자극했다. 폭력적인 아버지도 농사짓는 낮에는 괜찮았다.

한희중도 토마토와 호박을 심었고, 씨앗을 거둬 종이봉투에 넣었다. 노동의 소중함을 알았고 뿌린 대로 거뒀다. 현재도 그때와 다르지 않다. 김미준을 이용했고 회사도 매출액이 커졌다. 그런데 어느 순간 그녀가 대들었고, 고향에 강제로 보내려다 죽여 유기했다. 모두 뿌린 대로 거뒀다.

한희중은 그녀가 반항하자 죽이리라 맘 속에 씨를 뿌렸다. 머릿속에서 여러 번 죽이는 상상을 했다. 그는 김미준과 관계를 맺으며 사진과 동영상도 찍었다. 김미준은 한희중 인스타 계정을 뒤지다가 현재의 여친을 알아내고 모윤정도 바보라면서 소리를 질렀다.

"너 그년하고 결혼하면 사진하고 영상, 싹 그년 계정, 그년 친구 계정으로 다 보낼 거야."

한희중은 난감했다. 약점으로 찍은 영상이 자신의 발목을 잡았다. 지금 사귀는 여성은 좋은 집안에서 대학도 나오고 대기업에 다녔다. 헤어지면 다시는 이런 사람을 만날 길 없다. 이 여성과 결혼하면 과거는 세탁된다. 인생을 리셋할 기회가 왔는데 소모품이라 여겼던 사람이 뒷덜미를 잡았다.

한희중은 김미준이 말을 들을 여자가 아니라 여겼다. 고향 집으로 데려다 놓아도 회사에서 난장을 치고 쇼핑몰 게시판에 음해성 글을 올릴 것이다. 김미준은 자신과 모윤정에게 버림받는 걸 최고로 두려워한다. 친구도 일도 아무것도 남지 않고 다시 예전 삶으로 돌아가니까. 그래, 그게 더 불행하다. 한희중은 그녀에게 요동치는 현실 대신 영원한 안식을 주고 싶었다. 그래야 모든 게 안정되리라고 여겼다.

그러나 김미준은 죽어서도 자신을 붙잡았다.

농사는 맘에 안 들면 밭을 갈아엎으면 되는데, 인간의 삶은 그게 안 된다. 리셋이 안 되고 엉망진창이 돼서 사람을 구덩이에 밀어 넣는다. 곰곰이 생각해 봤다. 자신이 저지른 중대 실수가 무엇인지. 사람과 깊게 관계를 맺었는데 그 사람이 떨어지지 않자 죽였다. 그 일로 발목이 잡혔다. 그게 실수다. 이러저러하게 관계 맺지 말 걸, 함부로 사람을 길들였다. 뼈저리게 후회했다.

한희중이 멈칫하면서 기억을 더듬는데, 공 팀장이 으라라찻 일어나면서 한희중의 바지춤을 들고 동굴 입구로 메다꽂았다.

"야, 임마. 내 평생 무력 안 쓰려 했는데, 오늘은 예외다. 유단자가 폭력을 쓰면 단증 반납되지만, 너 같은 새끼한테는 예외라고! 으다다다다다다아!"

공 팀장은 한희중이 일어나자, 달려들어 그를 바닥에 냅다 던졌다.

"아아아악!"

한희중이 비명을 질렀고, 공 팀장이 재차 달려드는데 감건호와 서 형사가 동굴서 나오면서 비명을 듣고 달려와 다급히 말렸다. 그리고 휴대전화로 신호가 터지는 곳으로 가서 112와 정선경찰서에 동시에 신고했다. 모윤정이 한희중이 범인이라는 진술을 몇 마디 던졌다. 공 팀장과 서 형사는 한희중의 두 손과 두 발을 벨트로 결박했고 모윤정을 안심시켰다. 그들은 함께 경찰을 기다렸다.

정선경찰서 과학수사팀이 도착했고, 모윤정의 재차 진술로 한희중은 경찰서로 연행됐다. 그리고 모윤정과 감건호, 서 형사 등이 경찰서로 같이 갔다. 동굴 안 시신을 지켰던 주승과 진영 등은 운구차가 와서 시신이 수습되는 걸 도왔다.

주승이 전선자에게 전화를 걸었다.

"어머니⋯⋯, 저 김주승입니다. 지난번 촬영 때 찾아뵀습니다."

주승은 거기서 입을 다물었다. 전선자는 잠시 침묵했다가 말을 했다.

"괜찮아요. 말해요."

그녀는 직감으로 알고 있다. 이 번호로 전화가 올 때 아주 긴급한 정보를 들을 것이라는 걸.

"말해요. 어떤 일이라도 받을 거예요. 잘 보낼 거예요."

주승이 말을 못 하자 재차 재촉했다.

"어머니…… 따님 찾았습니다."

반대편에서 훌쩍이다 크게 오열하는 소리가 들렸다.

"흐흑흑…… 흐흑흑…… 고, 고마워요……."

주승이 말을 채 잊지 못하자, 선미가 받아서 사건이 해결된 과정과 위치를 자세하게 알렸다. 그리고 시신이 보내질 병원을 알렸다. 조만간 경찰 전화가 갈 거라 했다. 전선자는 울면서 곧 가보겠다고 했다.

전화를 끊고 얼어붙은 주승을 민수가 다독였다. 추리연맹은 경찰들이 분주히 오가는 가운데 손을 마주 잡고서 서로에게 위로를 건넸다. 한마음으로 고 김미준의 명복을 빌고, 유족이 아픔을 잘 디디고 일어나기를 간절히 바랐다. 모두들 숙연했고, 추리 능력을 앞으로 장난에 쓰지 않고 공익과 정의를 위해 사용하자고 결심했다.

개망, 폭망, 개폭망의 끝은?

쪽박, 대박?

감건호는 프로덕션에서 박 피디와 〈감건호의 미제 추적〉 1회를 시사실에서 본방 사수하려고 기다렸다. 박 피디는 콜라와 팝콘을 사와 건넸다. 언제나 첫 시사회는 영화 보듯이 팝콘을 즐겼다.

"선생님, 걱정되시죠. 시청률."

"아냐, 별로. 어차피 '볼 놈 볼', '안 볼 놈 안 볼'인데, 뭐."

"선생님 우리 입장에서는 '볼 분 볼', '안 볼 분 안 볼'로 바꿔야죠. 시청자들이 무지하게 갑인데요."

"그건 그래. 바꾸자. VOD는 '살 분 살', '안 살 분 안 살'이지, 뭐."

여유를 보였지만 속은 새까맸다. 감건호의 얼굴이 클로즈업되면서 산뜻한 음악이 나왔다. 그는 장중하고 비장한 배경 음악을 원했지만, 박 피디는 젊게 가자면서 힙합 뮤지션들에게 음악을 맡겼다. 훨씬 신선하고 가벼운 음악이 배경으로 깔렸다. 감각적이고 신선했다. 이어, 감건호와 왓슨추리연맹 회원들이 고한에서 대결 구도로 각자 사건을 분석하고 의논하면서 실종 사건에 진심으로 임하는 영상이 나왔다. 감건호는 특히 마음에 드는 부분이 있었다. 전선자를 다독이면서 인터뷰하는 장면이다.

'꽤 괜찮은데? 나도 인간미가 있군. 흐음.'

프로그램은 긴박하게 흘렀고, 중간에 감건호가 초등학교에 찾아가 앨범을 보며 교감에게 모윤정을 캐는 장면을 넣었다. 뒷 장면으로 빈 그네가 움직이는 씬이 잘 연결됐다. 폴과 서 형사 인터뷰도 따서 집어넣었고, 왓슨추리연맹과 탐정들 공조 과정도 자세하게 설명했다. 마지막에 경찰과 경찰 체취견의 도움, 사립 탐정들의 조력으로 용의자 검거를 했다고 자막에 밝히고 끝났다.

정탐정과 공 팀장은 그들의 바람대로, 신변 보호를 위해 화면에 등장하지 않았다. 탐정업이 법제화되지 않아서이다. 감건호가 처음에는 인터뷰를 따려고 했지만, 정탐정은 뉴스에 나온 적 있으나 도리어 악플이 달리는 부작용을 겪어서 그렇게 하겠다고 했다. 감건호가 내레이션으로 그들과 왓슨추리연맹의 결정적 활약으로 사건이 해결됐다고 설명했다.

시청률은 프로그램 끝나고 몇 시간 후에 바로 받아본다. 예전과 달리 집계가 빨랐다. 감건호는 두 손을 붙잡고 기도를 올리며 초조했다.

선미, 진영, 주승, 민수는 아지트에 모여 스크린으로 시청했다. 프로그램 시작 전 주승이 여느 때처럼 인디아나 존스 음악을 틀었고 다들 밝게 따라 불렀다.

"빰빠-빰빠- 빰빠-바 빰빠-빰빠- 빰빰~빰빰빰 빰빠-빰빠- 빰빠-바 빠- 빰빠-빰빠- 빰빰빰~"

사건을 조사하는 과정은 감건호와 균등하게 분배됐다. 감건호가 이성을 잃고 짜증을 내는 장면에서 민수가 다독이는 게 교묘하게 들어갔다. 그 부분이 인간적이었다. 전선자가 울먹이는 인터뷰 장면, 초등학교에서 앨범을 보여주는 지극한 연세의 선생님 등이 구체적으로 묘사됐다. 팩트 위주의 날것 그대로의 모습과 만항재의 자연이 적절히 배치돼, 한편의 장르 영화를 보는 듯했다.

프로가 끝나자 민수가 해맑게 웃었다.

"야, 감건호 샘, 세상 혼자 다 사네. 대박 헐! 겁나 멋지게 나왔다. 고한에서 직접 본 걸로는 완전 찌질이 울보에다 변덕이 하늘 땅으로 치던데."

"후후, 편집의 힘이지, 뭐. 그 성격에 얼마나 편집기사 보챘겠어. 우리한테 밀릴까 봐."

선미가 웃으며 말했다.

"내 말이. 그래도 우리 그냥저냥 멋지게 나왔다. 분량도 있고."

"민수, 넌 멋졌어. 감 선생님한테 꽁냥꽁냥 달래며 인생

상담하는 거 괜찮던데?"

"하두 어린애처럼 굴기에. 나이가 몇 살이고, 경력이 몇 년인데. 사람 사는 건 누구나 똑같다니까. 주승, 넌 샘에 대한 마음이 어떻게 변했어?"

"열정을 되찾았으면 된 거지. 저 프로에서는 노력이 엿보이잖아. 경찰들의 공조 수사와 우리와 탐정들의 협조도 멋졌어. 게다가 나도 배운 게 많아."

감상평이 끝나고 에일 맥주를 나눠 마셨다. 주승이 입을 열었다.

"그동안 해부에 임하면서 이분이 시신 기증을 어떤 이유로 하셨으며 가족들 심경도 알아보지 않았어. 법의학적 연구로 임했어. 그게 최선일 줄 알았어. 근데 이번에 깨달았어. 실체 없이 사진만 있는 김미준 씨에게 감정 이입됐어. 그녀의 발자취는 가족과 사람들에게 어떤 의미를 남기는지 겪었고. 한 사람이 얼마나 큰 존재인지 깨달았어."

선미는 고개를 끄덕였다.

"난 사람 사이에 소통이 중요하다는 걸 알았어. 하지만 사람의 마음을 홀리는 달콤한 소통은 나중에 대가를 치른다는 것도 알았지."

선미는 맥주를 마저 마셨다. 진영이 이었다.

"난, 아직도 낯선 사람들을 기피하지만, 나중에 검시조사관으로 일하면 수많은 사람을 만나니까 개선할 거야. 너희 없이 나 혼자 서도록."

주승은 맥주를 한 모금 마시고 입가를 가볍게 닦았다.

"난, 수목장으로 인생을 마감하고 싶어. 나무 밑에 태아처럼 웅크린 자세로 묻혀 언젠가 자연으로 환원되고 싶어. 부검대에 오른 수많은 시신을 봤는데 가끔 내가 그렇게 될까 봐 두려워. 나도 삼촌처럼 그렇게 죽는 건 아닐까."

선미는 울먹였다.

"걱정 마, 우리가 너를 그렇게 두지 않을게. 훗날 바빠도 언제나 왓슨추리연맹의 운영진 모임에 꼬박꼬박 나와 얼굴 보고 격려하자."

민수가 냉장고에서 사과를 꺼내 곱게 깎아 권했다. 그는 태양처럼 환하게 웃었다.

"일도 잘 해결됐고, 가족도 장례 잘 치렀고 프로그램도 좋다. 뭐가 걱정이야. 내가 피디님 잘 협상해서 출연료 미지급분과 보너스라도 타내 비행기 표 예약해둘게. 다들 3박 4일 정도 날짜 비워두라고, 휴가와 연차 쓰는 날 이으면 돼. 샌드위치 데이가 꽤 있어."

민수는 노트북으로 필리핀 두마게티 바닷가와 스킨스쿠

버 사진을 보였다.

"이곳이 해안 스포츠 즐기는 바닷가고, 여긴 리조트. 시내 쇼핑몰은 이렇고. 코코넛 주스 맛있어 보이지? 이 사진은 씨키홀 섬. 다이빙도 하고 스킨스쿠버도 하고."

진영은 메모를 하며 열정적인 설명에 귀를 기울였다.

감건호는 시사실에서 따뜻한 커피를 마시며 피디를 기다렸다. 갑자기 문을 활짝 열고 박 피디가 들어왔다.

"깜짝이야."

"선생님, 유전자 검사로 김미준 씨 확인됐대요. 경찰 측에서 전화 왔어요."

"그, 그건 나도 연락받았고, 그거 말고 그거 말이야."

"시청률이요?"

박 피디가 배시시 웃으며 뜸을 들였고, 감건호는 초조했다.

"선생님!~ 시청률 9.5% 넘겼대요!"

"뭐라고? 9.5%?"

감건호는 의자에서 벌떡 일어섰다. 눈이 휘둥그레 커지고, 몸을 꼿꼿이 하고 이야기를 들었다.

"네. 본부장님이 고무되셔서 이거 고정 잡자고 제작비

전폭 시원하고 격려금 쏜대요, 추리연맹 회원들도 넘 고 맙다구요."

"웬일. 거기 회원 몇천 명들이 SNS 홍보 도와줬나?"

"아뇨. 일반 시청자들이 따라 붙었어요. 미제 사건의 용 의자를 잡는 게 보통 일이에요? 게다가 날고 기는 미제 전 담팀 형사들도 아니고 민간인들이요. 수사견 도움은 받았 지만요. 우리 취재진, 추리연맹 운영진들, 민간조사원들 모두 빛났어요. 프로에서 케미를 톡톡 튀게 발휘했구요."

"대박! 대박! 감이 좋아, 좋아. 이거 2회도 그 친구들하 고 같이 가보자구."

감건호가 박 피디와 자연스레 손을 꼭 잡았다.

"아뇨. 그 친구들 바쁘대요. 직장에 전념해야 한대요."

감건호는 흥겨워 잡았던 손을 슬그머니 놓고 의자에 주 저앉았다.

"흐흑. 흐흑."

"선, 선생님. 왜 그러세요? 어디 불편하세요?"

그는 손을 흔들었다.

"그, 그게 아니라. 시청자들에게 사랑받는 게 피부에 닿 아서. 내가 건재한 걸 그분들이 수치로 제시했어. 9.5 이 상이라고. 넘 기뻐, 흐흑. 시청자는 나의 열정과 카리스마를 제대로 알아주셔. 아, 그 안목!"

박 피디는 뒤를 보며 슬쩍 웃었다. 불안도 잠시, 감건호의 자아도취 나르시시스트로서 입지는 영원하다.

"박 피디, 포털 프로필 란에 〈감건호의 미제 추적〉 올릴 건데. 이 김에 회사 경비로 사진작가 불러서 프사 교체 어때요? 시청자나 회사를 위해 나쁘지 않아요. 포토샵으로 얼굴 슬림하게 깎고 샤프한 이미지로 가는 거야. 어때요?"

박 피디는 웃음을 억지로 참았다. 그리고 속으로 되뇌었다.

'샘, 미안해요. 저도 스트레스 받아서요, 그때 장난전화 앱 제가 한 거예요. 쏘리.'

박 피디는 비집어 나오는 웃음을 참았다.

"알아볼게요."

"그래, 부탁해요. 옷은 양복에서 탈피할까? 뭐가 좋을까나~. 메이크업도 청담동 숍에 세팅."

"네, 네."

"박 피디는 맨날 받아 적는데 반영은 되는 거예요?"

"그럼요, 안 그런 적 있나요?"

"믿어요, 우후. 요즘은 인스타 지수 알지? 인스타 셀럽에 우리 프로그램 사진이 박히느냐가 중요해. 노력해야지. 안 그래요?"

"네."

"히히, 내 인스타나 볼까? 댓글 몇 개 달렸나."

"언제부터 하셨어요?"

"일주일 전부터 열활(열성적으로 활동). 진즉 만들어 놨지만 활성화 중. 우와, 댓글 겁나 많다. 참 박 피디, 나 주승이도 팔로우해요. 어? 민수 계정이네? 볼까?"

감건호는 민수의 인스타 사진을 봤다.

"뭐야? 그렇게 갈구더니, 내 책들과 프로 그동안 사진 찍어 꼬박꼬박 올렸네."

"악평은 없어요?"

"사진만 있는 게 여기 특성인데, 글을 어떻게 길게 올려. 잠깐 하트 날릴게. 내 관련 게시물만, 히히~~."

감건호는 마음이 편했다. 추리연맹 회원들에게 그가 원한 건 대결과 자존심 싸움이 아니라 인정과 지지였다. 그걸 나중에 깨달았다. 헬스 후에 아이스커피 한잔을 사 마시던 커피숍이 문을 닫았다. 그는 헬스클럽을 예전보다 적게 나갔다. 이유는 바리스타 누님의 칭찬과 지지가 사라져서.

그 어린애들에게 인정 한 번 받고자 싸우고 생난리를 쳤던 게 이렇게 박이 터졌다. 오래전부터 죽도록 노력해도 안 되는 사람, 노력을 끝장나게 해서 되는 사람, 그리고 그냥 앉아있어도 받아먹는 사람이 있다고 여겼다. 본인은 죽도록 노력해서 되는 사람으로 생각했다. 하지만 시청률이 안 오르자, 노력해도 안 되는 줄 반은 포기했다. 고한읍에 촬영 다녀온 후는 앉아만 있어도 받아먹는 사람이 된 것 같았다. 폐광 촬영에 패닉 상태였고, 촬영 내내 심리적으로 불안했는데, 이렇게 결과가 좋을 줄 몰랐다.

"회의하셔야죠."

박 피디는 목소리가 점점 기어들어갔다. 대답하기가 퍽 귀찮았다. 감건호의 말은 계속 주저리주저리 이어졌다. 박 피디는 그가 완연하게 슬럼프를 빠져나왔음을 깨달았다. 앞으로 저 장단을 어떻게 맞추나 슬슬 걱정이 됐다.

두마게티의 고백은

뼈를 깎는 윙컷이 수반된다

6개월 후 겨울, 필리핀 세부로 가는 비행기에 선미, 진영, 주승과 민수가 타고 있었다. 세부에서 배로 두마게티로 들어간다. 민수가 6개월 전부터 〈감건호의 미제 추적〉 제작진으로부터 받은 출연료 등을 모아서 티켓과 리조트를 예약했다. 예약에는 오래전 두마게티에 와서 자원봉사를 하다 한인 식당을 열어 정착한 민수 선배 철승이 여러 자질구레한 일들을 도왔다.

철승은 선착장으로 마중 나오기로 했다. 주승은 전공책을 싸들고 왔고, 진영은 추리 소설을 가져왔다. 민수는 고이 모셔둔 나이키 맥스 신상을 신었다. 선미는 심리학책과 보드게임을 준비했다. 모두들 휴가와 힐링을 즐기려 했다.

"왜 꼭 두마게티였던 거야? 예전부터 묻고 싶었어."

비행기에서 진영이 민수에게 물었다.

"대학교 때 정말 학교 억지로 다녔거든. 가기 싫은 과에 아버지가 보내놔서 더 그랬어. 그런데 학사 경고 받을 정도로 학교를 빠지면서도 자원봉사는 어디로든 가고 싶었지. 그때 갔던 데가 두마게티. 거기서 6개월 교환 학생으로 학점도 받으면서, 학교에서 영어로 초등학생들 가르쳤어. 순박하고 아날로그 같은 그들의 느릿한 생활이 좋았어. 게다가 철승이 형도 보고 싶고."

민수는 씨키홀에서 스킨스쿠버 다이빙하던 걸 잊지 못했다. 스쿠버 장비를 착용하고 고래상어와 산호초, 바다거북이를 20㎝ 앞에서 봤다. 만지면 벌금을 내니까 보기만 했다. 생생하게 대자연을 체험했고, 푸르고 끝없는 바다와 평화로운 사람들이 인상적이었다. 일을 마치고 시내 단골 카페에서 코코넛 주스를 마셨다. 모든 게 생생했다. 아름다운 추억을 친구들과 같이 즐기고 싶었다. 민수는 눈을 감았다. 어느새 착륙을 안내하는 스튜어디스 음성이 들렸다.

두마게티 선착장에는 민수의 선배 철승이 나와 있었다. 갈색 피부에 서글서글한 인상이 매력적인 훈남이었다. 그는 편한 면 티셔츠에 반바지, 그리고 샌들을 신었는데 필리핀 현지인들과 비슷한 차림새여서 뒤에서 보면 꼭 현지인 같았다.

"민수, 반갑다. 우리 브로. 잘 왔어. 민수 친구들은 모두 저의 친구입니다. 여기 계시는 동안 온갖 편의는 다 봐드립니다. 잘 오셨어요. 웰컴 투 두마게티!"

왓슨추리연맹은 철승의 지프 트럭에 올라탔다. 그들은

인디아나 존스 테마 음악을 휴대폰으로 크게 틀고 덜컹거리는 차에서 몸을 튕기며 해안 풍경을 감상했다.

날은 청신하고 바다는 코발트블루였다. 민수는 스킨스쿠버 다이빙을 하면서 머릿속으로는 비행기 타기 전에 보낸 장아찌용 햇양파가 잘 포장돼 나갔는지 고민했다. 고한읍에서 프로그램을 촬영하고 돌아온 뒤로는 일에 열의를 보였다. 아버지도 성실한 민수를 칭찬했다. 민수에게 물건을 주문하는 단골도 늘었다. 고객의 신뢰를 얻는 게 기분 좋았다. 마늘의 부분별 고화질 사진을 쇼핑몰에 올린 게 좋은 반응을 얻었다. 제품도 상처 난 것은 오프라인 고객에게 알려서 팔고, 온라인은 무조건 최상의 품질로 보냈다. 그래야 마음이 편했다. 반품도 줄고 고객들의 호응도 높아졌다. 쇼핑몰의 댓글 반응이 좋고 민수도 덩달아 기분이 상승했다.

산호초와 말미잘, 그리고 아름다운 색색의 열대어들이 오가는 바다는 평화로웠다. 민수는 노랑과 보라색, 분홍색 산호초들 사이에서 고래상어가 유영하는 걸 보고 감격했다. 천상에 있었다. 친구들과 같이 들어오려 했지만, 모두 거절해서 민수만 들어왔다. 다음번에는 누군가와 이

장관을 즐기고 싶었다.

  선미와 주승은 모래사장에 앉아서 말을 나눴다.

  "김미준과 한희중의 관계는 어디서부터 잘못된 걸까? 처음부터 그녀를 나쁘게 이용하려고 꾀어낸 걸까?"

  "첨에 단순히 쇼핑몰도 잘 되게 하고 모윤정과도 친하니 일 도우라고 그녀를 데려온 거겠지."

  "하지만 혈액을 뿌리고 자작극을 꾸미는 질 나쁜 짓을 했잖아."

  "거기서부터 잘못됐어."

  "어머니는 무조건 반대를 했겠지. 말을 했더라도."

  "연락처는 남기고 가야지. 가족이 막더라도."

  선미가 의아한 얼굴로 물었다.

  "한희중이 무조건 나쁜 걸까? 그가 하는 일도 잘못된 걸까?"

  "아니 전혀. 합법적인 물건을 파는데. 문제는 책임을 끝까지 지지 않는 거. 김미준을 의존케 해서 일을 시키고, 죽이고 몰래 감췄어. 가족이 2년간 고통을 겪게 한 죄. 그는 사람의 아픔에 공감 의식이 결여됐어. 그게 그의 죄야. 여성들을 이용하고 버려. 죄책감이 없어."

신미는 나직한 목소리로 말했다.

"책임을 끝까지 지지 않을 생각인데, 환자들을 의존케 하는 나는?"

주승이 조용히 경청했다.

"어떤 생각으로 의료직에 임하는 걸까? 소명으로 시작한 줄 알았어. 그런데 안 맞는 게 많아."

노을을 바라보며 선미가 고백했다.

"주승아, 나 사실 고한 가기 전에 너무 힘들었어. 새로 온 상사와 안 맞았고, 그분이 나한테 대하는 태도도 강퍅했지. 한계에 닥쳤어. 환자들은 나아지지 않고, 대변 받는 일도 싫었고, 환자 일으키는 일도 허리에 부담됐어. 해일처럼 걱정이 밀려왔어. 언제까지 이 일로 월급을 벌어야 할까, 나는 간호사 선서에서 했던 말을 지키는 걸까? 그런데, 고한에서 조사하는 사람들 보면서 내 길을 다시 점검했어. 감건호 선생님은 명성이나 프로에 대한 집착이더라도 너나 민수, 진영과 공영태 탐정과 정탐정 모두 가족을 돕는 일념으로 죽도록 뛰었어. 나도 빠져들면서 김미준 씨를 정말 걱정했어. 살아있기를 바랐어. 느낀 게 많아."

눈앞에 펼쳐진 바다 위로 저녁 놀 색깔이 물들었다. 바다는 점차 짙은 핑크색과 보라색으로 물들었다. 선미는 눈앞의 압도적인 장관을 보면서 현실인지 실감 나지 않았다. 생전 처음 보는 풍광에 취했다. 심취된 기분으로 이었다.

"혈관성 치매로 태도가 험한 할아버지가 빨리 돌아가기만을 바란 적도 있어. 귀찮게 하는 할머니는 세 번 불러도 가지 않았어. 고한 다녀온 후 누구도 실종된 그녀처럼 외롭게 둬서 안 되겠다 싶었어. 상사와도 나의 처지와 억울한 점, 개선점에 대해 장시간 토론을 했고. 지금은 나아졌어. 여기서 새롭게 태어나고 싶어."

하늘이 온통 붉었다.

"나, 선서하고 싶어."

선미는 울음을 터뜨렸다. 눈물과 콧물 범벅으로 나이팅게일 선서를 했다.

"나는…… 일생을 의롭게 살며…… 전문 간호직에 최선을 다할 것을 하느님과 여러분 앞에 선서합니다. 나는 인간의 생명에 해로운 일은…… 어떤 상황에서도 하지 않겠습니다. 나는……간호의 수준을 높이기 위해 전력을 다하고 간호하다 알게 된 개인이나 가족의 사정은 비밀로…… 하겠습…… 니다. 나는 성심으로 보건의료인과 협조하겠으며 나의 간호를 받는 사람들의 안녕을 위해…… 흐흑."

선미는 대학 때 외웠던 선서를 되뇌면서 울었다. 오늘

만큼 감동인 하루가 또 올까. 환자들을 간호하면 기적을 분명히 겪는다. 의료진이 받는 선물이다. 지금은 이 선서가 인생의 선물이었다.

주승은 선미를 다독이면서 반성했다. 주승은 학대가 의심되는 여성의 시신이 해부학교실에 들어왔지만 교통사고사로 의견이 나오자 고개만 끄덕였다. 이게 옳은 일인가? 그때 그는 논문 준비로 밤을 새우느라 신경을 안 썼다. 법의가 된 후, 시신을 감정하는 일에 치이면 의문 없이 쉬운 길로 갈까 두려웠다. 간편한 부검과 감정. 그렇다면 그는 의료인이 아니다. 아주 게으른 기술자에 불과하다.

고의성, 의료사고를 결정하는 가장 중요한 요인. 법의가 인간에 대한 존경심 없이 해부와 부검을 하면 그는 고의적으로 의료 사고를 내는 것이다.

주승은 삼촌의 억울한 죽음으로 이 길에 들어섰다. 고인의 아픔이나 과거를 들여다보지 않고 과학적 증거와 팩트만 찾았다. 이번 사건에서도 진정 실종자를 걱정하기보다 탐구적 호기심과 감건호와 대결하려는 지적 허영심이 컸다.

"선미야, 난 사건의 진실을 실력을 인정받는 수단으로 삼았어. 그래서 감건호를 도발하고 너희들에게도 카페에 대한 애정도와 우정을 시험한 걸지 몰라. 나야말로 나쁜 사람이야. 범인을 욕할 게 아니라."

"자책하지 마. 네가 누군가를 절망에 빠뜨리지는 않았어. 하지만 이기적 상태가 계속되면 언젠가 큰 실수를 하겠지. 나중에 멈출 수 없기 전에 다듬자. 우리의 행동과 마음가짐을."

"선미야, 우리는 지금 윙컷을 해야 할 때야."

"윙컷?"

선미가 고양된 마음을 진정했다.

"응, 앵무새 기르는 분한테 들었어. 날개의 비행 깃을 가위로 자르는 거야."

선미가 진지하게 들었다.

"앵무새가 자극을 받으면 깜짝 놀라서 마구 날아. 머리를 부딪고 다쳐. 아님 창밖으로 날아가 집을 잃어. 밖에서는 고양이한테 잡혀서 일주일도 살지 못해. 우리가 딱 그래. 잘 모르는데 젊은이의 치기로 나대나 봐."

"윙컷을 스스로 해야 하는구나, 우리는."

"응, 그 생각 많이 했어. 경력과 경험 없이 아무나 까고 체제에 반대하는 거 별로야. 가족의 아픔을 헤아리는 과정 없이 사건의 이면만 추적하는 거 안 좋은 접근법이야.

우리의 날개를 잘라서 안전하게 큰 세상으로 가자."

주승의 눈에 눈물이 맺혔다. 깊은 반성과 자아 성찰을 했다. 이번 사건은 그들에게 성장의 계기를 주었다.

진영은 해안가에 홀로 남았다. 그를 애타게 기다렸다. 가슴이 두근거리고 초조했다. 민수가 바다에서 나왔다. 그는 장비를 들고 나오며 물안경을 벗어 손목에 걸었다. 진영은 다가갔다. 석양의 노을이 민수의 제법 탄 벌거벗은 몸을 붉게 물들였다. 진영은 자신의 짧은 반바지를 잡아당겨 내렸다. 그녀의 플립플랍 사이로 발가락이 드러났다. 민수는 진영의 페디큐어가 없는 하얀 발가락을 내려다봤다. 그리고 오리발을 벗고 맨발로 모래를 디뎠다.

"아, 뜨것!"

"민수야, 할 얘기 있어."

"어?"

진영은 덜덜 떨리는 입술과 손을 간신히 진정했다.

"이, 이곳이 아니면 말할 수 없을 거야."

"뭐? 무슨 말인데."

"난, 난……. 너의 아오마메는 될 수 없는 거야?"

"어? 어?"

"그 여성분 잊을 때도 됐잖아. 미안해. 나 너의 페북에서 그분 사진 봤어. 네가 잊지 못한다는 걸 잘 알아. 그런데 난, 난 이번 일로 너에게 관심이 생, 생겼어."

민수는 침묵했다. 진영은 더듬으며 차분히 말했다.

"나 하루키 《1Q84》뿐 아니라 다른 소설도 읽었어. 거의 모든 남자 주인공이 과거 여자친구를 그리워하더라. 나 이번에 네가 최선을 다해 사건을 밝힐 때 감동했어. 민수, 너처럼 당당하고, 현명하고 싶어."

민수는 고개를 저었다.

"아니, 오히려 네 계정으로 위험한 남자와 접촉해서 미안해. 사과도 못 했어. 자신이 없어서. 네가 나를 나쁜 놈으로 여길까 봐."

"아, 아냐. 내가 부족해. 넌 외향적이고 적극적이야. 괴물 감건호 아저씨와도 잘 지내고. 닮고 싶어."

진영이 잠시 뜸 들였다.

"아홉 살 때 어떤 아저씨에게 억지로 손 잡혀 따라가다가 우연히 친구 만나 도망쳤어. 따라갔으면 큰일 겪었을 거라는 무서움이 날 지배했어. 그 아저씨 눈빛이 고등학생 때 생생하게 떠올라 사람을 가렸어."

민수는 진지했다.

"그런 아픔이 있었구나."

"다른 사람에게 기대를 보통 포기하는데 이번엔 달라. 이 말 해도 될까?"

민수는 씩, 태양의 미소를 보였다.

"해 봐."

"민수, 난 너의 아오마메가 될 거야. 너가 원하는 대로 나를 바꿀 거야. 사람을 피하고 내성적인 성격을."

"아, 아니. 진영. 배리 화이트의 로맨틱한 노래 몰라? 〈Just The Way You Are〉 사랑은 너 자체를 좋아하는 거야. 바꾸는 게 아냐. 너가 아오마메가 아니라 진영인 게 좋아."

"고백 다 했어. 결정은 네게 달렸어. 불편하면 이대로 좋아. 난 어느 쪽도. 하지만……."

그녀 눈가에 눈물이 고였다. 눈물이 한 방울 또르르 떨어져 모래사장 속으로 스며들었다. 진영은 마음을 정리하면서 그간 연습했던 말을 꺼냈다. 고백하고 나니 진정됐다. 민수는 다이빙 장비를 내려놓았다. 그는 젖어서 착 달라붙은 머리카락을 모래가 묻은 손으로 흩트렸다.

"아직은 넌 아무 생각 없겠지만. 이렇게 고백하는 것도……."

민수는 진영의 입술에 살포시 가벼운 키스를 스치듯 했

다. 진영은 키스에 놀라 말을 꺼내지 못했다. 마침 노을이 완연히 지고 바다에는 고요한 그늘이 조금씩 다가왔다. 서늘한 바람이 한 줌 불었다. 물빛이 점차 어두워졌다. 페일 블루는 보라색으로 변했다.

"짧은 키스가 답이 될까? 진영, 고마워. 고백 깊이 생각해볼게. 자 가자. 애들 기다리겠다."

민수는 진영의 손을 잡았다. 그들은 나란히 해 진 바닷가를 걸어서 리조트로 향했다. 민수는 모래 둔덕 밑에 뒀던 가방에서 휴대폰과 이어폰을 꺼내서 배리 화이트의 노래를 진영과 들었다.

민수가 이어폰을 잠시 뺐다.

"진영아, 우리 사귀면 애들한테 말하자. 난 떳떳한 게 좋아."

"응."

"한 가지 부탁도 돼?"

"뭔데?"

"나중에 나 찰 거면 말 좀 해줘. 그래야 마음의 준비를 하고 친구로라도 남지. 까이기 며칠 전에 꼭, 부탁~, 약속이당."

진영은 우후후 밝게 웃었다.

"스킨스쿠버 가르쳐 줄게. 같이 들어가자. 꼭 보여주고 싶어, 거긴 말로 설명 안 돼."

진영이 고개를 끄덕였다. 민수는 이어폰을 꼈다. 바람이 그들의 머리카락을 잔잔하게 날렸다. 감미로운 노래가 귓가를 간질였다. 버석거리는 모래가 발가락 사이로 들어왔다.

해안은 일렁거리는 파도가 끝없이 오갔다. 어둠이 바닷물에 안정적으로 내려앉았다. 진영과 민수가 해안을 걸어가는데, 웅성웅성 수런대는 소란이 일어났다. 두마게티 현지인들이 해안 구석에서 빙 둘러싸서 뭔가를 가리키며 놀란 얼굴을 했다. 민수와 진영이 다가갔다. 이틀 전에 마닐라에 물품을 사러 다녀온다면서 자취를 감춘 철승이 형이었다. 민수가 깜짝 놀라 다가갔다. 주승과 선미도 시신을 살피는 중이었다.

"주승아, 이게 어떻게 된 일이야?"

"좀 전에 나도 왔어."

민수는 울면서 휴대폰으로 철승의 부모님께 사실을 알리고는 주승과 시신을 살폈다.

"이곳 병원에서 부검할 텐데, 내가 아무래도 따라갈 수 있는지 알아봐야겠어."

주승이 심각하게 말했다. 필리핀에서 일어난 한인 피살 사건은 법의학 감정 보고서가 한국에 도착하는데 심하게는 인터폴 수사관의 요청이 있은 지 1년이 지나 도착한 적도 있었다.

"일반적 표류 사체가 아닐 수 있어. 익사하면 물이 폐에서 피와 섞이는데, 이 방법으로 민물에서 익사했는지 바닷물인지 알 수도 있어. 염화물 함유 비율을 따지면 되는데. 가장 중요한 것은 심장 왼편 혈관 피에 물이 섞여 희석돼 있다면 익사이지만, 아니면 죽어서 바닷물에 떠내려간 거로 파악해야 해. 아무래도 경찰과 말해봐야겠어."

왓슨추리연맹들은 저만치 경찰들이 차를 세우고 다가오는 데로 걸어갔다. 정확한 사인을 캐내 억울한 피해자로 만들고 싶지 않았다. 그들은 석양을 등지고 모래사장을 걸어 진실을 밝히기 위해 한 걸음 한 걸음 내디뎠다.

소설은 2018년을 배경으로 썼습니다.

이 소설은 네이버의 'RS 추리동호회'카페에서 시작됐습니다. 여러 추리 퀴즈에 진지하게 도전하는 회원들을 주인공으로 소설 쓰겠다고 마음먹었지만 쉽게 글이 나오지 않았습니다. 그러다가 감건호 민간인 프로파일러와 고한에서 일어난 미제 사건을 두고 대결하는 과정을 그리면 재밌겠다는 생각이 들어 집필했습니다. 여기에 민간조사원들도 나와 서브플롯을 이룹니다.

소설 속 인물들이 심각한 상황에서 선한 의도와 협동심, 소통으로 사건을 해결해 나가는 과정을 보여줍니다. 인물들은 그 길에서 성장하고 깨달음을 얻습니다. 그들을 통해 삶의 고뇌에 깃든 위트와 유머, 인생에 대한 관조와 여유를 담고 싶었습니다. 제 의도가 독자들에게 잘 전달되기를 바라면서 즐겁게 썼습니다.

작품 속 인물을 구체적으로 만드는데, 현실에서 만난 여러 사람의 도움을 얻었습니다.

주인공 캐릭터의 뮤즈가 되어주신 해부학도 이제성 님, 탑맨 임병수 실장님, 온프레쉬 권태빈 팀장님, 청년탐정

블랙커의 김윤환과 도정현 탐정님께 진심으로 감사드립니다. 감건호는 제가 창조한 인물로 시리즈를 통해 성장, 발전하고 있습니다.

트릭과 수사과정 등 스토리의 리디자인이나 혈흔, 리드 기법, 인지면담 기법 등에 있어서 장힘찬 형사님이 도와주셨고, 카메라 기기에 관해 오인천 감독님이 알려주셨습니다. 넥슨 디제잉 동호회 jingjing 소속의 임재준 님과 한국SF협회의 윤여경 님을 통해 sf 테마 파티를 취재해 참조했습니다.

다음 카페 한국추리문학연구회의 미세스나이트 님, 그리고 엔지니어 김영환 님이 제게 한 이야기 중 대사에 참조한 부분이 있습니다. 책과나무 식구들에게도 깊은 감사드립니다.

동원탄좌나 고한 역사에 관해서는 《고한 사북 남면 구술사 채록》((재)3·3기념사업회 2013년 발간)에서 참조했습니다.

법과학 관련해서는 배리 피셔 저의 《현장감식과 수사, CSI》(수사연구사 2008년 발간)을 참조했고, 추리 퀴즈 관련해서는 노영욱 저의 《추리 두뇌플레이》(가나출판사 2017년 발간)를 참조했습니다. 탐정 실무 관련해서는 강영숙 저의

《탐정(민간조사)실무》(진영사 2016년 발간), 김성도 저의 《올댓탐정》(생각나눔 2016년 발간) 등을 참조했습니다.

실전 수사기법은 오지형 저의 《강력사건 수사론》(수사연구사 2018년 발간)을 참조했습니다.

감건호가 현장에 가보는 장면은 김복준, 김윤희 사건의뢰 유튜브 영상에서 참조했습니다. 혈흔 관련해선 톰 베벌 저의 《혈흔으로 하는 범죄현장의 재구성》(수사연구사 2010년 발간)을 참조했고, 경찰 체취견에 관해서는 《과학수사견과 체취선별》(수사연구사 2014년 발간)을 읽고 참조했습니다. 실제적인 방법은 대전지방경찰청 유정환 형사님이 알려주셨습니다. 실제로 체취견 폴의 아빠이기도 합니다.

인지면담기법은 로날드 피셔 저의 《인지면담(수사면담 시 기억 향상법)》(학지사 2011년 발간)을 참조했고, 리드 기법은 김원석 저의 《범죄자의 마음을 읽는 기술과 정의로운 경찰상》(진영사 2018년 발간)을 참조했습니다. 성범죄 심리에 대해서 FBI 프로파일러 로이 헤이즐우드 저의 《프로파일러 노트》(마티 2009년 발간)와, 뉴욕 성범죄 수사관 존 사비노 외 다수 저의 《성범죄 수사 핸드북》(교육과학사 2015년 발간) 등을 참조했습니다.

그림에 대한 이야기는 우지현 저의 《혼자 있기 좋은 방》

(위즈덤하우스 2018년 발간)에서 참조했습니다.

캐릭터의 모델이 된 분들이 소설에서 하나의 인물로 구현된 것을 재밌고 기쁘게 받아들였으면 하는 바람입니다. 그렇지만 소설은 판타지이고 픽션이라 인물과 사건은 모두 허구임을 밝힙니다.

항상 제 글을 읽는 독자분들에게 무한한 감사의 마음이 있습니다. 인물들이 시리즈를 통해 발전하는 과정을 저와 함께 향유합니다. 언제고 다시 감건호, 김성호 프로파일러, 이상과 구보 탐정, 정약용과 이가환 탐정, 반설아와 여성구락부 회원들이 나오는 추리 소설로 찾아뵙겠습니다. 그때까지 기다려 주세요.

2019년 8월

김재희